W0288186

Liaison secrète à l'hôpital

*

Un tendre engagement

KATE HARDY

Liaison secrète à l'hôpital

Traduction française de
MICHELLE LECŒUR

Blanche

HARLEQUIN

Collection : Blanche

Titre original :
IT STARTED WITH NO STRINGS…

Ce roman a déjà été publié en 2015

© 2014, Pamela Brooks.
© 2015, 2020, HarperCollins France pour la traduction française.

Ce livre est publié avec l'autorisation de HARLEQUIN BOOKS S.A.

Tous droits réservés, y compris le droit de reproduction de tout ou partie de l'ouvrage, sous quelque forme que ce soit.
Toute représentation ou reproduction, par quelque procédé que ce soit, constituerait une contrefaçon sanctionnée par les articles 425 et suivants du Code pénal.

Si vous achetez ce livre privé de tout ou partie de sa couverture, nous vous signalons qu'il est en vente irrégulière. Il est considéré comme « invendu » et l'éditeur comme l'auteur n'ont reçu aucun paiement pour ce livre « détérioré ».

Cette œuvre est une œuvre de fiction. Les noms propres, les personnages, les lieux, les intrigues, sont soit le fruit de l'imagination de l'auteur, soit utilisés dans le cadre d'une œuvre de fiction. Toute ressemblance avec des personnes réelles, vivantes ou décédées, des entreprises, des événements ou des lieux, serait une pure coïncidence.

Le visuel de couverture est reproduit avec l'autorisation de :

©IZABELA MAGIER - STOCK.ADOBE.COM/ROYALTY FREE.

Tous droits réservés.

HARPERCOLLINS FRANCE
83-85, boulevard Vincent-Auriol, 75646 PARIS CEDEX 13
Service Lectrices — Tél. : 01 45 82 47 47

www.harlequin.fr

ISBN 978-2-2804-3799-8 — ISSN 0223-5056

1.

— Bienvenue à Londres.

D'un geste désabusé, Aaron leva sa bière pour trinquer à sa propre santé.

Il était seul, assis au comptoir d'un club de salsa, et ne pouvait s'en prendre qu'à lui-même. Tim, avec qui il avait fait une partie de ses études, lui avait proposé de fêter son premier week-end à Londres. Mais évidemment, aller tranquillement boire un verre quelque part aurait été trop simple.

Aaron aurait dû se rappeler leurs soirées étudiantes. Tim avait toujours été un boute-en-train, finissant immanquablement entouré d'une foule de jolies filles. La trentaine bien sonnée, il était resté le même. Aaron n'avait aucune idée de l'endroit où il était passé, dans ce club bondé.

Aussi décida-t-il, une fois son verre terminé, d'aller à sa recherche. Il allait lui dire au revoir et retrouver l'appartement impersonnel qu'il louait près de l'hôpital.

Après tout, pourquoi attendre d'avoir fini son verre ? Le reposant sur le comptoir, il se retourna pour chercher Tim.

Ce fut alors qu'il la vit.

Elle avait des cheveux absolument incroyables : noirs comme la nuit, ils étaient lisses, brillants, et lui arrivaient presque à la taille. Elle portait une robe courte, d'un rouge qui mettait sa chevelure en valeur et laissait apparaître une paire de jambes superbes. Les talons de ses escarpins avaient beau être d'une hauteur impressionnante, cela ne l'empêchait pas de danser sur un rythme de salsa.

Aaron poussa un soupir. Il n'était pas là pour ça, il ne cherchait pas à rencontrer quelqu'un — même pas pour une aventure. Il allait avoir un nouveau poste et tout son temps serait pris par son travail.

Pourtant, il y avait chez cette femme quelque chose qui l'attirait irrésistiblement.

Alors qu'il la regardait danser, elle se tourna légèrement et il aperçut son visage. Elle était renversante : un visage en forme de cœur, des yeux noirs et la plus belle bouche qu'il eût jamais vue.

Son amie, qui dansait à côté d'elle, lui dit quelque chose à l'oreille et elle se mit à rire, rejetant la tête en arrière et révélant des dents d'une blancheur parfaite.

Subjugué, Aaron en oublia Tim et la raison pour laquelle il était là. Il oublia tout — excepté la femme à la robe rouge. Le bourreau de travail posé et sensé qu'il avait toujours été passa lui aussi aux oubliettes.

Sans même prendre conscience de ce qu'il faisait, il traversa la piste de danse en direction de la jeune femme, tel un insecte attiré par la flamme d'une bougie.

Et à cet instant, peu lui importait d'être brûlé.

— Tu es la meilleure amie que j'aie jamais eue. Et je t'aime, dit Joni en serrant Bailey dans ses bras.

— Je t'aime aussi, ma chérie, répondit Bailey en l'étreignant à son tour.

— Tu avais raison, c'était juste ce qu'il me fallait ce soir. Danser et boire du champagne.

C'était à peu de chose près ce qui avait été prévu au départ — si ce n'était qu'elle n'aurait pas dû se trémousser sur un rythme latino-américain, mais évoluer lentement sur un air de valse follement romantique, dans une robe de mariée élégante et vaporeuse.

Or voilà qu'elle dansait une salsa effrénée dans la robe la plus courte qu'elle eût jamais portée — sur l'insistance de son amie, naturellement.

— Bien sûr que j'ai raison, dit Bailey d'un ton léger. Je suis médecin. Faire de l'exercice est l'un des meilleurs remèdes que je connaisse.

Joni rit.

— Tu es spécialiste de médecine sportive, je te soupçonne de ne pas être tout à fait impartiale.

— Mais c'est vrai, répondit Bailey. Je pourrais te citer des tonnes d'études sur le sujet. L'exercice régulier entraîne une diminution des risques de cancer et de démence, il agit comme antidépresseur, et améliore les résultats scolaires des ados. C'est positif sur toute la ligne.

— Alors comme cela, la salsa est un remède pour tout ? Même pour les cœurs brisés ? Alors pourquoi souffrait-elle toujours au bout de six mois ? C'était pourtant elle qui avait annulé le mariage.

— Ajoute la gaieté de la salsa aux endorphines du rock, et éclate-toi !

Joni ne put s'empêcher de rire. Elle pouvait compter sur son inénarrable meilleure amie pour l'empêcher de se morfondre, en ce jour particulier qui aurait dû être celui de son mariage.

Elles ne travaillaient pas ensemble, puisqu'elle était spécialisée dans les maladies tropicales et infectieuses alors que Bailey s'occupait de médecine du sport, mais elles étaient les meilleures amies du monde depuis leur rencontre, le premier jour de leurs études. Elles s'étaient toujours soutenues dans les épreuves et avaient fêté chacun de leurs moments de joie ensemble.

— Ne te retourne pas, lui dit soudain Bailey. Il y a un type super sexy qui vient vers nous. Il était assis au bar, et il avance droit sur toi sans te quitter des yeux.

— Il se demande probablement comment une fille comme toi, dont les mouvements sont si coordonnés, peut danser avec quelqu'un comme moi qui ne connais même pas les pas.

— Je ne crois pas. A mon avis, il doit plutôt se dire : « Woaou, mais qui est cette bombe ? » Surtout avec tes cheveux lâchés.

Bailey enroula brièvement une mèche des cheveux de Joni autour de ses doigts.

— Toutes les femmes de cette salle seraient prêtes à tuer pour avoir tes cheveux, dit-elle. Moi comprise.

Des cheveux que Marty avait voulus qu'elle coupe. Son ex était le dernier d'une série d'hommes qui lui donnaient constamment l'impression qu'elle n'était pas assez bien. Après lui, elle s'était juré de ne plus commettre cette erreur : jamais plus elle ne sacrifierait sa carrière ou son estime de soi pour faire plaisir à quelqu'un.

— Allô, Joni ? Ici la Terre, dit Bailey en agitant les deux mains devant son visage pour la faire sortir de sa rêverie. Nous avons un accord. On ne broie pas du noir et on ne pense plus à Marty le ver de terre. Je crois que Mister Sexy va t'inviter à danser.

Joni secoua la tête.

— Même si c'est le cas…

— Tu diras oui, dit Bailey. Ordre du médecin. Danser avec un homme sexy est bon pour ta santé.

— Et si c'est toi qu'il invite ?

— Ce n'est pas pour moi qu'il vient, répondit Bailey avec un clin d'œil. Cet homme n'a d'yeux que pour toi.

Sans être intrusif pour autant, Aaron s'approcha assez près de la femme en robe rouge pour qu'elle puisse l'entendre malgré la musique.

— Vous dansez ? demanda-t-il.

— Je, euh…

Elle rougit, ce qui la rendit encore plus jolie. Elle n'était manifestement pas consciente de l'effet qu'elle produisait, ce qui était plutôt bon signe.

Une petite voix dans sa tête avait beau lui répéter que c'était de la folie, le reste de sa personne n'écoutait pas.

— C'est une excellente idée, dit son amie avec un large sourire. Allez danser, je vais en profiter pour reposer mes pieds, ils commencent à me faire souffrir.

Ce n'était probablement qu'un prétexte, il l'avait vue danser et elle n'avait pas le moins du monde l'air d'avoir mal. Mais il apprécia son tact.

— Bailey !

Il vit une lueur de panique dans les beaux yeux de la femme aux longs cheveux noirs, tandis que son amie se dirigeait vers une des chaises du bar en boitant ostensiblement.

A vrai dire, lui-même n'était pas loin de paniquer. Il savait par expérience qu'il valait mieux éviter certains contacts. Il ne voulait d'aucune émotion susceptible d'entraîner tôt ou tard de la souffrance.

Mais il était trop tard pour reculer. Trop tard pour douter.

— Bonsoir, je m'appelle Aaron, dit-il en lui tendant la main.

— Et moi Joni.

Elle lui prit la main et la secoua nerveusement.

— Désolée pour mon amie…

— Pas du tout, répondit-il avec un sourire. Ce serait plutôt à moi de m'excuser par avance, car le moins que l'on puisse dire est que je ne suis pas un très bon danseur.

— Moi non plus, dit Joni. C'est Bailey qui danse bien. Je vais essayer de ne pas vous écraser les pieds.

— Dans ce cas, concluons un pacte mutuel de non-agression.

Il lui prit la main pour l'entraîner sur la piste et ils évoluèrent, d'abord un peu maladroitement, sur le nouveau morceau. Peu à peu, la gêne s'évanouit et il se surprit à apprécier le rythme trépidant de la danse.

Puis ce fut le morceau suivant, et la musique ralentit.

En quelques secondes, Joni fut contre lui, toute chaleur et douceur. Ils se balancèrent en silence, ses bras fins noués autour de son cou, tandis qu'il lui enlaçait la taille.

Il se pencha vers elle et lui sourit. Elle avait vraiment des yeux extraordinaires. En la voyant de plus près, il se rendit compte qu'elle n'était pas très maquillée et n'en avait d'ailleurs pas besoin. Un soupçon de mascara pour mettre ses longs, longs cils en valeur, et un rouge à lèvres d'un rouge tendre qu'il aurait voulu faire fondre sous ses baisers.

Comme cette pensée lui venait à l'esprit, il se rendit compte que leurs bouches se touchaient presque. Et quand il effleura ses lèvres, un choc électrique lui parcourut tout le corps. Elle lui rendit son baiser, et tout le reste s'évanouit. Il n'y avait plus qu'elle, lui, et la musique.

Mais le rythme changea de nouveau, redevenant très rapide, ce qui les força à s'écarter l'un de l'autre. Ils restèrent debout, immobiles, à se regarder. Etait-elle aussi étourdie que lui ?

Cela n'aurait pas dû arriver. Il n'avait pas l'habitude de faire ce genre de chose. Et pourtant…

— Je vais prendre un taxi pour rentrer, dit Bailey en les rejoignant.

— Il vaudrait mieux que j'y aille, moi aussi, dit Joni.

Mais il n'était pas prêt à la laisser partir. Pas encore.

— Ne pouvez-vous pas rester un peu ? demanda-t-il. Je vous raccompagnerai, si vous voulez.

Bailey se pencha à l'oreille de Joni.

— Reste et amuse-toi, dit-elle tout bas. Evite de trop penser et de tout analyser.

Elle lui prit la main et lui serra brièvement les doigts.

— Apprécie cette soirée pour ce qu'elle est : juste quelques danses, et un bon moment passé en compagnie d'un homme terriblement sexy. Rassure-toi, tu n'as pas de rouge à lèvres plein la figure, même si vous venez de vous embrasser fougueusement comme deux ados en goguette…

Joni se sentit rougir jusqu'à la racine des cheveux.

— Oh ! mon Dieu. Je me conduis comme une grue, fit-elle.

— Absolument pas. Tu prends juste un peu de bon temps, histoire de rendre cette journée moins pénible. C'est sans conséquences, puisque ce n'est rien de sérieux. Vis l'instant présent et amuse-toi. En bécotant Sexy Man, tu produis plus d'endorphines, et c'est bon pour toi.

On pouvait faire confiance à Bailey pour être directe.

Joni laissa échapper un sourire.

— Tu es sûre que tu ne veux pas que je vienne avec toi ?

— Certaine. Contente-toi de t'amuser. Et appelle-moi demain, d'accord ?

— Promis, répondit-elle en la serrant dans ses bras.

Puis elle se remit à danser avec Aaron, jusqu'à en avoir mal aux pieds.

— Si on faisait une pause pour prendre un verre ? fit-il alors qu'un morceau s'arrêtait.

Elle acquiesça et il la conduisit jusqu'au bar, une main à plat dans son dos en un geste protecteur.

Il avait d'excellentes manières, et il n'avait pas l'air du genre à rabaisser une femme pour se valoriser, comme ses ex. Mais elle se méfiait désormais de son propre jugement, elle s'était si souvent trompée dans le passé. Elle ne voulait plus voir les hommes avec des lunettes roses.

— C'est moi qui invite, dit-elle quand ils furent assis au bar. Bailey et moi buvions du champagne, tout à l'heure. Voulez-vous vous joindre à moi ?

— Avez-vous quelque chose à célébrer ? demanda-t-il.

Sans aucun doute. La fuite la plus heureuse de sa vie. Mais elle regrettait également l'anéantissement de tous ses projets. Cela aurait pu être si bien…

*
* *

Durant à peine quelques secondes, Joni eut l'air triste. Puis Aaron se demanda s'il n'avait pas rêvé, car l'instant d'après, elle le gratifia d'un large sourire.

— On est samedi, n'est-ce pas une raison suffisante pour faire la fête ?

Quelque chose lui disait que ce n'était pas la véritable raison, mais il n'insista pas et se contenta d'accepter la coupe de champagne qu'elle lui tendait.

Ils se remirent ensuite à danser, jusqu'à ce qu'ils soient presque seuls sur la piste. Tim n'avait pas pris la peine de dire au revoir avant de partir — sans doute s'amuser ailleurs. C'était son ancien collègue tout craché : un garçon un peu superficiel qui aimait avant tout prendre du bon temps.

Aaron n'était pas encore prêt à se séparer de Joni.

— Il ne doit plus y avoir un seul café ouvert dans les environs, pourquoi ne pas aller chez moi prendre un café ou un thé ?

Elle lui jeta un coup d'œil méfiant.

— Merci, mais…

— Je parle d'un café, et de rien d'autre, dit-il doucement.

Elle se mordit la lèvre.

— Désolée, mais je n'ai pas l'habitude de…

Comment une fille aussi splendide pouvait-elle être aussi sérieuse ? Peut-être n'était-elle pas encore remise de sa dernière rupture ? Ce qui faisait de lui l'homme idéal pour rebondir, d'autant plus qu'elle ne cherchait probablement pas une relation durable.

— Moi non plus, dit-il.

Entre les études et le travail — et encore et toujours le travail —, il n'avait tout simplement pas de temps pour autre chose.

— Je peux cependant vous assurer que je suis plus doué pour faire le café que pour danser, fit-il d'un ton léger.

Il avait travaillé un temps comme barman pour payer ses études, sa coûteuse machine à café italienne était le seul gadget dont il ne pouvait pas se séparer.

— Dans ce cas, je prendrais volontiers un café, répondit-elle.

En quittant la boîte de nuit, ils eurent la chance de saisir au vol un taxi qui passait.

Elle resta silencieuse à l'arrière de la voiture et il ne la poussa pas à parler, se contentant de mêler ses doigts aux siens. Depuis combien de temps n'avait-il pas tenu la main d'une fille dans un taxi ?

Mieux valait éviter ce genre de réflexion. Cette relation ne le mènerait nulle part. C'était simplement pour une nuit, pas pour la vie. Il en avait toujours été ainsi.

A peine étaient-ils arrivés à son appartement que Joni retira ses chaussures et demanda où était la salle de bains.

— Je serai dans la cuisine, dit-il en lui indiquant la porte.

Elle resta absente un bon moment avant de le rejoindre.

— Désolée de me montrer aussi impolie, mais pourrais-je avoir un verre de jus d'orange et un sandwich avec le café, s'il te plaît ?

Oh ! non. Il avait déjà connu ce genre de situation : quelqu'un qui avait eu une soudaine envie de boire et de manger après être allé en boîte, et qui s'était précipité dans la salle de bains.

Il était prêt à parier que ses pupilles n'étaient pas plus grosses que des têtes d'épingles.

Son expression dut le trahir, car elle lui sourit.

— Il est bien question d'aiguille, mais pas de drogue, dit-elle en retirant un objet de son sac. Je suis diabétique, cet appareil me sert à mesurer le taux de sucre dans mon sang. Il me suffit de me piquer le doigt. Actuellement, le résultat n'est pas excellent, sans doute parce que j'ai avalé deux coupes de champagne alors que je n'ai pas l'habitude de boire. Et que j'ai dansé toute la nuit. Un peu de glucides me permettrait de stabiliser mon taux de sucre. Rassure-toi, je ne vais pas m'évanouir dans tes bras. Un sandwich et un verre de jus de fruits suffisent à régler rapidement le problème.

Il se détendit. Le diabète expliquait beaucoup de choses. Au moins, il n'y aurait pas de complications, il ne se sentirait pas responsable de quelqu'un qui avait fait un mauvais choix de vie. A en juger par la clarté de ses explications, elle était tout à fait capable de s'occuper d'elle-même.

Pendant une seconde, il fut tenté de lui dire qu'il était médecin, mais il ne voulait pas la mettre dans l'embarras et lui versa un verre de jus de fruits.

— Merci.

Cela faisait quelques années qu'il n'avait pas travaillé en endocrinologie, mais il se rappelait qu'un en-cas à base de protéines et de glucides était recommandé pour quelqu'un dont le taux de sucre était trop bas.

— Que dirais-tu d'un sandwich au bacon ? dit-il, espérant ne pas l'offenser au cas où elle serait végétarienne.

— Ce serait super, merci beaucoup.

De nouveau, elle lui adressa un doux sourire.

— Est-ce que je peux faire quelque chose ?

— T'asseoir pour bavarder avec moi, si tu veux, dit-il en faisant griller le bacon. Que voudrais-tu comme café ? Cappucino, café latte, grand crème ?

Elle eut un air surpris.

— Tu peux vraiment faire tout ça ?

Il désigna sa machine à café.

— Comme tu vois, je ne me refuse rien.

— Un cappuccino serait parfait, répondit-elle en souriant. Mais pas de chocolat sur le dessus, s'il te plaît.

— Tu n'aimes pas ça, ou c'est lié à ton diabète ?

— Un peu les deux, en fait. Je suis probablement la seule femme au monde qui ne soit pas vraiment folle de chocolat. Ma meilleure amie me trouve bizarre.

Il rit et lui prépara son cappuccino. Elle but une gorgée et ses yeux s'arrondirent de surprise.

— C'est fabuleux. Qu'est-ce que tu utilises comme café ?

— Un mélange d'une épicerie fine de Manchester. J'espère trouver le même genre d'endroit à Londres.

— Tu viens juste d'emménager ?

Il hocha la tête.

— Je commence un nouveau travail.

Pour aller de l'avant. Evoluer. S'améliorer. Faire ce qu'il n'avait pas été capable de faire quand cela comptait. Il avait fait le vœu de passer le reste de sa vie à se rattraper. Mais il ne tenait pas à raconter à quelqu'un qu'il connaissait à peine pourquoi il se dévouait à ce point à sa carrière.

Aussi s'appliqua-t-il à leur préparer à tous les deux un sandwich au bacon, puis lui tendit une assiette.

Elle avala une bouchée.

— Mmm, tu es parfait, toi, dit-elle.

Puis elle releva la tête en rougissant.

— Désolée, fit-elle.

Il ne put résister à l'envie de la taquiner.

— Tu parlais au sandwich, ou à moi ?

— Au sandwich, répondit-elle sans hésiter. Quoique… Puisque c'est toi qui l'as fait, tu dois également être parfait.

Elle fit la grimace.

— Décidément, j'ai bu un peu trop de champagne.

— Pas de problème, dit-il gaiement.

Il ne se rappelait pas avoir jamais connu quelqu'un d'aussi adorable. Elle était si chaleureuse et si douce, il ne pouvait qu'être attiré par elle.

Pour le coup, Joni était exactement le genre de femme qu'il ne lui fallait pas. Plus il lui parlait, plus il se rendait compte qu'elle n'était pas — contrairement à lui — du genre à rechercher les relations de courte durée, sans complications. Il ne voulait rien de permanent, et il n'aurait pas été honnête de lui faire croire qu'il pouvait lui offrir quelque chose qu'il se savait incapable de lui donner.

Ils bavardèrent agréablement, jusqu'à ce qu'elle ait fini son café.

— Je te ramène chez toi, dit-il.

Elle le regarda d'un air inquiet.

— C'est très aimable à toi, mais tu as bu pendant qu'on dansait.

— Une petite bière, plus une coupe de champagne avec toi. Et on vient juste de manger. Mon taux d'alcoolémie est largement inférieur à la limite autorisée, cependant je peux t'appeler un taxi, si tu préfères.

— Merci, mais je t'ai suffisamment mis à contribution. Je vais l'appeler moi-même.

Il aurait dû la laisser partir, c'était l'option la plus raisonnable. Mais quelque chose en lui voulait à toute force la garder encore près de lui, même pour quelques instants.

— Tu veux bien danser encore une fois avec moi ? demanda-t-il.

Elle le fixa et il crut qu'elle allait refuser. Puis elle hocha la tête.

— D'accord.

Il mit le disque d'une chanteuse de jazz à la voix douce et voilée, puis lui ouvrit les bras. Elle se blottit contre lui et posa la tête sur son épaule, tandis qu'il appuyait sa joue contre ses cheveux soyeux. Ils étaient si doux… Ce n'était vraiment pas une bonne idée, mais il ne pouvait pas s'en empêcher. Il y avait quelque chose en elle, quelque chose de différent, qui l'attirait irrésistiblement. Et qu'il ne pouvait pas définir.

Ils se mirent à tanguer en cadence. Fermant les yeux, il s'abandonna au plaisir de danser avec elle en la tenant contre lui.

Il n'aurait pu dire qui fit le premier mouvement, mais il l'embrassait — l'embrassait vraiment — et elle lui répondait avec la même ardeur.

— Joni, murmura-t-il tout contre sa bouche.

Elle lui caressa le visage et il déposa un baiser au creux de sa paume.

— Sincèrement, je ne t'ai pas proposé de venir ici pour autre chose qu'un café.

— Je sais, répondit-elle avec douceur.

— Mais maintenant… Tu veux bien rester ? demanda-t-il d'une voix rauque.

2.

Joni allait-elle accepter, ou partir ? Aaron n'en avait aucune idée.

Elle resta silencieuse pendant un long, très long moment.

— Je, euh… Habituellement, je ne fais pas ce genre de chose, dit-elle enfin.

— Je m'en étais douté, répondit-il gentiment. Désolé. Je n'aurais pas dû te le demander.

Elle secoua la tête.

— Ce n'est pas ça. Je suis flattée, mais je ne cherche pas à rencontrer quelqu'un, en ce moment.

— Moi non plus. Je suis d'autant plus impardonnable de t'avoir demandé de rester.

Déjà il se détournait pour appeler un taxi, quand elle posa sa main sur la sienne.

— La réponse est oui.

Il aurait dû lui laisser la possibilité de changer d'avis, mais il en avait *tellement* envie. C'était même plus que ça : un besoin. Quelque part, il savait qu'il en était de même pour elle.

Alors il se contenta de l'embrasser.

Puis il la souleva dans ses bras et la porta jusqu'à sa chambre. Elle glissa le long de son corps en reposant les pieds sur le sol, n'ayant probablement aucun doute sur l'intensité de son désir pour elle.

Le regardant droit dans les yeux, elle passa la langue sur sa lèvre inférieure.

Il ne se fit pas prier pour l'embrasser, puis il la fit tourner sur elle-même et souleva sa magnifique chevelure pour défaire lentement sa fermeture à glissière, caressant sa peau à mesure qu'il la découvrait. Elle était si douce qu'il ne put résister à l'envie d'y poser ses lèvres, piquetant ainsi son dos de petits baisers.

Elle poussa de petits gémissements de plaisir et il défit son soutien-gorge tout en continuant à descendre le long de son dos. Puis ce fut le tour de la robe.

— Tu es si belle, dit-il en lui faisant face.

Elle ne portait plus que son slip et, avec sa chevelure qui lui couvrait les seins, on aurait pu croire qu'elle était en Bikini sur une plage. Elle était à la fois pudique et terriblement sexy. Tentatrice en diable.

— J'ai envie de te voir, Joni, dit-il d'une voix éraillée. Relève tes cheveux.

De ses deux mains, elle rejeta ses cheveux en arrière.

— On dirait une déesse, dit-il dans un murmure.

Elle rougit.

— Je ne suis qu'une femme ordinaire.

Ne se rendait-elle vraiment pas compte de l'effet qu'elle produisait ?

— Tu es sublime, lui dit-il. Tes cheveux, ton sourire, tes yeux… Tout simplement sublime.

Cette fois, elle osa sourire.

— En fait, je me sens un peu vulnérable, tu es beaucoup plus habillé que moi.

En moins de dix secondes, il fut entièrement nu.

— C'est mieux comme ça ?

— Beaucoup mieux.

Et ce fut son tour de rougir tandis qu'elle le parcourait du regard. Du bout du doigt, elle traça un trait imaginaire depuis son torse jusqu'à son nombril.

— Excellents abdominaux, dit-elle.

— Merci. Mais je ne suis qu'un homme ordinaire.

Elle rit.

— J'allais oublier de te demander. Est-ce que tu as, euh… de quoi nous protéger ?

— Oui. Mais je devrais peut-être vérifier la date de péremption.

— Voudrais-tu me faire croire qu'un garçon sexy comme toi…

Elle s'interrompit, la main sur la bouche.

— Désolée, ce ne sont pas mes affaires. Pas de questions.

Cela sous-entendait qu'il n'avait pas non plus à lui poser de questions sur elle. Personnellement, cela lui convenait très bien : il n'avait aucune envie de s'égarer sur le registre émotionnel.

— Merci pour le compliment, répondit-il d'un ton léger. Je n'ai pas non plus pour habitude d'inviter chez moi des femmes dont je viens juste de faire la connaissance, je voudrais juste que tu le saches.

Il lui caressa la joue.

— Et je parie qu'habituellement, tu n'acceptes pas d'invitations de la part d'hommes que tu viens juste de rencontrer.

— En effet.

Alors, pourquoi lui ? Et pourquoi cette nuit ?

Pas de questions. Ne demande rien, on ne te répondra pas de mensonges. Et tu n'auras pas non plus à donner de réponses, se dit-il.

Il fouilla dans le tiroir de sa table de chevet et vérifia la date sur le paquet de préservatifs.

— Ça va, on n'a rien à craindre. Maintenant, si tu préfères que je quitte la chambre pour que tu puisses te rhabiller tranquillement pendant que j'appelle un taxi… Je ne suis pas du genre à forcer une femme à faire ce qu'elle n'a pas envie de faire.

— Je sais, murmura-t-elle. Sinon je ne t'aurais pas suivi jusqu'ici.

Il fut touché par la confiance qu'elle avait en lui. C'était comme si quelque chose venait de se craqueler dans la région de son cœur. Mais il savait que celui-ci était profondément caché en lui.

Ici, il s'agissait de plaisir, et non d'émotions. Il ferait en sorte qu'elle passe un bon moment, et lui aussi. Ensuite, il la reconduirait chez elle, lui dirait au revoir. Les chances pour qu'il la revoie dans une ville de près de huit millions d'habitants étaient pratiquement nulles. Tous deux reprendraient le cours de leur vie, et il continuerait à faire ce qu'il avait toujours fait : fréquenter les gens et bien s'entendre superficiellement avec eux, en ne s'approchant d'aucun d'eux de trop près.

— Ne réfléchis pas tant, lui dit-elle doucement.

Cela signifiait-il qu'elle ne voulait pas réfléchir, elle non plus ? Il était à peu près sûr qu'elle cherchait à fuir quelque chose, mais appréciait qu'elle n'essaie pas d'en discuter. Car il n'avait aucune envie de parler de ce qui tournait en boucle dans sa tête.

Il l'embrassa de nouveau. C'était plus facile de ne pas penser quand il la touchait. Il lui suffisait de s'abandonner à ses sensations, de se perdre dans le plaisir.

Ecartant la couette, il la souleva légèrement dans ses bras et l'adossa contre les oreillers.

Elle lui sourit en lui caressant la joue.

— Aaron…

Il l'embrassa encore et encore, puis fit glisser son slip. Elle l'accompagna au passage d'un mouvement des reins.

— Tu es très belle. J'ai tellement envie de te toucher.

— Alors fais-le, dit-elle d'une voix douce.

Il enfouit son visage dans son cou qu'il couvrit de petits baisers, puis, descendant peu à peu, prit la pointe d'un sein dans sa bouche et le suça. Elle se cambra et fourra les mains dans ses cheveux, comme pour l'encourager à poursuivre.

Tour à tour embrassant et léchant sa peau, il atteignit son ventre et s'agenouilla entre ses jambes. Elle retint sa respiration. Lentement, il caressa l'intérieur de ses cuisses du bout des doigts, sa bouche suivant la voie ouverte par sa main. Elle se mit à haleter, et c'était exactement ce qu'il voulait : qu'ils oublient tout le reste, excepté le moment qu'ils étaient en train de vivre.

— Aaron… Oui, murmura-t-elle quand sa langue caressa son sexe.

Il titilla doucement son clitoris du bout de la langue, jusqu'à ce qu'il l'entende pousser un gémissement de volupté. Alors il alterna des mouvements de plus en plus appuyés et rapides avec d'autres plus doux et lents. Quand elle atteignit l'orgasme, son corps se cabra et il la tint un long moment contre lui. Tout alanguie par le plaisir, elle était comme une poupée de chiffon dans ses bras.

— Aaron…

— Je voulais que cette première fois soit pour toi, lui dit-il.

Il vit ses yeux se remplir de larmes, comme si elle n'était pas habituée à ce que l'on tienne compte d'elle de cette façon. Il aurait volontiers cassé la figure du type qui lui avait fait croire que ce qu'elle ressentait n'avait pas d'importance.

A cet instant, il eut une vague idée de ce qu'elle devait fuir, et de la raison pour laquelle elle semblait avoir si peu confiance en elle.

De son côté, il pouvait l'aider à se sentir mieux. Qui plus était, cela pouvait également être bénéfique pour lui.

Il tendit la main vers un préservatif et la pénétra en douceur. Les effets de l'orgasme étaient encore perceptibles en elle. Il commença à bouger lentement et elle noua les jambes autour de sa taille pour l'attirer plus en profondeur, contractant ses muscles autour de son sexe.

— C'est si bon, grogna-t-il.

Elle sourit, et recommença.

— Viens sur moi, lui dit-il. Je veux voir ta superbe chevelure retomber sur nous deux.

Elle lui jeta un coup d'œil légèrement surpris.

— Tu aimes mes cheveux ?

Comment pouvait-elle douter de leur beauté ?

— *J'adore* tes cheveux.

Elle sourit de nouveau et ils roulèrent sur le côté. Il était sur le dos et elle le chevauchait. Elle se mit à onduler en cadence et ses cheveux retombèrent sur eux, comme il l'avait demandé.

La réalité dépassait son imagination.

— Tu es magnifique, dit-il dans un souffle.

Apparemment, elle aimait contrôler la situation et l'agaça comme il l'avait fait avec elle, laissant la pression monter jusqu'à un certain point, puis relâchant le rythme avant de recommencer.

Quand il jouit, il sentit qu'elle atteignait de nouveau l'orgasme et la serra tout contre lui jusqu'à ce qu'ils aient recouvré leurs esprits.

— Je m'occupe du préservatif, dit-il enfin.

— Et moi, je vais m'habiller et appeler un taxi.

Il jeta un coup d'œil à son réveil.

— A cette heure de la nuit ? Pourquoi ne pas rester ? A moins que tu ne doives être quelque part…

— Je peux être partout où je le décide, répondit-elle.

— Alors, reste, dit-il spontanément.

Mais qu'était-il donc en train de faire ? Il aurait dû s'habiller et la reconduire chez elle, au lieu de lui demander de rester. Il faisait le premier pas sur une pente très glissante au bout de laquelle quelqu'un risquait d'entrer dans sa vie.

Or, il n'était pas doué pour les contacts rapprochés. Au travail, pas de problèmes, mais tout ce qui impliquait des émotions le faisait reculer. D'ailleurs, toutes ses petites amies sans exception s'en étaient plaintes. Mais aucune d'elles ne lui avait donné envie de changer ou même de poursuivre leur relation, ce qui avait renforcé sa conviction : l'amour n'était pas pour lui.

Il devait donc tout arrêter. Dès maintenant.

Mais les mots qui sortirent de sa bouche n'étaient pas en accord avec ses pensées.

— Je pourrais te préparer un petit déjeuner. Il y a une pâtisserie au coin de la rue qui fait des croissants fantastiques.

— Et tu me feras ton café ?

— Naturellement.

Avait-il donc perdu tout son bon sens ? Pourquoi ne la poussait-il pas dehors au plus vite ?

Il fit une dernière tentative pour tout empêcher.

— Est-ce que tu as besoin… d'insuline, ou d'autre chose ?

— J'ai ce qu'il faut, répondit-elle.

A présent, il était trop tard pour lui demander de partir, pas vrai ?

Bon. C'était juste pour une nuit. Passer quelques heures avec quelqu'un n'équivalait pas à une déclaration d'amour éternel, tout de même. Rien n'était perdu.

Il se débarrassa du préservatif.

— Il y a des serviettes propres dans la salle de bains. Je t'en prie, fais comme chez toi.

Elle lui adressa un sourire embarrassé.

— Je ne voudrais pas en demander trop, mais pourrais-tu me prêter un peignoir ?

Elle n'osait pas sortir du lit nue.

— Bien sûr.

Il alla chercher le sien qui était accroché derrière la porte et le lui tendit en fermant les yeux. Quelques minutes plus tard, elle était de retour, la peau encore légèrement humide, fleurant bon son gel douche au parfum citronné.

— Veux-tu que je ferme encore les yeux ? demanda-t-il, tandis qu'elle restait debout près du lit.

Elle hocha la tête.

— C'est un peu pathétique, je sais.

Non. Cela signifiait simplement qu'elle n'était vraiment pas habituée aux aventures d'une nuit. Mais peut-être en avaient-ils tous les deux eu besoin, cette fois. Il attendit qu'elle ait regagné le lit pour se pencher sur elle et lui embrasser le bout du nez.

— Pour ta gouverne, il n'y a rien de pathétique là-dedans, dit-il. Je trouve même cela charmant. Et je suis très flatté que tu m'aies choisi pour… être avec toi cette nuit.

Elle ne répondit pas, mais le coin de ses yeux se plissa.

— Et maintenant, si on dormait ? fit-il avant d'éteindre la lumière.

Cela faisait très, très longtemps qu'il n'avait pas passé la nuit avec une femme. Ce n'était sans doute pas la décision la plus sensée qu'il ait prise. Mais à cet instant, il fut heureux de s'endormir tout contre sa chaleur, leurs deux corps s'emboîtant parfaitement. Et demain…

Demain, ils prendraient le petit déjeuner, se diraient au revoir en souriant et reprendraient chacun sa route.

Joni se sentait bien, contre le corps chaudement lové autour du sien.

Soudain, elle ouvrit grand les yeux. *Le corps ?*

Tout lui revint aussitôt à l'esprit : elle avait passé la nuit entière avec Aaron.

Mais le réveil risquait d'être embarrassant. Ce qui s'était passé la veille n'était dû qu'à la folle impulsion du moment — à laquelle elle n'aurait pas dû céder.

Pourquoi était-elle restée pour cette dernière danse ? Pourquoi l'avait-elle laissé l'embrasser, pour ensuite faire l'amour avec lui ? Et pourquoi n'avait-elle pas saisi les occasions qu'il lui avait offertes de faire machine arrière et de s'enfuir pour retrouver la sécurité de son appartement ?

La panique s'insinua en elle. Qu'est-ce qu'Aaron allait lui demander ce matin ? La veille, il avait parlé de prendre le petit déjeuner. Chercherait-il à poursuivre leur relation parce qu'ils avaient passé la nuit ensemble ? Ou craindrait-il, comme elle, qu'elle ne veuille davantage de lui qu'il n'était prêt à donner ?

Retenant son souffle, elle écouta. Il avait une respiration profonde et régulière. Elle avait une chance de sauver la situation.

S'en aller sans dire au revoir n'était pas une attitude très courageuse, mais elle l'assumait. Dans quelques minutes, elle quitterait l'appartement sur la pointe des pieds et sortirait en même temps de sa vie. Les probabilités de se recroiser dans une grande ville comme Londres étaient pratiquement nulles, d'autant plus qu'elle n'avait aucunement l'intention de retourner à la boîte de salsa.

Ainsi, ils garderaient tous deux un bon souvenir de leur rencontre et n'auraient pas le temps d'être déçus.

Avec précaution, elle écarta les mains d'Aaron de sa taille. Il continua à respirer calmement. A l'évidence, il faisait partie de ces gens que rien ne pouvait distraire de leur sommeil. Il devait avoir besoin d'une bonne sonnerie pour se réveiller le matin.

Partir sans un mot était tout de même un peu dur. Dans la cuisine, elle repéra un bloc-notes et un stylo près du téléphone. Elle griffonna quelques mots sur un papier qu'elle posa en évidence contre un mug.

Puis, ayant rassemblé ses affaires, elle gagna rapidement la rue. Sur le trottoir, un passant lui jeta un coup d'œil éloquent : on était dimanche matin et, à en juger par sa tenue habillée, il était facile de deviner qu'elle avait passé la nuit hors de chez elle.

Elle se redressa fièrement. D'accord, sa conduite de la veille n'avait pas été habituelle. Mais c'était exactement ce dont elle avait eu besoin. Contrairement à Marty, Aaron lui avait fait ressentir de l'estime pour elle-même. Il avait dissipé la tristesse qui menaçait de plomber cette soirée. Elle n'avait donc aucun regret.

A présent, un taxi allait la ramener à sa vie habituelle.

Au réveil, Aaron trouva le lit froid à côté de lui. Joni était partie sans le réveiller.

Il aurait dû se sentir soulagé, puisqu'il ne voulait pas de complications dans sa vie. Mais alors, pourquoi était-il déçu ? En fait, il aurait aimé se réveiller auprès d'elle et qu'ils prennent ensemble tranquillement leur petit déjeuner.

Il secoua la tête. Etait-il donc devenu fou ? Il ne savait rien de Joni — à part son prénom. Les chances de la retrouver dans une ville comme Londres étaient quasi inexistantes et c'était sans doute mieux ainsi.

Ce fut après avoir pris sa douche et s'être habillé qu'il remarqua le mot en allant se faire un café.

Merci pour tout. J.

Sympa. Voilà qui dénotait une bonne éducation. Mais il remarqua aussi qu'elle n'avait pas laissé son numéro de téléphone ni aucun autre moyen de la joindre. Elle ne voulait donc pas le revoir.

— C'est mieux comme ça, dit-il tout haut, comme pour mieux s'en convaincre.

Mais sa voix résonna étrangement dans le vide.

En tout cas, il n'avait pas le temps de rester là à ruminer. Son nouveau travail commençait le lendemain. Il l'occuperait suffisamment pour l'empêcher de penser à la femme sublime à la chevelure incroyable qui lui avait fait voir trente-six chandelles et avait passé la nuit blottie dans ses bras.

Un nouveau job, de nouvelles responsabilités, une nouvelle équipe…

Tout cela, il le vivrait seul. Il ne connaissait pas d'autre façon de faire.

3.

— As-tu fait la connaissance de notre nouveau consultant ? demanda Nancy, l'infirmière de salle, tandis que Joni se préparait un café dans la petite cuisine.

— Pas encore, répondit-elle. J'ai été en consultations toute la matinée pour la médecine du voyage, c'est ma première pause. A quoi est-ce qu'il ressemble ?

— Le voilà qui arrive, tu vas pouvoir en juger par toi-même.

La porte s'ouvrit. Joni se retourna pour accueillir le nouveau venu, une ébauche de sourire aux lèvres, et se figea aussitôt.

De tous les hôpitaux et les services existant au monde, il avait fallu qu'il atterrisse dans le sien. Elle vit à son expression qu'il l'avait immédiatement reconnue.

Génial. La seule fois de sa vie où elle passait une nuit de folie avec un bel étranger, il fallait que ce soit quelqu'un avec qui elle allait devoir travailler.

Comment la vie pouvait-elle créer des situations aussi compliquées, aussi embarrassantes ?

Eric Flinders, le chef du service, fit les présentations.

— Voici M. Hughes, notre nouveau consultant. Aaron, vous avez déjà vu l'infirmière Meadows, et voici le Dr Parker, notre interne spécialiste. Elle va travailler étroitement avec vous.

De plus en plus embarrassant. Elle se mit à souhaiter que le sol s'ouvre pour l'engloutir, mais rien ne se passa.

Elle n'eut pas d'autre choix que de lui faire face.

— Enchantée, M. Hughes, dit-elle en lui tendant la main.

A son grand soulagement, il se contenta de la lui serrer, sans mentionner leur précédente rencontre.

— Moi de même, docteur Parker.

Pour ce qui était de ne jamais revoir sa belle étrangère, c'était réussi. Aaron allait même devoir travailler en étroite collaboration avec elle !

Les hauts talons, la jupe courte et l'incroyable chevelure du samedi soir avaient disparu, cédant la place au pantalon-blouse blanche et chaussures plates. Quant à ses cheveux, ils étaient attachés en une simple tresse.

Il nota le nom sur son badge : Dr N. Parker. Elle avait pourtant prétendu s'appeler Joni. Le prénom faisait-il aussi partie du déguisement ?

Ses lèvres souriaient, mais il lut de la panique dans son regard. Cependant, il n'avait aucunement l'intention de mentionner la nuit de samedi, si elle n'en faisait rien de son côté. Tous deux avaient vécu un moment de folie, et il espérait que, tout comme lui, elle tiendrait à en rester là.

— Vous assurerez ensemble les consultations de tuberculose cet après-midi, dit Eric Flinders en souriant à Joni. Vous pourriez peut-être expliquer à M. Hugues comment les choses fonctionnent ici ?

— Bien sûr, monsieur Flinders, répondit-elle.

Eric Flinders faisait apparemment en sorte que les rapports entre collègues restent très formels.

Joni jeta un coup d'œil à sa montre.

— On pourrait peut-être profiter de la pause déjeuner ? dit-elle.

— C'est parfait pour moi, Dr Parker, répondit-il.

Elle lui sourit.

— J'en profiterai pour vous faire faire le tour des locaux et vous montrer la cafétéria. Au début, tant qu'on n'a pas pris ses repères, un nouvel hôpital ressemble un peu à un labyrinthe…

Il comprenait pourquoi le chef du département avait chargé Joni de lui faire découvrir l'établissement. Elle était clairement du genre à prendre les gens sous son aile pour qu'ils se sentent rapidement partie intégrante de l'équipe. A n'en pas douter, sa personnalité était aussi belle que son physique. Ce qui faisait d'elle quelqu'un de d'autant plus dangereux.

— Merci, dit-il poliment.

— Je dois d'abord faire la tournée des patients. On pourrait se retrouver à 12 h 30 ?

— Entendu.

Il constata avec inquiétude qu'il avait déjà hâte d'y être. Bon sang. Il fallait arrêter cela tout de suite. Joni — le Dr N. Parker — était sa collègue. Point. Et il avait intérêt à ne pas l'oublier.

Joni arriva à leur rendez-vous avec dix minutes de retard.

— Désolée, la tournée a duré plus longtemps que prévu et…

— Tout va bien, dit-il gentiment. Si un patient a besoin d'un peu plus de temps, on peut difficilement lui dire d'attendre la prochaine fois.

Elle lui adressa un coup d'œil reconnaissant et ils se rendirent directement à la cafétéria de l'hôpital. Là, il ne fut pas surpris de la voir opter pour un repas parfaitement équilibré plutôt que pour le sandwich le plus proche et une barre chocolatée. De même, elle but de l'eau plate et non pas une quelconque boisson sucrée. Il était clair qu'elle veillait à son taux de sucre, la nuit de samedi avait été pour elle une exception.

Quant à lui, il fallait qu'il arrête de penser à cette fameuse nuit… A la douceur de sa peau contre la sienne. Leur relation devait être uniquement professionnelle.

— Le café n'est pas trop mauvais ici, dit-elle avant de rougir comme si elle se rappelait celui qu'il lui avait fait. Hum… En ce qui concerne notre service, je suppose qu'il fonctionne à peu près comme celui dans lequel vous étiez.

— A Manchester, dit-il.

— Nous avons donc les visites aux patients, les tournées de salles, les réunions où l'on passe les cas en revue. Puis nous assurons les consultations régulières — tuberculose, médecine du voyage, parasitologie et maladies tropicales. Il y a aussi les consultations externes pour les gens qui viennent juste de rentrer de l'étranger, de sorte qu'ils n'ont pas besoin de passer par leur généraliste. On y traite généralement les problèmes habituels — parasites intestinaux, éruptions cutanées et fièvres. Parfois il nous arrive de tomber sur un cas plus rare, mais le plus souvent ce sont des symptômes de gastro.

Voilà qui ressemblait beaucoup à ce qu'il avait fait à Manchester.

Il remarqua que, tout en lui parlant, elle évitait son regard. Il devait réagir.

— Dr Parker, dit-il doucement.

— Ou-oui, répondit-elle, visiblement nerveuse.

— Nous pourrions peut-être nous débarrasser de l'éléphant qui est dans la pièce.

Elle inspira profondément.

— Je suis désolée. Vraiment, je n'ai pas l'habitude de… Oh ! non ! fit-elle en couvrant son visage de ses mains. Il faut que j'arrête de m'excuser tout le temps. Bailey ne serait pas contente de moi, elle me mettrait à l'amende. Vous savez qu'il y a des gens qui mettent une pièce de monnaie dans une tirelire chaque fois qu'ils disent un gros mot ? Eh bien, moi, j'ai une tirelire pour les fois où je m'excuse, lorsque cela dépasse une fois par jour.

Elle se mordit la lèvre.

— J'ai bien dû m'excuser deux fois auprès de vous, aujourd'hui.

— Plutôt trois, dit-il en souriant. Quoi qu'il en soit, ce qui s'est passé ce week-end restera entre nous et ne regarde personne d'autre, je voulais vous le dire.

— Merci, répondit-elle d'un air soulagé. Je n'en suis pas revenue lorsque je vous ai vu. Les chances de retomber l'un sur l'autre étaient tout de même minimes. D'autant plus que les maladies tropicales et infectieuses ne sont pas une spécialité courante.

— En effet. Mais on aurait sans doute fini par se retrouver, dans une réunion inter-hôpitaux, par exemple. Et si on reprenait les choses depuis le début, comme deux collègues qui viennent juste de faire connaissancc ? Bonjour, je m'appelle Aaron Hughes, spécialiste en médecine tropicale. Enchanté de vous connaître, dit-il en lui tendant la main.

Elle la prit et il se retint de tressaillir quand elle le toucha. Mauvais signe. Il ne fallait pas qu'il réagisse comme cela avec elle. Pas de liens affectifs.

— Je m'appelle Joni Parker, et je suis également spécialiste en médecine tropicale. Enchantée.

Elle n'avait donc pas menti sur son prénom.

— Que veut dire le « N » sur votre blouse ? demanda-t-il, laissant la curiosité l'emporter.

— Nizhoni, répondit-elle. Comme c'est un peu compliqué, la plupart des gens l'ont raccourci en « Joni ».

— Ce n'est pas un prénom ordinaire.

— C'est un peu exotique, tout comme notre spécialité, répondit-elle en souriant, d'un vrai sourire qui fit briller ses beaux yeux sombres.

Pour le coup, il lui sembla que son sang s'échauffait dans ses veines. C'était une très mauvaise idée. Il ne pouvait se permettre de s'impliquer émotionnellement avec Joni Parker, quelle que soit l'attirance qu'il éprouvait pour elle.

Très jeune, il avait appris que garder ses distances était le meilleur moyen d'être en sécurité. Cela permettait d'éviter la souffrance. Si on se laissait aller à aimer quelqu'un, on finissait toujours par se retrouver seul, le cœur brisé. Rester sur la réserve permettait de survivre avec un cœur intact.

— Je crois que la seule différence avec Manchester, ce sont les rapports formels entre collègues qu'il y a ici, dit-il. Là-bas, nous nous appelions tous par nos prénoms.

En même temps, il était bien content qu'ils soient spontanément repassés au vouvoiement, cela permettait de garder une distance.

— Ici aussi, excepté M. Flinders qui marque sa différence. La plupart des membres de l'équipe sont là depuis plus longtemps que moi, comme Nancy, l'infirmière en chef, qui est adorable. Il y en a aussi un ou deux qui viennent juste de commencer. Mikey par exemple, notre médecin de première année, hésite encore entre la médecine tropicale et les urgences pour sa spécialisation. Il fait un roulement de six mois avec nous avant de prendre sa décision.

Puis elle passa en revue le reste de l'équipe.

— En fait, nous sommes tous assez soudés, dit-elle en conclusion. On essaie de passer une soirée tous ensemble au moins une fois par mois. C'est à chacun son tour de l'organiser, et à qui trouvera le thème le plus original.

Elle laissa échapper un sourire malicieux.

— Pour l'instant, c'est moi qui gagne.

— Avec quoi ? demanda-t-il, curieux.

— Une soirée pizza.

— Et qu'y a-t-il de si original là-dedans ? Il y a une pizzeria pratiquement à chaque coin de rue.

Le sourire de Joni s'élargit.

— Ce qui n'est pas banal, c'est de devoir tout d'abord traverser des trombes d'eau sans être mouillé.

Il la regarda sans comprendre.

— Comment est-ce possible ? Etes-vous en train de me dire que vous pouvez prévoir le temps qu'il fera ?

Elle rit franchement.

— Pas du tout. En fait, il s'agissait d'une manifestation

artistique, qui est malheureusement terminée, sinon je vous aurais recommandé la visite. Pour ma part, j'y suis allée quatre fois. A la base, il y avait une installation très précise, avec des capteurs détectant les mouvements qui empêchaient la « pluie » de tomber sur les spectateurs. Mais cela dépendait de leur façon de se déplacer et de leur rapidité.

— Ce devait être amusant, dit-il.

— Très. On était comme des gamins, à essayer de tout faire pour recevoir la pluie. On a sauté dans la pièce, dansé la valse, la samba, tenté d'imiter la « moonwalk » de Michael Jackson…

Elle rit de nouveau et il sentit son sang s'échauffer. Ne pas se laisser distraire…

— A part ça, on a aussi fait du patin à glace, pris un cours de tango… Après, on mange tous ensemble — du poisson et des frites, une pizza ou un curry. Tous les trimestres, nous avons aussi une soirée quiz avec le département des urgences. L'équipe perdante approvisionne les gagnants en biscuits au chocolat pendant une semaine. J'espère que vous êtes bon en culture générale, parce que nous avons perdu les trois dernières fois.

Elle lui décocha encore un de ses sourires qui lui donnaient envie de la prendre dans ses bras et de l'embrasser.

— Cela ne nous ferait pas de mal de gagner cette fois-ci, pour qu'ils arrêtent un peu de se pavaner.

— Je ne suis pas mauvais en culture générale, mais ne pariez pas les biscuits sur moi, dit-il sur le ton de la plaisanterie. En tout cas, c'est bien d'être proche des autres départements.

Elle soupira.

— Mais le nouveau directeur de l'hôpital ne s'en rend même pas compte. Dans une quinzaine de jours, il va envoyer certains d'entre nous dans un de ces centres de coaching pour entreprises qui coûtent très cher. Pour nous apprendre à former une équipe, paraît-il. Je suppose que nous devrons nous soumettre à ce que le directeur demande…

— Est-ce que je peux vous offrir un café ? demanda-t-il.

Elle le regarda d'un air méfiant.

— Pourquoi ?

— Juste pour vous remercier de m'avoir présenté l'établissement en m'indiquant tout ce que j'ai besoin de savoir sur le fonctionnement du département, répondit-il avec empressement.

Elle sourit, visiblement soulagée. Cette femme était un livre ouvert. Elle n'avait de toute évidence pas l'habitude de cacher ses émotions — contrairement à lui.

— C'est inutile, je le fais avec plaisir, dit-elle. Mais un café sera le bienvenu, merci. Un cappuccino, sans chocolat sur le dessus.

Oui, il savait. Et il fut content d'avoir trouvé une excuse pour quitter la table avant de faire quelque chose d'inconsidéré — comme de l'inviter à dîner. Ils étaient collègues. Ils n'avaient pas besoin de compliquer la situation en cédant à une certaine attirance mutuelle. Même si Joni était la femme la plus splendide qu'il ait jamais rencontrée, il fallait qu'il résiste à ces pulsions ridicules.

De retour à la table avec les cafés, il réprima difficilement une grimace à la première gorgée de son espresso.

— Vous n'aimez pas ? dit-elle.

— J'avoue que je suis un peu difficile pour le café.

— Dans ce cas, je dois vous avertir que dans la salle de repos de l'hôpital, il n'y a que de l'instantané. Et le thé est encore pire.

— C'est noté.

— Comment êtes-vous devenu fin connaisseur en café ?

C'était une question personnelle, mais elle n'était pas entachée d'émotions, il pouvait donc y répondre sans problème.

— J'ai travaillé comme barman lorsque j'étais étudiant.

C'était un café, et pas une chaîne. Pour mon patron, un bon café équivalait à un grand cru. Il m'a beaucoup appris.

— D'où votre superbe machine à café, dit-elle.

Elle rougit aussitôt.

— Du moins, je suppose que vous en avez une, se reprit-elle. Car comment pourrais-je connaître votre cuisine ?

Il ne put s'empêcher de sourire.

— Euh… Je crois qu'il est temps d'y aller, dit-elle, les consultations commencent dans un quart d'heure.

Une excuse bien pratique. Et qui l'arrangeait lui aussi, car, plus il passait de temps avec Joni Parker, plus elle lui plaisait. Ce qui risquait de menacer sérieusement sa tranquillité d'esprit.

Au club de salsa, Bailey avait qualifié Aaron de « sexy ». Mais à l'hôpital, il était encore plus fabuleux. Joni avait toujours eu un faible pour les hommes de son genre. Par exemple, elle aurait choisi Clark Kent plutôt que Superman. Avec sa blouse blanche et ses lunettes finement cerclées, il lui plaisait incontestablement, mais il était son collègue de travail.

Vouloir se rappeler ce qu'il lui avait fait durant la nuit de samedi ne rimait donc à rien, d'autant qu'il avait lui-même abordé le sujet et lui avait clairement signifié qu'il n'avait pas l'intention de recommencer.

Elle ne pouvait que lui donner raison : une relation extraprofessionnelle entre collègues travaillant ensemble ne pouvait que se révéler gênante pour le reste de l'équipe.

Garder ses distances était la seule chose sensée à faire, elle pourrait ainsi mieux se concentrer sur son travail.

La troisième patiente venue consulter était une jeune fille de dix-neuf ans, Cara, qui avait pris une année sabbatique avant de commencer la faculté et était allée travailler pendant un an dans une école, à Bornéo.

De retour depuis deux mois, elle toussait beaucoup, avait

perdu l'appétit et était constamment fatiguée. Elle avait également des sueurs nocturnes. Sa mère avait regardé sur internet et, d'après les symptômes, craignait qu'elle n'ait un cancer.

— Ce genre de symptômes peut signifier beaucoup de choses et pas seulement un cancer, lui dit gentiment Aaron. Surfer sur internet a du bon, mais vous pouvez aussi vous faire vraiment peur lorsque vous n'avez pas tous les éléments. Il est toujours bon de consulter son médecin pour éviter de s'inquiéter sans raison.

— Mais mon médecin m'a demandé de passer une radio…

— Parce que cela lui permettra de préciser son diagnostic en éliminant certaines possibilités, dit Joni.

Cara hocha la tête.

— Le technicien m'a dit qu'il n'y avait pas de signe de tumeur, mais qu'il voyait des taches blanches qui pouvaient être un signe de tuberculose.

— C'est pourquoi votre médecin vous a envoyée ici, puisque la tuberculose entre dans la catégorie des maladies tropicales et infectieuses.

Aaron tourna l'écran pour que la patiente puisse le voir.

— Il y a des traces sur vos poumons, ces taches blanches sont un symptôme classique de la tuberculose, dit-il. J'ai vu que votre médecin vous avait également fait passer un test cutané vendredi dernier. Et tous les autres symptômes que vous avez décrits correspondent également.

— Mais comment est-ce possible ? Je croyais que plus personne n'attrapait cette maladie.

— La tuberculose est due à une infection bactérienne, elle est encore bien présente dans certaines parties du monde, répondit-il. Elle se transmet par la toux et les éternuements, et peut affecter d'autres parties du corps que les poumons. C'est pourquoi les tests sont nécessaires. Toutes les personnes qui ont la tuberculose ne sont pas forcément contagieuses — il ne suffit pas d'être assis à côté de quelqu'un qui en est atteint pour l'attraper. Mais si vous partagez la chambre d'une personne malade, vous avez d'autant plus de risques d'être atteinte. Or, Bornéo a un taux de contamination assez élevé. Si votre examen cutané est positif, je suppose que c'est là que vous avez attrapé la maladie.

Cara eut l'air inquiet.

— On était plusieurs étudiants par chambre. Pensez-vous qu'ils puissent êtes malades ?

— Soit l'un d'eux vous a contaminée, soit vous avez attrapé l'infection ailleurs et c'est peut-être vous qui la leur avez transmise. Ce serait bien de les avertir et de leur conseiller d'aller voir leur médecin pour qu'ils en aient le cœur net.

— Oh ! mon Dieu, dit Cara avec un soupir. Je me sens mal à l'idée que j'ai peut-être contaminé d'autres personnes.

— Ce n'est pas votre faute, dit Joni. Vous ignoriez que vous étiez malade, car la tuberculose met un certain temps à se manifester.

Aaron examina l'avant-bras de la patiente, à l'endroit où l'examen cutané avait été effectué.

— C'est boursouflé et rouge, le test est donc positif, dit-il. J'aurai également besoin d'un examen de crachats, mais la culture des bactéries prend environ quinze jours, nous devrons attendre les résultats. Cependant, je suis pratiquement certain que vous êtes atteinte de tuberculose et j'aimerais commencer le traitement dès à présent.

— La bonne nouvelle, c'est que vous pouvez vous soigner chez vous avec des antibiotiques, dit Joni. Il faudra en prendre de deux sortes pour que nous soyons sûrs que l'infection est enrayée.

— Vous devriez vous sentir mieux d'ici deux semaines, dit Aaron. Mais il est très important que vous continuiez à prendre les médicaments pendant les six mois à venir, sans arrêter lorsque vous irez mieux.

— Six mois ?

— Oui. Sinon l'infection ne disparaîtra pas et la bactérie risque de devenir résistante aux antibiotiques que nous vous donnons. Dans ce cas, la guérison sera encore plus longue à venir.

— Alors, je promets de prendre les médicaments jusqu'au bout, même si je me sens mieux, répondit aussitôt Cara.

— Il se peut que le traitement entraîne des effets secondaires comme des nausées, des démangeaisons et des engourdissements des mains ou des pieds, vous pouvez avoir un teint plus jaune, une urine plus foncée ou des troubles de la vue. Dans ce cas, il faudra adapter le traitement, dit Joni. Mais nous vous donnerons une brochure contenant tous ces renseignements, vous y trouverez également des conseils pour éviter de transmettre le virus à votre entourage — famille, amis ou collègues. Il faut vous couvrir la bouche quand vous toussez ou que vous éternuez, et même si vous riez. Vous devrez jeter tous vos mouchoirs sales dans un sac en plastique fermé. Et ne dormez pas avec quelqu'un d'autre, car vous pourriez tousser ou éternuer dans votre sommeil.

— Pour l'instant, il faut rester chez vous, dit Aaron. On se verra une fois tous les quinze jours. Nous garderons un œil sur vous et vous dirons quand vous pourrez retourner travailler en toute sécurité. Si vous avez la moindre inquiétude, n'hésitez pas à nous appeler.

Il écrivit l'ordonnance pendant que Joni remettait toutes les informations à Cara.

Aaron avait un bon contact avec les patients. Il était clair, précis et aussi plein de sollicitude — il avait serré les mains de la jeune fille quand elle s'était inquiétée à propos du cancer.

Quant à ses rapports avec elle dans le travail, ils étaient

simples et naturels, ce qui faisait des consultations un plaisir. Toutes les conditions semblaient réunies pour que l'équipe puisse donner tout son potentiel. Elle n'avait pas l'intention de mettre cet équilibre en péril à cause d'un béguin ridicule pour cet homme. Dans quelques jours, il n'en serait même plus question.

C'était à souhaiter, en tout cas.

A la fin des consultations, tous deux avaient des notes à taper.

— Merci d'avoir rendu ma première matinée aussi agréable, lui dit Aaron.

— Le plaisir était pour moi.

S'il n'y avait pas eu la nuit de samedi, elle l'aurait même invité à venir prendre un verre avec quelques collègues après le travail, pour qu'il s'intègre plus facilement. Mais cette nuit avait bel et bien existé, et elle ne voulait pas qu'il interprète mal son geste — d'autant qu'il lui avait clairement fait comprendre qu'il ne tenait pas à reprendre les choses où ils les avaient laissées.

L'attirance qu'elle éprouvait pour lui n'était donc pas réciproque. Elle n'avait aucune envie de recommencer une relation avec quelqu'un qui ne s'investirait pas autant qu'elle. Elle était déjà passée par là et avait retenu la leçon.

4.

— Tu plaisantes. Le type sexy du club de salsa est ton nouveau consultant ? C'est une blague ! fit Bailey tout bas en passant dans la posture du chien sur son tapis de yoga.

— Pas du tout, répondit Joni en chuchotant.

— On ferait mieux de se taire, Jenna nous fait les gros yeux. Tu me raconteras ça après. Concentre-toi un peu sur ta posture…

Après le cours, elles se rendirent à leur bistro habituel, où elles commandèrent deux supersalades au poulet et un verre d'eau gazeuse agrémentée d'une rondelle de citron.

— Alors, parle-moi de Mister Sexy, dit Bailey.

— On a été de service ensemble.

— J'espère qu'il est meilleur médecin que danseur…

Joni esquissa un sourire.

— En effet. Il est gentil avec les patients, il sait les écouter et leur parler.

— Et… ?

Mal à l'aise, elle s'agita sur son siège.

— Nous avons passé la nuit ensemble samedi, Bailey. Je l'ai suivi chez lui et je suis restée. Tu te rends compte ? Un parfait étranger !

Bailey balaya sa remarque d'un revers de main.

— Cela fait des années que je te connais et c'est la première fois que ça t'arrive. Tu es un modèle de sagesse, alors ne sois pas trop dure avec toi-même. Et puis, samedi était une journée particulière, tu avais besoin de penser à autre chose.

Elle regarda son amie droit dans les yeux.

— Alors, est-il aussi sexy en blouse blanche qu'en chemise ?

Joni resta muette, se sentant rougir jusqu'à la racine des cheveux.

— Ne me dis pas qu'il porte des lunettes… ?

Elle répondit par un simple hochement de tête. En plein dans le mille. Son amie connaissait parfaitement ses goûts.

Le sourire de Bailey s'élargit et elle lui serra l'épaule.

— Parfait. Là au moins, tu as fait la connaissance de quelqu'un de gentil — pas comme ce Marty. Cerise sur le gâteau, il est sexy, correspond à tous tes critères et vous avez des points communs de par votre travail. Je sais que tu lui plais, j'ai vu la façon dont il te regardait. Alors, quand ressortez-vous ensemble ?

— Cela n'arrivera pas.

— Ah. Quel est le problème ?

Joni fit la grimace.

— En tant que collègues, ce n'est pas souhaitable. C'est lui qui a abordé le sujet pendant le déjeuner.

Bailey haussa les sourcils.

— Vous avez déjeuné ensemble ?

— Inutile de te faire des idées. Je lui ai présenté le service et nous avons fait une courte pause à l'heure du repas. Nous avons décidé de repartir de zéro et de faire comme si nous nous voyions pour la première fois.

— Mmm, marmonna Bailey en remerciant la serveuse qui leur apportait leur repas. Bon. Je veux bien qu'il puisse être gênant de se fréquenter quand on travaille ensemble. Mais y a-t-il toujours la même alchimie entre vous ?

Joni soupira.

— Il n'est pas pour moi, Bailey.

— Tu n'as pas répondu à ma question. J'en déduis donc que la réponse est oui.

Elle haussa les épaules.

— De toute façon, c'est à sens unique. Et je n'ai pas envie de me retrouver dans la situation où je suis la seule à être impliquée sur le plan émotionnel.

— Marty a une grande responsabilité là-dedans.

— Pas seulement lui. Tu sais comme moi à quel point j'ai le chic pour choisir l'homme qu'il ne faut pas. Au début il est adorable, puis il devient de plus en plus distant, ou bien il veut me changer.

— Et il te fait croire que tu n'es pas assez bien, alors tu passes ton temps à t'excuser pour des défauts inexistants. Mais d'abord, comment sais-tu que c'est à sens unique, avec Super Sexy ?

— Je le sais, c'est tout.

— Hum. Ce n'est pas ce que j'ai vu samedi. Peut-être que vous iriez très bien ensemble.

— Nous sommes collègues, point final, dit fermement Joni. Et puis, tu peux parler. Quand es-tu sortie avec un homme pour la dernière fois ?

— Il n'y a pas encore assez longtemps, répliqua Bailey. Et il ne s'agit pas de moi.

Joni se rappela comment la vie de sa meilleure amie avait implosé deux ans auparavant. Elle lui serra brièvement la main d'un geste amical.

— Désolée, ce n'est pas ce que je voulais dire. Simplement, il est peut-être temps de tourner la page, et de te donner une chance de rencontrer quelqu'un d'autre et d'être de nouveau heureuse.

— J'apprécie ta sollicitude, mais je suis parfaitement bien ainsi, répondit calmement Bailey. Moi, je te parle de toi et de ton nouveau collègue.

— Il ne se passera rien. A présent, tais-toi, ou tu seras privée de dessert. Et au prochain cours de yoga, je dirai à Jenna que tu insistes pour faire davantage de postures du guerrier.

— Ça, ce n'est vraiment pas sympa. D'accord, je me tais.

— Evite même d'y penser, fit Joni d'un ton d'avertissement.

Bailey lui répondit d'un regard innocent qui ne trompa pas Joni une seconde.

C'était sûrement parce qu'il était célibataire depuis des mois — à part la nuit de samedi. Aaron espérait dompter ses pulsions physiques en faisant de l'exercice.

Il ne pouvait même pas mettre l'entorse à ses principes sur le compte de l'alcool, une demi-pinte de bière et une coupe de champagne étaient insuffisants pour faire voler toutes ses barrières en éclats. Il avait été totalement maître de ses actes.

Simplement, quand il avait vu Joni sur la piste de danse, il avait été assez stupide pour laisser le désir prendre le pas sur le bon sens.

Il ajouta encore des poids à la barre, comme si cela pouvait l'aider à se concentrer sur ce qu'il faisait et à oublier ses émotions. Et le sexe. Et Joni Parker.

Elle était sa collègue. Mais, même si elle ne l'avait pas été, il y avait une bonne de centaine de raisons pour qu'il ne s'approche pas d'elle. Il venait juste d'être promu consultant et ne pouvait pas se laisser distraire de ce nouveau poste.

Mais les poids ne fonctionnèrent pas : il ne pouvait pas s'empêcher de penser à elle. Le rameur et le tapis roulant n'eurent pas davantage d'effet.

Il termina sa séance avec un T-shirt trempé de sueur et des muscles douloureux. Mais Joni était encore dans ses pensées. Et il la désirait toujours.

Le jeudi suivant, une adolescente vint en consultation accompagnée de sa jeune sœur et de sa belle-mère. Cette dernière avait l'air terriblement inquiète.

— Josie a de la fièvre depuis deux jours mais elle a tout le temps froid, elle vomit et a mal à la tête. Aucun calmant n'est efficace. Je craignais une méningite, mais il n'y a pas d'éruption cutanée. Notre médecin nous a envoyées ici, car il pense à la maladie de Lyme.

— Avez-vous séjourné dans un endroit où il y a des tiques ? demanda Joni.

La jeune fille restait muette, visiblement trop malade pour parler.

— C'est possible, répondit Mme Stone. Nous avons fait du camping dans le Colorado pendant deux semaines, nous sommes rentrés depuis quatre jours.

— Je ne constate aucune éruption, dit Joni après avoir examiné l'adolescente. Mais si elle a été piquée juste avant votre retour, c'est sans doute trop tôt.

Ou alors il s'agissait de tout à fait autre chose.

— Quoi qu'il en soit, dit-elle, il y a bien une infection. Nous allons effectuer des examens sanguins et commencer à traiter avec des antibiotiques à large spectre. Josie, nous allons t'admettre à l'hôpital pour mieux nous occuper de toi, ta maman pourra t'apporter des affaires.

— Ce n'est pas ma mère, articula péniblement Josie.

Mme Stone accusa le coup en silence. Il y avait manifestement des tensions dans cette famille, cela ne faisait pas bon ménage avec une maladie qui était peut-être grave.

Discrètement, Joni tapota la main de Mme Stone pour la réconforter.

— A présent, Josie, nous allons te laisser te rhabiller, puis je t'enverrai passer une radio des poumons.

— Au début, quand j'ai épousé son père, tout allait bien, expliqua Mme Stone quand elles eurent quitté la pièce. Sa mère ne lui a pas donné de nouvelles depuis des années. Mais depuis quelque temps, c'est devenu difficile. A son âge, Josie commence à chercher sa place dans le monde. C'est pour tenter d'améliorer l'atmosphère familiale que nous sommes partis camper. C'était une enfant tellement adorable…

— Les adolescents ne sont pas faciles et, de nos jours,

les familles sont souvent complexes, dit doucement Joni. Il ne faut pas vous en vouloir.

— Mais c'est ma faute si elle a été piquée, dit Mme Stone. J'aurais dû tenir bon et l'obliger à utiliser un spray répulsif. L'odeur lui donnait la nausée et elle refusait d'en mettre. J'ai pensé que j'allais perdre une bataille de plus, que ce n'était pas la peine que j'insiste. Si seulement…

Sa phrase s'acheva dans un sanglot.

— En dehors du fait que l'on ne peut pas forcer un ado à faire ce qu'il ne veut pas, les répulsifs ne sont pas efficaces à cent pour cent. Vous n'y êtes pour rien, dit Joni. Nous allons commencer les antibiotiques en attendant les résultats des tests, qui nous permettront de mieux cibler le traitement. Essayez de ne pas trop vous inquiéter.

Plus tard dans l'après-midi, les examens montrèrent que Josie n'avait pas de problème pulmonaire, mais que ses globules blancs étaient un peu trop élevés. Il fallait attendre encore deux jours pour les tests concernant la maladie de Lyme et s'armer de patience en espérant que les antibiotiques commenceraient à agir.

Joni était au milieu d'une consultation quand Nancy fit irruption dans la pièce.

— Désolée de vous interrompre, docteur Parker, mais c'est urgent.

— Que se passe-t-il ? demanda Joni quand elles furent dans le couloir.

— C'est Josie Stone. Je crois qu'elle fait un choc septique.

Oh ! non, pourvu que ce ne soit pas vrai. Dans ce genre de cas, le système immunitaire combattait l'inflammation déclenchée par une infection, ce qui entraînait la formation de caillots dans les veines et les artères. Privés d'oxygène et de nutriments, les organes commençaient à s'affaiblir.

Elle se précipita dans la salle et examina rapidement la jeune fille, veillée par sa sœur et sa belle-mère qui se tordait les mains d'angoisse. La tension de Josie était faible, sa température avait augmenté malgré les médicaments, et ses propos étaient confus.

Tout cela n'augurait rien de bon. Le choc septique semblait évident. Il fallait agir vite.

Joni demanda à Nancy d'aller chercher Aaron et mit en place une perfusion pour éviter la formation de caillots et stabiliser la tension.

— Je vais te mettre un masque pour t'aider à respirer, Josie, dit-elle.

Aaron entra dans la salle.

— Nancy m'a dit que vous aviez besoin de moi.

Son attitude calme et son sang-froid lui firent du bien et apaisèrent la panique qu'elle sentait monter en elle. Rapidement, elle lui résuma le cas de Josie et lui décrivit le traitement qu'elle avait commencé.

— C'est exactement ainsi que j'aurais procédé, dit-il.

Pourtant, elle avait l'impression que quelque chose ne collait pas. Josie avait reçu une seconde dose d'antibiotiques, le traitement aurait dû commencer à agir. Au de lieu quoi, ses symptômes s'aggravaient.

— Nous allons effectuer d'autres examens sanguins, mais tout ce que nous pouvons faire pour l'instant, c'est attendre, dit Aaron comme s'il avait lu dans ses pensées.

Il lui toucha brièvement l'épaule en un geste de solidarité.

— N'hésitez pas à me rappeler en cas de besoin.

Joni préleva des échantillons de sang, et la belle-mère de Josie vint la rejoindre. En quittant le chevet de Josie, Joni remarqua la petite Ruby qui sanglotait. Pauvre petite. Elle devait se faire un sang d'encre pour sa sœur.

S'accroupissant près d'elle, elle lui tendit un mouchoir en papier.

— Nous allons tout faire pour que Josie aille mieux, lui dit-elle.

— C'est ma faute si elle est malade, gémit Ruby.

— Mais non, voyons…

— Si ! Josie est toujours méchante avec moi. J'ai souhaité

qu'elle soit malade pour qu'elle regrette ce qui s'était passé avec l'écureuil pendant les vacances, et c'est arrivé.

Joni se souvint soudain d'un article qu'elle avait lu récemment au sujet des maladies transmises par les rongeurs.

— Que s'est-il passé avec l'écureuil ? demanda-t-elle gentiment.

— Il était mort quand on l'a trouvé. Je voulais l'enterrer, mais maman a dit qu'on n'avait pas le temps et qu'il fallait le laisser. J'ai quand même voulu le faire et dire une prière, mais Josie m'a suivie. Elle a pris l'écureuil pour le jeter dans le ravin, mais plein de choses horribles sont sorties de son ventre. C'était affreux ! Et Josie a dit… Elle a dit que j'aurais des ennuis si j'en parlais à quelqu'un.

Joni lui serra la main d'un geste rassurant.

— Ne t'inquiète pas, ma chérie. En fait, tu viens de nous dire quelque chose qui va peut-être nous aider à soigner ta sœur. Te rappelles-tu quand cela s'est passé ?

— C'était le dernier jour des vacances.

— Merci, Ruby. Tu m'as vraiment été très utile. Je vais porter les échantillons de sang et demander d'autres tests.

La petite fille esquissa un sourire timide.

— Est-ce que Josie va aller mieux ?

C'était une promesse que Joni ne pouvait pas faire tant qu'elle n'était pas certaine du diagnostic.

— Je vais faire tout ce que je peux pour qu'elle aille mieux, dit-elle.

5.

Joni retourna à son bureau et retrouva rapidement l'article qu'elle avait lu. Elle l'imprima, et alla à la recherche d'Aaron.

— Je suis pratiquement certaine que Josie Stone n'a pas la maladie de Lyme, lui dit-elle.

Elle lui raconta ce que Ruby lui avait confié à propos de l'écureuil.

— J'ai lu un article sur les rongeurs dans le Colorado et la peste bubonique.

— Vous êtes sûre que c'est de cela qu'il s'agit ? demanda-t-il, l'air sceptique. Cela fait des années que je travaille dans la médecine tropicale et infectieuse, je n'ai jamais rencontré un seul cas de peste.

— Moi non plus, mais regardez ça, répondit-elle en lui montrant l'article. Il s'agit d'un adolescent qui a eu un grave choc septique à la poitrine, il s'est avéré que c'était la peste bubonique.

Il fronça les sourcils.

— Mais la bactérie de la peste ne se transmet-elle pas par des piqûres de puces ?

— Josie a ramassé un écureuil mort. S'il y avait des puces sur lui, elles ont très bien pu la piquer — il suffit d'une puce infectée pour que la bactérie se répande. J'ai cherché des traces d'éruptions cutanées provenant de la maladie de Lyme autour de ses poignets et de ses chevilles, mais il n'y en avait aucune lorsque je l'ai examinée.

— Et les bubons ?

— Non plus. Pas d'œdèmes aux aisselles ni sur les ganglions lymphatiques, et elle n'a pas de douleurs excepté à la tête. De plus, la période d'incubation pour la peste est de deux à six jours. Elle est malade depuis deux jours. Tout concorde, Aaron.

— Vous avez commencé le traitement aux antibiotiques ?

— Oui, mais ce ne sont peut-être pas les bons.

Elle se mordit la lèvre.

— Il est très possible que l'évolution ait été rapide et que l'on soit déjà passé de la peste bubonique à la peste septicémique, dit-elle. Nous devons faire d'autres examens sanguins. Et je pense qu'il vaut mieux mettre toute la famille sous antibiotiques prophylactiques. La jeune sœur de Josie, Ruby, est persuadée que tout est sa faute.

Aaron savait très bien ce que l'on éprouvait dans ces cas-là. Il était à peine plus âgé que la petite Ruby à la mort de Ned, mais il s'en souvenait encore très clairement, parce que son frère aîné était mort à cause de lui.

Le reste de la famille l'en tenait responsable et lui en avait toujours voulu, il en était persuadé. Si Ned ne s'était pas jeté sur lui pour le protéger du souffle de l'explosion, il n'aurait pas été blessé et emmené à l'hôpital. Et s'il n'avait pas été à l'hôpital, il n'aurait pas attrapé la malaria. Et s'il n'avait pas attrapé la malaria, il ne serait pas mort. L'enchaînement des causes et de leurs effets pesait toujours sur lui.

A l'époque, il n'était qu'un enfant et ne pouvait pas être responsable de ce qui s'était passé, mais il ne pouvait s'empêcher de se sentir coupable. Lui-même s'en était tiré avec une ou deux égratignures et un peu de claustrophobie. Mais Ned — qui aurait eu tant à donner au monde — ne s'en était pas sorti.

Pas maintenant. Il devait se reprendre.

— Allons voir Josie.

Après un examen très minutieux, Joni et lui découvrirent

sur les bras de la patiente deux points minuscules, qui ressemblaient à des piqûres de puces. Il n'y avait toujours aucun gonflement des ganglions, mais Joni était certaine qu'il s'agissait de la peste.

Il hocha la tête.

— Je pense que vous avez raison. L'infection est déjà passée des ganglions aux vaisseaux sanguins. Il faut demander d'autres tests au laboratoire, mais nous allons tout de suite commencer d'autres antibiotiques et mettre Josie à l'isolement. Je veux que tout le personnel porte des gants et des masques quand ils la soigneront.

— Entendu, dit Joni. Je vais également informer le service de santé publique. La peste — bien qu'extrêmement rare — reste une maladie à déclarer obligatoirement. Et nous surveillerons la moindre apparition de rougeurs.

L'un des symptômes classiques de la maladie était une éruption cutanée d'un rouge sombre. Dans ce cas, les saignements ne pouvaient plus être contrôlés et Josie ne s'en sortirait pas.

Aaron posa une main réconfortante sur l'épaule de Joni.

— Vous avez trouvé le problème, et nous allons la surveiller de très près.

— Mmm.

Mais elle avait un mauvais pressentiment. Josie n'était pas tirée d'affaire, loin de là. Plus le traitement commençait tard, moins le résultat était bon. Même avec le traitement adéquat, si la maladie avait déjà évolué en peste septicémique, il n'y avait que cinquante pour cent de chances que Josie s'en sorte.

Lorsque Mme Stone vint rendre visite à sa belle-fille, Joni la prit à part.

— Ce que j'ai à vous dire n'est pas facile. Nous attendons d'autres résultats pour confirmation, mais nous sommes d'ores et déjà pratiquement certains que Josie a la peste.

— La *peste* ? s'exclama Mme Stone, choquée. Mais je croyais que cela faisait des années qu'elle avait disparu…

— Non. Elle est toujours présente dans certaines parties du monde, dit Joni. Par précaution, nous allons devoir mettre toute la famille sous traitement antibiotique, au cas où Josie aurait contaminé l'un de vous.

— Mais je croyais que la peste était transmise par les rats ?

— Par les puces des rongeurs.

Elle raconta ce que Ruby lui avait confié à propos de l'écureuil.

Mme Stone eut l'air horrifié.

— Oh ! mon Dieu. Alors mes deux filles pourraient être infectées ?

— Je ne crois pas que Ruby ait touché à l'écureuil et elle ne montre aucun des symptômes de Josie. Il est donc peu probable qu'elle ait été piquée. Mais je ne vais pas vous mentir, dit Joni en lui prenant la main. Cela ne va pas être facile.

— Vous voulez dire que Josie pourrait… ? demanda Mme Stone, les yeux écarquillés. Non, non. Ce n'est pas possible.

— Nous faisons de notre mieux, mais elle est très malade.

Josie ne répondit pas au nouveau traitement antibiotique et, le lendemain matin, Joni était au milieu d'une consultation lorsque Shelley, une des nouvelles infirmières, vint la chercher.

— Josie Stone a fait un arrêt cardiaque, dit-elle. Mikey est sur place, mais Nancy a également besoin de vous.

— J'arrive tout de suite. Pouvez-vous prévenir Aaron, et appeler Mme Stone pour lui demander de venir ?

— J'y vais.

— Merci, Shelley.

Ayant enfilé des gants, une blouse longue et un masque, Joni se rendit dans la chambre d'isolation, où Mikey et Nancy avaient déjà intubé Josie et pratiquaient alternativement des compressions sur la poitrine tout en la ventilant.

Le défibrillateur était déjà en charge. Joni appliqua les pads sur la poitrine de Josie.

— Prêts à charger à deux cents, annonça-t-elle, vérifiant que tout le monde avait ôté ses mains de la patiente avant qu'elle n'envoie la première décharge.

— Pas de changement, dit Nancy en regardant le moniteur.

Une deuxième décharge n'eut pas davantage de résultat, pas plus qu'une troisième, plus forte.

Il *fallait* que cela marche. Elle administra de l'adrénaline et Mikey reprit les compressions. Au bout d'une minute, toujours rien.

Aaron entra à cet instant et se joignit à l'équipe.

— On ne *peut pas* la perdre, fit Joni comme pour elle-même.

Ils reprirent le défibrillateur, vérifiant le moniteur après chaque décharge, et travaillèrent ainsi ensemble pendant une demi-heure.

Finalement, Aaron posa la main sur l'épaule de Joni.

— C'est fini, dit-il.

Elle ouvrit la bouche pour chercher de l'air.

— Encore une. S'il vous plaît, juste une seule.

— C'est fini, dit-il de nouveau avec douceur. Cela fait une demi-heure que nous essayons. Vous savez aussi bien que moi que ça ne peut plus marcher. Son cœur s'est arrêté, les dommages étaient trop importants.

Elle ferma les yeux pour retenir ses larmes. C'était toujours dur de perdre un patient, et cela arrivait rarement dans son service.

— Bon, dit-elle, regardant chaque membre de l'équipe l'un après l'autre. Vous êtes tous d'accord pour que j'arrête ?

Mikey, Shelley et Nancy hochèrent tous la tête d'un air grave.

— Heure du décès : 11 h 45, annonça-t-elle. Merci à tous pour vos efforts. C'est…

Elle déglutit avec peine, incapable de continuer. Que pouvait-on dire quand une adolescente mourait ? Toute cette jeune vie en devenir, tout cet avenir balayés d'un seul coup. Comment sa famille pourrait-elle jamais s'en remettre ?

— Nous avons fait tout ce qu'il était possible de faire, dit gentiment Aaron.

Mais cela n'avait pas suffi.

— Est-ce que les Stone sont là ? demanda-t-elle.

— Pas encore, répondit Nancy. Nous leur avons laissé un message.

— Voulez-vous que je leur parle quand ils seront là ? demanda Aaron.

Elle secoua la tête.

— Merci, mais… Josie est — *était* — ma patiente. Et les vôtres vous attendent.

Tout comme elle.

Il lui jeta un regard scrutateur.

— N'hésitez pas à m'appeler si vous avez besoin, d'accord ?

— Merci.

Elle répondit à peine, craignant de fondre en larmes devant lui — ce qui n'aurait pas été professionnel.

Elle venait juste de compléter le dossier de Josie et de finir de la préparer pour que sa famille puisse la voir quand Shelley entra.

— Mme Stone et sa petite fille sont là, dit-elle, les yeux pleins de sollicitude.

Au secours. C'était déjà difficile d'annoncer ce genre de nouvelle à des adultes. Mais à une enfant…

Mme Stone se leva en la voyant.

— Comment va-t-elle ? demanda-t-elle, l'air anxieux. Quand l'infirmière nous a demandé d'attendre ici… Son état a empiré, n'est-ce pas ?

Joni lui prit la main.

— Je suis désolée.

C'était la partie de son métier qu'elle détestait vraiment.

— Elle — elle n'est pas… ?

Le visage de Mme Stone se figea d'horreur.

— Son cœur s'est arrêté de battre ce matin, dit Joni avec toute la douceur dont elle était capable. Nous avons fait tout ce que nous pouvions pour le faire repartir, mais elle était trop atteinte par la maladie. Je suis sincèrement désolée.

Mme Stone et sa fille étaient toutes deux anéanties par la nouvelle. Malgré son sentiment d'impuissance, Joni resta un moment à tenter de les réconforter. Elle n'avait pas pu sauver Josie.

Plus tard dans l'après-midi, Aaron entra dans le bureau où Joni terminait ses notes sur les consultations de l'après-midi. Il remarqua qu'elle avait pleuré, car ses yeux étaient légèrement rouges et gonflés.

— Est-ce que ça va ? demanda-t-il doucement.

Elle soupira.

— Pas vraiment. On ne perd pas beaucoup de patients ici, et chaque fois je suis en miettes. Surtout quand il s'agit d'un enfant. D'ailleurs… c'est pour ça que je n'ai jamais pu travailler aux urgences.

— En tout cas, ce n'était pas votre faute, dit-il. Vous avez parfaitement suivi les protocoles et rassemblé toutes les pièces du puzzle, en voyant ce qui nous avait échappé à tous.

— Mais cela n'a pas suffi.

Elle releva la tête.

— Désolée, je ne devrais pas vous ennuyer avec ça. J'ai appelé ma mère, je vais aller la voir après le travail. Rien de tel qu'une soirée en famille pour se sentir mieux.

En famille.

Il resta immobile, sans rien dire. Normalement, il aurait dû la prendre dans ses bras pour la réconforter — comme cela se passe entre collègues — mais il se rappelait encore ce qu'il avait éprouvé quand il l'avait serrée contre lui et savait qu'il aurait été capable de faire quelque chose de tout à fait stupide. Comme de l'embrasser pour chasser sa tristesse, par exemple.

En même temps, il se sentait mélancolique et un peu

envieux. Comme cela devait être bon d'être soutenu par une famille — de savoir qu'il était possible, après une mauvaise journée, de passer un coup de fil et de se faire remonter le moral, sans que ce signe de faiblesse ne suscite de mépris.

Sa propre famille était beaucoup plus distante — et pas seulement géographiquement. Depuis la mort de Ned…

Il repoussa cette pensée. Il n'allait pas de nouveau laisser tout le malheur du monde s'abattre sur lui maintenant.

— Si je peux faire quelque chose… dit-il, espérant que Joni ne le prendrait pas au mot, car il détestait les épanchements. Vous savez où je suis.

— Oui. Et merci.

Elle leva la tête et le regarda.

— Aaron, et vous, est-ce que ça va ?

Personne ne lui avait jamais demandé ce qu'il ressentait.

— Je vais bien, répondit-il.

— Josie était aussi votre patiente, vous ne devez pas vous sentir bien non plus. Et si vous veniez avec moi chez mes parents, après le travail ?

Pendant une seconde, il fut tenté. Mais cela aurait été un énorme pas dans une direction où il ne voulait pas se risquer. Tout attachement émotionnel ne pouvait que faire souffrir. Il était beaucoup plus sensé de garder ses distances.

— Merci pour la proposition, mais ça va, répondit-il. Je vais sans doute aller faire de la gym.

— Mon amie Bailey approuverait. C'est bon pour les endorphines, dit-elle en s'efforçant de sourire.

La semaine suivante, l'atmosphère dans le service fut comme feutrée. Même le début de la traditionnelle soirée mensuelle manqua d'entrain, jusqu'à ce que tout le monde se retrouve sur le mur d'escalade, concentré sur des mouvements physiques plutôt que sur des bleus à l'âme.

C'était la première fois que Joni voyait Aaron en jean. Il faisait plus jeune et cela le rendait moins distant.

— Je ne crois pas qu'il ait quelqu'un actuellement, lui souffla Nancy à un moment.

— Qui ça ?

Nancy leva les yeux au ciel.

— Ma chère, je vois bien la façon dont vous le regardez. Vous savez très bien de qui je parle. Pourquoi ne pas lui proposer de sortir un soir ?

Joni n'avait aucune envie que ses collègues soient au courant de « la » fameuse nuit.

Elle se retrancha derrière une excuse commode.

— Parce que nous travaillons ensemble. L'atmosphère serait trop gênante après, quand il aura refusé.

— Pourquoi ferait-il ça ?

Joni fit la grimace. N'était-ce pas évident ?

— Je crois que je pourrais étrangler ce Marty, dit Nancy. Il savait qu'il n'était pas assez bien pour vous, alors il a effectué un vrai travail de sape sur votre propre estime. Rompre vos fiançailles est la meilleure chose que vous ayez jamais faite. Maintenant, il faudrait passer à l'étape suivante et commencer à voir quelqu'un d'autre, pour en finir une bonne fois avec ce type.

Joni esquissa un sourire désabusé.

— Vous, vous avez parlé à Bailey.

— Pas du tout. Je dis seulement ce que tout le monde pense. Vous êtes une fille adorable et vous avez tant à donner… Mais je suppose que votre maman vous a déjà dit tout ça ? fit Nancy en souriant.

— Eh bien, oui, reconnut-elle. De même que mes frères, mon père et mes grands-mères…

— Vous voyez bien.

— Mais cela n'arrivera pas, Nancy. Il vaut mieux que Aaron et moi restions simplement collègues.

Joni passa le reste de la soirée à s'efforcer de ne plus penser à cette fameuse nuit. Car il était inutile de s'imaginer qu'elle pourrait se reproduire.

6.

Puis, la semaine suivante, arriva la formation à l'esprit d'équipe. Joni, Aaron et Mikey furent envoyés au centre d'aventures en plein air avec une partie du personnel médical des urgences, de la salle des enfants et de la maternité.

Après quelques instructions, l'animateur les envoya sur un parcours d'obstacles. A chaque étape, une nouvelle personne devait faire confiance au reste du groupe pour le soulever par-dessus l'obstacle, ou le guider, les yeux bandés, sur une partie du parcours.

— On est à la troisième place. Ce n'est pas mal, dit Aaron quand ils franchirent la ligne d'arrivée.

— Vous avez bien travaillé ensemble, répondit l'animateur en souriant. C'est un très bon début.

Joni, elle, avait hâte que ce soit fini, pour retourner travailler à l'hôpital.

Après une brève pause accompagnée de thé et de biscuits, l'animateur leur présenta un nouveau défi.

— C'est une course au trésor à faire à deux, dit-il. Chacun de vous aura une carte et un premier indice, qui vous mènera au suivant, et ainsi de suite. Le dernier indice vous conduira à une boîte contenant un message. Le premier duo à nous appeler avec le message est le gagnant. Nous vous présenterons l'activité suivante pendant le déjeuner.

Cela faisait cinq jours qu'il pleuvait sans discontinuer, si bien que la course d'obstacles les avait laissés couverts de boue. La course au trésor leur laisserait-elle une chance de sécher ? Joni croisa les doigts.

— Et voici les couples… dit l'animateur en commençant à débiter sa liste.

Peut-être cette fois-ci mélangeraient-ils les différents services, pour leur permettre de fonctionner comme une équipe élargie plutôt qu'au sein de leur groupe habituel…

— … Joni Parker et Aaron Hughes…

Génial. Aaron avait été plutôt silencieux jusque-là. Elle n'avait pu s'empêcher de rougir quand il l'avait soulevée pendant la première activité, se rappelant la manière dont il l'avait portée jusqu'à son lit la nuit de leur rencontre. Elle avait cru voir une lueur dans son regard, comme si lui aussi se souvenait — ce qui n'avait fait que compliquer les choses.

— Nous sommes donc tous les deux, dit Aaron d'un ton neutre.

Etait-il gêné, déçu, voire méfiant ? Comment savoir ? Habituellement, elle était assez douée pour lire dans les pensées des gens, mais avec lui, elle était déconcertée.

Faire semblant de se concentrer sur la carte et d'étudier l'énigme était finalement plus simple que de faire face à Aaron.

— Je pense que nous devrions nous diriger par là, dit-elle en pointant un endroit sur la carte.

Il lut l'énigme et hocha la tête.

— D'accord.

Il ne leur fallut pas longtemps pour parvenir à destination et découvrir l'énigme suivante. C'était une anagramme assez facile, qu'ils trouvèrent en même temps.

— Voilà du vrai travail d'équipe, dit-il. Nous fonctionnons de la même façon.

C'était peut-être vrai en situation de travail, mais pas sur un plan personnel. Il était certes très amical et poli avec tout le monde dans le service, mais il gardait une certaine distance avec les autres. En surface, il s'intégrait parfaitement, mais il n'avait pas de relation plus profonde avec qui que ce fût. Il restait toujours sur sa réserve.

Qu'il lui ait proposé de venir chez lui après le club de salsa était d'autant plus étonnant. Ce comportement ne lui ressemblait guère.

Mais elle ne lui poserait jamais la question. C'était bien trop personnel. Et ces deux dernières semaines, s'il y avait une chose qu'elle avait apprise sur lui, c'était qu'il n'offrait aucune prise dans ce domaine. Il était bon médecin, avait un excellent contact avec les patients et travaillait très dur — jusqu'à rester à la fin de son service pour conseiller les plus jeunes membres de l'équipe. Cependant, elle ne savait pratiquement rien de plus sur lui que le jour où ils avaient fait connaissance.

Il éludait toute interrogation personnelle, se contentant généralement de sourire et de répondre par une question afin de détourner la conversation. C'était intrigant : qu'avait-il donc à cacher ? Elle devait à tout prix éviter de s'attacher une nouvelle fois à quelqu'un qui était coupé de ses émotions.

En même temps, quelque chose chez lui l'attirait. Qui était l'homme qui se retranchait derrière tant de barrières ? Elle l'avait entraperçu une ou deux fois et avait aimé ce qu'elle avait vu.

Elle se reprit. C'était une journée de travail, de formation, pas l'occasion de fantasmer sur un homme qui lui avait clairement signifié que leur aventure n'irait pas plus loin qu'une nuit. Terminé.

Le dernier indice les mena à un tunnel derrière un petit bois.

— Vous prenez la partie gauche du tunnel, moi la droite, et le premier qui trouve l'énigme appelle l'autre ? proposa Aaron.

— Entendu, dit-elle, allumant sa lampe de poche avant de s'enfoncer dans l'obscurité.

Elle venait juste de trouver la boîte contenant leur dernier message quand elle entendit un grondement sourd suivi d'un craquement, et la lueur de jour qu'elle apercevait au loin disparut complètement.

— Aaron, ça va ? appela-t-elle, inquiète.

— Oui, et vous ?

— Tout va bien.

— Je suis droit devant vous, dit-il.

Elle aperçut la lumière d'une lampe électrique à quelques mètres.

— Que s'est-il passé ? demanda-t-elle.

— Il a beaucoup plu ce mois-ci, je suppose qu'une partie du plafond du tunnel était saturée d'eau et s'est effondrée.

Elle le rejoignit en faisant bien attention et ils constatèrent que la sortie était bloquée. Ils se rapprochèrent de l'endroit où devait se trouver l'entrée du tunnel et braquèrent leurs lampes dessus, mais on ne pouvait voir qu'un amas de gravats.

— Si on tentait de se frayer un chemin ? proposa-t-elle.

Il se pencha pour voir l'éboulement de plus près et prit un peu de terre qui s'effrita entre ses doigts.

— Il ne vaut mieux pas. Nous risquerions de provoquer un nouvel écroulement et de nous retrouver enterrés au milieu.

— On dirait que vous parlez d'expérience, dit-elle.

— On peut dire ça, répondit-il sèchement.

Elle sortit son téléphone portable pour alerter les organisateurs.

— Super. Aucun signal.

— C'est sans doute parce que nous nous trouvons partiellement sous terre.

— Mais alors, on ne va même pas pouvoir envoyer un texto pour prévenir que nous sommes bloqués ici…

Il fit un essai avec son téléphone et poussa un soupir.

— Je n'ai rien non plus.

— Alors, qu'est-ce qu'on fait ?

A cet instant, il y eut un autre grondement et un peu de terre tomba du plafond.

— Si les organisateurs n'ont pas de nos nouvelles d'ici

le déjeuner, ils se rendront sûrement compte que quelque chose ne va pas, dit-il. Ils vont vouloir nous appeler et commenceront à nous chercher. Tout ce que nous avons à faire, c'est de nous mettre dans un endroit stable et d'attendre qu'ils nous trouvent.

— Mmm.

Super. Etre bloquée dans un tunnel avec un homme qui évitait toute conversation personnelle… Le temps allait être long.

— Avez-vous ce qu'il faut d'insuline ? demanda-t-il.

Elle apprécia qu'il s'en inquiète.

— Ça va, répondit-elle. J'en prends deux fois par jour, je n'en ai donc pas besoin avant ce soir. Cependant, j'ai toujours une dose supplémentaire sur moi, ainsi que des hydrates de carbone rapidement assimilables, je peux donc voir venir. Mais comment reconnaître un endroit stable pour nous abriter ?

Elle était un peu nerveuse.

— En écoutant les bruits et en repérant les endroits où il y a eu des éboulements, répondit-il. Heureusement que nous avons nos lampes. Oh ! et veillez à diriger le faisceau lumineux vers le sol. Dans un environnement aussi sombre, mieux vaut éviter de s'éblouir, nos pupilles sont à leur dilatation maximum.

Ils restèrent silencieux un moment. Joni n'entendait rien, et ne remarqua aucun nouvel éboulement. Il n'y avait plus qu'à espérer que le reste du tunnel soit stable.

— Je pense que nous serons en sécurité ici, dit Aaron en s'approchant du mur. Mais ne nous asseyons pas directement par terre, cela nous ferait perdre beaucoup de chaleur corporelle.

Il ôta sa veste et l'étala sur le sol.

— Elle est imperméable, nous ne sentirons pas l'humidité.

— Mais vous n'aurez pas froid ?

Il se contenta de secouer la tête.

— Comment savez-vous tout cela ? lui demanda-t-elle. Vous avez fait de l'escalade, ou de la randonnée ?

— Manchester est très proche d'une zone montagneuse. Je connaissais des personnes aux urgences qui faisaient partie de l'équipe de sauvetage en montagne, ils avaient affaire aux varappeurs et aux spéléologues.

Il avait dit « des personnes », pas « des amis ».

— Et vous alliez avec eux ?

— Pas moi. Découvrir des grottes n'a jamais été mon truc.

Sa voix était légèrement tendue et elle aurait aimé en savoir davantage, mais elle ne voulait pas le pousser plus loin.

A sa surprise, ce fut lui qui rompit le silence.

— J'ai été enterré sous des décombres quand j'avais huit ans, dit-il. Alors je ne suis pas spécialement attiré par ce qui se passe sous terre.

— Oh. Que s'est-il passé ?

Elle se reprit aussitôt.

— Pardon, je ne voudrais pas être indiscrète.

— Vous pouvez rajouter une pièce dans la boîte à excuses, dit-il avec un léger sourire. C'est moi qui vous ai incitée à m'interroger.

Elle ne répondit pas, lui laissant le loisir de poursuivre s'il le voulait.

— Il y a eu une bombe, dit-il. Mes parents sont dans les forces armées. A l'époque, nous habitions une zone de guerre. Je venais de rentrer de l'école quand notre maison a été touchée.

— Les secours ont mis longtemps à vous faire sortir ?

— Cela m'a paru durer des heures, mais quand on est jeune et qu'on tremble de peur dans le noir sous un tas de décombres, on a tendance à perdre la notion du temps.

Il parlait avec calme et détachement, d'une voix apparemment dénuée de toute émotion.

— Après ça, mes parents m'ont envoyé en pension en Angleterre, pour que je sois en sécurité.

En sécurité, peut-être, mais seul. Il avait dû avoir

l'impression d'être puni parce qu'il avait eu peur. Beaucoup d'adultes auraient été terrifiés et fait des cauchemars après une telle expérience. Pour un jeune enfant, le traumatisme avait certainement été énorme.

— Cela a dû être dur pour vous...

Il haussa les épaules.

— J'ai survécu. Et vous ? Avez-vous déjà fait de la spéléo ?

— Non, c'est beaucoup trop dangereux pour moi, répondit-elle en riant. Je crains d'être assez peureuse. J'ai passé une grande partie de ma vie dans ma bulle, comme enveloppée dans du coton.

— A cause du diabète ?

— En partie.

Elle plissa le nez.

— C'est une longue histoire...

— J'ignore combien de temps nous allons devoir rester ici, on ferait mieux d'économiser la lumière, dit-il. D'accord pour rester un peu dans le noir ?

Et lui, que ressentait-il, après ce qu'il avait vécu ? Elle garda sa question pour elle. Mais peut-être faisait-il taire son appréhension et se sentait-il mieux en pensant qu'il pouvait lui apporter sa force et son réconfort.

— L'obscurité ne me dérange pas, tant que je ne pense pas trop aux araignées, répondit-elle.

— Elles ont encore plus peur de vous, dit-il en éteignant la lumière.

— Parlez-moi d'autre chose, pour me distraire.

— Comme quoi ?

C'était une question personnelle, mais elle s'y risqua néanmoins.

— Pourquoi avez-vous choisi la médecine tropicale et les maladies infectieuses, comme spécialité ?

Aaron maugréa intérieurement. Il aurait sans doute dû inventer une raison — raconter qu'à la suite d'une conférence à l'université, il avait flashé sur la médecine tropicale. Ou quelque chose comme ça. Mais les mots ne venaient pas.

Le silence se prolongeait, et il n'arrivait toujours pas à trouver une raison convenable.

Finalement, il opta pour la vérité.

— Mon frère a eu la malaria, fit-il.

— Et vous avez voulu étudier la spécialité qui l'avait sauvé — comme une sorte de manifestation de gratitude ? demanda Joni.

— Elle ne l'a pas sauvé.

Il entendit l'exclamation qu'elle tenta de réprimer. Elle devait se sentir coupable de l'avoir interrogé.

Il sentit sa main chercher la sienne et lui serrer le bout des doigts.

— Je suis désolée. Cela a dû être très difficile pour vous et toute votre famille.

On pouvait dire ça. Ses parents n'avaient plus jamais été les mêmes. Et ils l'avaient envoyé loin. Pour sa sécurité, bien sûr, mais probablement aussi parce que sa présence leur aurait constamment rappelé celui qu'ils avaient perdu.

— C'était ma faute, dit-il.

Oh ! non. Il n'avait pas voulu dire ça, mais les mots lui avaient échappé.

Elle avait toujours ses doigts mêlés aux siens. Comment pouvait-elle le supporter, à présent qu'elle connaissait l'horrible vérité à son sujet ?

— Que s'est-il passé ? demanda-t-elle avec douceur.

Il eut d'abord envie de la repousser, puis de la serrer dans ses bras pour se réconforter. Hésitant entre les deux, il resta figé.

— Aaron ?

Cette fois, elle ne renoncerait pas, se dit-il. Et elle ne lui lâchait toujours pas la main. Ils étaient coincés ensemble dans le noir pour une durée indéterminée.

Alors il céda.

— Quand la bombe est tombée… je n'étais pas seul à

la maison. Mon frère était là aussi. J'avais faim, j'étais en train de me faire un sandwich.

Doté d'un caractère agréable, facile à vivre, Ned avait été le seul de la famille à supporter qu'Aaron le suive partout. Il ne l'avait jamais considéré comme une gêne.

Aaron avait toujours su que sa naissance n'avait pas été planifiée — ses trois frères et sœur s'étaient succédé à deux ans d'intervalle, alors que lui, le benjamin, avait huit ans de moins que Ned. Mais ce dernier ne lui avait jamais fait sentir qu'il l'ennuyait. Il avait construit des modèles d'avion avec lui, lui avait appris à jouer au cricket... Aaron l'adorait.

Sa mort avait pesé terriblement lourd sur ses épaules. Même près d'un quart de siècle plus tard, il se sentait toujours coupable.

— Lorsqu'on a senti le souffle de la bombe, il m'a jeté au sol et couvert de son corps. C'est lui qui a été blessé. Je ne pouvais rien faire pour l'aider, à part lui parler et lui raconter des blagues idiotes — n'importe quoi pour faire passer le temps en attendant que quelqu'un vienne nous déterrer.

Il s'interrompit pour chercher de l'air. Pourquoi racontait-il tout cela à Joni ? Il ne parlait jamais de Ned. Jamais.

Mais être piégé dans un tunnel partiellement écroulé avait réveillé ses souvenirs avec une telle clarté qu'à présent, il ne pouvait plus retenir ses paroles.

— Ils ont fini par nous dégager, ils ont emmené Ned à l'hôpital. Mais là-bas, il y a eu une erreur dans les médicaments contre la malaria. Vous savez que, même quand on les prend tout le temps, on n'est pas protégé à cent pour cent. Et si on ne les prend pas une ou deux fois, et que l'on est piqué par un moustique...

Il ferma les yeux, mais voyait encore le visage de Ned.

— Et il a attrapé la malaria.

— *Falciparum ?*

La forme la plus grave, celle qui pouvait entraîner des complications fatales.

— Oui, répondit-il avec effort.

— Je suis vraiment navrée. Cela a dû être terrible pour vous.

D'autant plus qu'il n'avait pratiquement pas été autorisé à rendre visite à Ned. On lui avait clairement fait comprendre qu'il ne devait pas gêner — lui, le petit dernier de la famille, toujours en travers du chemin.

Il hocha la tête en silence.

— Mais, Aaron… vous étiez enfant, vous n'aviez que huit ans quand cela s'est passé. Ce n'était pas votre faute.

Ne voyait-elle vraiment pas ? La chaîne de causalité était pourtant simple.

— Si Ned ne s'était pas jeté sur moi, il n'aurait pas été blessé par l'éboulement. Il n'aurait pas été emmené à l'hôpital, et il n'aurait pas eu la malaria.

— J'ai deux jeunes frères, répondit-elle. Nous avons six et huit ans d'écart, ce qui fait à peu près la même différence d'âge qu'entre vous et Ned. Et je peux vous assurer que, si nous nous étions trouvés dans les mêmes circonstances, j'aurais fait exactement la même chose que Ned.

Cela ne l'aidait pas. Pas du tout.

— Si j'avais été blessée dans les décombres, je n'aurais pas blâmé mes frères, dit-elle. Seules les personnes qui ont jeté la bombe sont coupables.

Intellectuellement, il comprenait qu'elle avait raison. Mais dans son cœur, il ne se pardonnerait jamais la perte de Ned. Il s'en voudrait toujours d'avoir été celui qui avait survécu.

Elle sembla lire dans ses pensées.

— Je me trompe peut-être, mais j'ai l'impression que vous éprouvez la culpabilité du survivant.

Il ne répondit pas.

— Et je suis certaine que vos parents s'en veulent tout autant, parce qu'ils n'étaient pas là quand le drame a eu lieu.

— C'est ridicule. Ce n'était pas leur faute.

— La vôtre non plus.

Il n'avait pas envie de discuter avec elle là-dessus.

— Ned avait tellement à donner. Il voulait devenir médecin, et je suis sûr qu'il aurait été excellent.

— Est-ce pour cette raison que vous êtes médecin ? Parce qu'il n'a pas eu la chance d'accomplir son destin ?

— En partie, reconnut-il. Et aussi parce qu'une partie de moi voulait lui ressembler. Mais je suis aussi médecin pour moi, pour aider les autres.

Et pour pouvoir les sauver sans se sentir impuissant comme durant les derniers jours de Ned.

— Avez-vous eu un suivi psychologique après la mort de Ned ? demanda-t-elle.

Dans une famille qui mettait un point d'honneur à garder la tête haute, on n'avait pas recours à des psychologues. On ne parlait jamais aux autres de ses problèmes. On continuait à aller de l'avant, en ignorant ses propres sentiments.

D'ailleurs, jamais il n'aurait dû lui raconter tout cela.

— Cela pourrait vous faire du bien de parler à quelqu'un, fit-elle. Cela vous aiderait à vous rendre compte par vous-même que vous n'étiez pas responsable.

— Je le sais déjà, répondit-il, ce qui était un pur mensonge.

Il fallait absolument qu'ils changent de sujet.

— Parlez-moi de vos frères, dit-il.

C'était la première fois qu'Aaron posait une question vraiment personnelle à Joni. Depuis qu'ils s'étaient retrouvés, si proches, dans le noir, elle avait senti s'installer peu à peu l'intimité qu'ils avaient connue lors de leur première rencontre, quand ils croyaient ne jamais se revoir.

A présent, elle commençait à comprendre comment il fonctionnait.

Il était le benjamin d'une famille dédiée aux forces armées, qui déménageait constamment en fonction des mutations. Il n'avait jamais eu la chance de s'installer quelque part et de se faire des amis. Cette situation aurait pu amener les membres de la famille à resserrer les liens entre eux, puisque celle-ci constituait le seul élément stable de leur vie. Ou bien ils avaient pu être tentés de se forger une carapace et éviter d'être proche de quiconque, y compris de leur famille. Surtout depuis la mort de Ned.

Cela expliquait pourquoi Aaron était poli et agréable avec tout le monde, tout en maintenant une distance entre lui et les autres. Parce qu'il avait peur de s'attacher à quelqu'un et de le perdre, comme il avait perdu son frère.

— Luke fait des études d'architecture et Olly est professeur de musique pendant la journée, dit-elle. Le soir et les week-ends, il est guitariste dans un groupe de rock.

— Tu sembles fière de lui, dit-il, repassant spontanément au tutoiement.

— En effet. Il est brillant, Luke et moi allons toujours le voir jouer, quand il donne un concert. Ils vivent tous les deux à Londres. Souvent, nous aimons nous retrouver d'abord pour dîner. Je les adore tous les deux, même s'ils ont parfois tendance à vouloir me mener à la baguette, fit-elle en riant.

— Tu es pourtant l'aînée, dit-il, surpris. Ça ne serait pas à toi de te montrer autoritaire ?

Elle rit de nouveau.

— C'est ce que j'ai essayé de leur expliquer, mais ils ne m'écoutent pas. Je pense qu'ils ont tendance à me surprotéger à cause du diabète. Il faut dire qu'il a été découvert dans des circonstances relativement dramatiques. Je voyageais en Europe avec Bailey pendant les vacances d'été, à la fin de ma première année d'études de médecine. On avait un ticket qui nous permettait d'aller d'un pays à l'autre pendant un mois entier et on voulait découvrir le plus d'endroits possible. Je ne me sentais pas très bien, mais pas question pour moi de gâcher notre voyage en me plaignant. On venait juste d'arriver à Venise après avoir quitté Rome quand je me suis évanouie, j'ai dû être emmenée à l'hôpital dans une ambulance fluviale. C'est là qu'on a découvert que j'avais une acidocétose.

Joni avait parlé d'un ton léger, mais Aaron savait comme elle qu'une acidocétose diabétique aurait pu être fatale. Pas étonnant que sa famille l'ait surprotégée. Ils avaient dû avoir terriblement peur de la perdre.

— Tu ne te doutais vraiment pas que tu étais diabétique ?

— Pas du tout. Cela faisait quelques jours que je me sentais fatiguée et nauséeuse, mais j'ai pensé que c'était parce que l'on marchait beaucoup au soleil de midi. Comme j'avais perdu mon chapeau, je pensais avoir une légère insolation, et que c'était pour cette raison que j'avais tout le temps soif. Je n'étais qu'en première année de médecine.

— Ton amie a dû être terrifiée de devoir gérer une urgence dans un pays étranger.

— Heureusement pour nous, la maman de Bailey est italienne, si bien qu'elle parle couramment la langue. Elle a pu servir d'interprète entre les médecins et moi, et aussi avec mes parents. Ils se sont précipités à Venise quand Bailey les a appelés. Pour finir, je n'ai jamais pu faire cette balade en gondole que nous avions projetée, fit-elle d'un ton désabusé.

— Une autre fois, peut-être… Alors, tu as beaucoup voyagé ?

— Pas vraiment. Quand j'étais plus jeune, on louait un cottage au bord de la mer pendant l'été. Papa n'aimait pas tellement partir à l'étranger. C'est seulement vers l'âge de huit ans, quand maman a pris contact avec mes grands-parents, que nous sommes allés leur rendre visite en Arizona.

— En Arizona ?

— Hum. C'est l'autre raison pour laquelle papa me protège trop. Maman n'est pas ma mère biologique. Ils se sont rencontrés lorsque j'avais trois ans. C'était ma maîtresse à l'école maternelle. Ajei est morte d'une embolie pulmonaire le lendemain de ma naissance.

Il prit conscience que leurs doigts étaient toujours enlacés et exerça une pression sur sa main.

— Désolé.

— Oh ! je ne l'ai jamais connue qu'en photos. Sur chacune, elle souriait et semblait heureuse. C'est elle qui m'a appelée Nizhoni.

— Je n'avais jamais entendu ce nom auparavant, dit-il.

— C'est normal, il faut être d'une certaine région des Etats-Unis pour cela. C'est navajo — la langue maternelle de ma mère biologique. Cela veut dire « belle ». C'est la première chose qu'elle a dite en me voyant.

Il lui serra de nouveau les doigts.

— Donc, ta mère était navajo ?

— De la tribu Diné, ce qui signifie « le peuple ». Elle était étudiante en art et apprenait l'orfèvrerie. Elle faisait des bijoux magnifiques, en turquoise et argent. Papa était allé étudier l'art à Los Angeles pendant un an. Ils sont tombés amoureux, et je suis arrivée. Je n'étais pas prévue. Mes grands-parents n'étaient pas très contents. Mais Ajei était leur unique enfant et ils voulaient son bonheur.

Ses doigts se resserrèrent autour des siens.

— Quand elle est morte, il y a eu une terrible dispute entre mes grands-parents et mon père. Il leur reprochait d'avoir encouragé ma mère à accoucher chez elle, alors qu'elle aurait peut-être pu être sauvée à l'hôpital. Et mes grands-parents lui reprochaient d'avoir mis leur fille enceinte. Ils étaient tous pleins de colère et de chagrin, incapables de voir le point de vue de l'autre. Excédé, papa a fini par s'en aller et m'a emmenée chez lui, en Angleterre. Il n'a plus eu de contacts avec eux, jusqu'à ce que maman le persuade de refaire quelques pas vers eux.

— Ta maman a l'air d'être quelqu'un, dit-il. Tes deux mamans, d'ailleurs.

— C'est vrai. Ajei signifie « mon cœur », c'est la première

chose que ma grand-mère a dite quand elle l'a tenue, tout bébé, contre elle. Papa raconte qu'il y avait quelque chose chez elle qui lui donnait l'impression que le soleil venait juste de se lever. Marianna, ma mère actuelle, est quelqu'un de brillant. Elle m'a toujours traitée comme sa fille et ne m'a jamais fait sentir que j'étais une belle-fille non désirée.

— C'est pourquoi la mort de Josie Stone t'a autant touchée, dit Aaron. Parce qu'elle était une belle-fille, comme toi.

— Oui, sans doute, dit-elle avec un soupir.

— Comment ta mère s'est-elle débrouillée pour que ta famille se réconcilie ?

— Elle a convaincu mon père que j'avais vraiment besoin de savoir d'où je venais, et que mes grands-parents avaient besoin de connaître leur petite-fille. Il devait se sentir coupable, d'une certaine façon, car il a accepté. Elle a retrouvé leur trace et leur a envoyé une photo de moi. Ils nous ont invités en Arizona et tout le monde s'est excusé. A présent, je vais chaque année passer une quinzaine de jours là-bas, dans mon autre famille. Depuis que *Shima sani*, ma grand-mère, a internet, on skype une fois par semaine et on s'envoie des e-mails.

— Tu parles navajo ? demanda-t-il.

— Un peu. Je ne pourrais pas tenir une conversation, mais je connais les noms de toute ma famille, et je sais dire « je t'aime », des choses comme ça. En fait, un de mes arrière-grands-oncles était un spécialiste des codes secrets pendant la Seconde Guerre mondiale, dit-elle. Ils envoyaient des messages codés qui n'étaient jamais déchiffrés par l'ennemi. Ils travaillaient très vite — il leur fallait à peine vingt secondes pour coder, transmettre et décoder un message de trois lignes en anglais, alors qu'il fallait au moins une demi-heure aux machines de l'époque pour effectuer le même travail.

Il y avait de la fierté dans sa voix.

— Tu as des gens étonnants dans ta famille, dit-il.

— Les Diné sont étonnants, reconnut-elle. Et je suis vraiment fière de ma famille.

— Cela explique aussi l'incroyable chevelure qu'ils t'ont léguée.

— Tu aimes mes cheveux ?

— Oui. Cela te surprend encore ?

— C'est compliqué, soupira-t-elle. Et je te dois une excuse.

— Pourquoi ?

— A propos de cette nuit, au club de salsa. J'ai un peu honte parce que… je me suis en quelque sorte servie de toi pour oublier le jour de mon mariage.

7.

Aaron secoua la tête, déconcerté.

— Je ne comprends pas…

— Le jour de notre rencontre était censé être celui de mon mariage, sauf qu'il n'a pas eu lieu, répondit Joni.

— Et tu essayais de l'oublier ?

— Oui.

Il sentit de la tension dans sa voix. Normalement, quand une collègue était stressée ou bouleversée, il était normal de la réconforter, en la prenant dans ses bras par exemple — bien qu'il ne l'ait pas fait à la mort de Josie. Cela ne signifiait pas que l'on allait s'engager pour la vie. D'autre part, il faisait froid dans ce tunnel humide.

Alors il attira Joni contre lui et l'entoura de ses bras. C'était la meilleure chose à faire. Partager sa chaleur corporelle, uniquement d'un point de vue pratique. Cela n'avait rien à voir avec les émotions, ni avec le fait qu'il était attiré par sa chaleur et sa douceur, au point d'avoir envie de choses qu'il n'avait jamais désirées auparavant. Il n'aurait su dire si cela l'effrayait ou l'excitait.

Elle appuya la tête sur son épaule et, spontanément, il lui caressa les cheveux — sa superbe chevelure soyeuse, qu'il revoyait encore retombant sur son visage quand elle l'avait chevauché…

Repenser à cela n'était pas une bonne idée. Pas plus qu'à tout ce qu'il avait ressenti avec elle. Parce qu'il ne devait pas se permettre de sentir des choses. N'avait-il donc pas appris à la mort de Ned qu'être trop proche des autres ne finissait qu'en solitude et en chagrin ?

— Ce devait être un sacré imbécile, pour te laisser tomber, dit-il.

Elle laissa échapper un petit rire désenchanté.

— Ce n'est pas lui qui m'a quittée, mais moi qui ai rompu.

— Oh… Je sais bien que nous travaillons ensemble depuis moins d'un mois, mais j'ai vu comment tu étais avec les gens. Tu n'es pas du genre à piétiner les sentiments des autres, ni à te montrer égoïste, dit-il. J'en ai déduit que ton ex avait mal agi avec toi.

Il n'aurait pas dû la questionner, d'autant que, de son côté, il ne tenait pas à parler de lui. Mais c'était comme si sa bouche ignorait ses intentions.

— Que s'est-il passé ? demanda-t-il.

— On lui a proposé un poste à l'autre bout du pays, je n'aurais presque plus vu ma famille, répondit-elle.

— Et tu aurais peut-être dû changer de spécialité, car tous les hôpitaux n'ont pas un service de médecine tropicale…

— Je pensais que l'on trouverait un arrangement, dit-elle. Mais Marty n'aimait pas les compromis. Il voulait que les choses se fassent à sa façon. De mon côté, je suis plutôt conciliante et j'accédais habituellement à ses désirs. Il me semble toujours mesquin de faire des histoires pour les petites choses.

— Et pour les grandes choses ? demanda-t-il doucement.

— J'avais accepté de le suivre, dit-elle, sans paraître l'avoir entendu. De quitter Londres et tout le monde.

Il attendit la suite.

— Et puis… il a dit que je devais me couper les cheveux. Que j'aurais l'air plus professionnel et que cela me donnerait de meilleures chances d'obtenir un bon job.

— En dehors du fait que tu as déjà un travail, comment couper tes cheveux te donnerait-il l'air plus professionnel ? demanda-t-il, fronçant les sourcils. De toute façon, tu les gardes toujours attachés pour travailler.

— Je pense à présent que c'était pour me tenir un peu plus à sa merci, dit Joni. Je n'ai pas voulu le faire, car il aurait voulu ensuite que je change autre chose.

Elle poussa un soupir.

— Il faut dire que j'ai le chic pour choisir celui qu'il ne me faut pas. Je fais tout pour que ça marche, et pour finir c'est moi qui fais tous les compromis, et lui trouve que c'est normal. J'ai décidé que cela n'arriverait plus.

— Voilà qui est très raisonnable, répondit-il.

Et cela le confortait dans l'idée qu'il n'était pas celui qu'il lui fallait.

Elle avait besoin de quelqu'un qui s'implique au niveau des sentiments. Pas de quelqu'un comme lui.

— Je n'arrive pas à croire que ton ex t'ait demandé de te couper les cheveux. C'est à toi de décider de la façon dont tu veux te coiffer, il me semble.

— Exactement, renchérit-elle. Il y avait eu beaucoup de petits incidents du même genre, mais celui-là a été la goutte d'eau qui a fait déborder le vase. J'ai réfléchi à ce que j'espérais dans la vie, et je ne voulais pas de celle que je voyais se former devant moi. Je ne voulais pas épouser Marty et devenir de plus en plus malheureuse. Alors j'ai annulé le mariage.

— Cela demande beaucoup de courage, dit-il. Une fois que tout a été décidé pour le grand jour, j'imagine que ce doit être difficile de rappeler tout le monde pour dire que l'on s'est trompé.

— En effet, dit-elle. On avait réservé l'église et le lieu de la réception, commandé les fleurs et les voitures, choisi les menus… et payé tous les acomptes.

— Le plus important, c'est de prendre la bonne décision, pas l'argent.

— C'est ce que mes amis et ma famille m'ont dit. Tout le monde m'a approuvée. De plus, Marty ne s'entendait pas avec Bailey, si bien qu'à la fin, je ne pouvais plus la voir qu'à la cafétéria de l'hôpital. Et même là, je disais à

Marty que j'avais déjeuné avec des amis, sans préciser qui pour éviter une dispute. Il ne voulait pas qu'elle soit ma demoiselle d'honneur, il m'avait proposé sa sœur à la place.

— On dirait que ton ex était un obsédé du contrôle, dit-il.

— Au début, non. Quand j'ai fait sa connaissance, il était charmant. Puis il a changé, peu à peu.

— Il a arrêté de cacher qui il était réellement.

— C'est aussi ce que dit Bailey.

Aaron n'avait échangé que quelques mots avec elle au club de salsa, mais plus il en apprenait sur elle, plus il la trouvait sympathique.

— Aller danser la salsa pour fêter ma délivrance était une idée de Bailey, dit Joni en riant. Elle est spécialisée dans la médecine du sport et croit beaucoup aux endorphines. A l'entendre, faire de l'exercice est bon pour tout et ne peut qu'améliorer les choses.

Il sourit à son tour.

— Elle n'a pas tort. Après une journée difficile, aller courir m'aide à me sentir mieux.

— Je ne cherchais pas à rencontrer quelqu'un ce soir-là, dit-elle. Mais je bois peu à cause de mon diabète, et je crois que les bulles de champagne me sont montées à la tête.

— Moi non plus, je ne cherchais pas quelqu'un, dit-il. Toi et moi… c'est juste arrivé.

— Et nous sommes tombés d'accord pour qu'il n'y ait pas de suite, fit-elle rapidement.

— Tout à fait.

D'où venait donc le sentiment de déception qu'il éprouvait ? Il aurait dû se sentir soulagé, voire heureux, puisqu'il n'était pas fait pour les relations durables. Garder Joni sur ses genoux, les bras serrés autour d'elle, était une très mauvaise idée.

Mais il ne pouvait pas faire machine arrière sans la blesser — il n'en avait d'ailleurs aucune envie. S'il était honnête avec lui-même, il appréciait beaucoup d'être ainsi contre elle. Il aimait la tenir dans ses bras.

— Je ne suis pas doué pour entretenir des relations, dit-il. Je ne m'implique pas émotionnellement et je ne vais jamais au-delà de quelques rendez-vous.

— C'est peut-être parce que tu n'as pas trouvé la personne qui te convient.

— Tu crois vraiment à ça ? Qu'il y aurait quelque part une âme sœur pour chacun ?

— Oui.

Elle resta silencieuse un moment, réfléchissant visiblement.

— Oui, dit-elle de nouveau. Même si ce n'est pas nécessairement quelqu'un pour toute la vie. Regarde mon père, il était très jeune quand ma mère est morte. Il a également connu Marianna, et j'en suis heureuse.

— C'est ce que tu cherches aussi pour toi ? demanda-t-il. Une âme sœur ?

— Actuellement, je ne cherche personne, répondit-elle. Et je suis désolée de m'être servie de toi.

— Ne t'excuse pas.

Il resserra les bras autour d'elle.

— Ce qui s'est passé nous a fait du bien à tous les deux.

— Au départ, je voulais juste boire une ou deux coupes de champagne et m'éclater en dansant.

Mais il l'avait invitée à danser. Et la simple attirance physique qu'il avait ressentie sur une piste de danse bondée était devenue quelque chose de beaucoup plus complexe.

Tout comme maintenant. Elle était dans ses bras, assise sur ses genoux, son visage à seulement quelques centimètres du sien. Il lui aurait suffi de se tourner légèrement et de pencher à peine la tête pour que leurs lèvres se rencontrent.

Ce n'était certes pas la chose à faire. Elle voulait quelqu'un qui la rende heureuse, lui ne saurait que la faire souffrir autant que son ex.

Tout en réfléchissant, il se surprit à se rapprocher imperceptiblement d'elle et effleura sa bouche de ses lèvres, ce qui lui provoqua des fourmillements dans tout son corps.

Ce n'était pas encore assez. Il recommença et frémit de plus belle.

— Aaron, murmura-t-elle d'une voix qui l'invitait à aller plus loin.

La seconde suivante, il l'enlaçait passionnément. Les mains enfoncées dans ses cheveux, elle lui rendit son baiser avec ardeur.

Il eut un sursaut de bon sens. Il fallait que cela cesse. Il s'écarta doucement.

— Joni, je suis désolé, dit-il d'une voix éraillée. Je n'aurais pas dû.

Elle s'agita sur ses genoux, comme pour mettre un peu d'espace entre eux.

— Cela ne m'est jamais arrivé de ma vie, dit-il. Mais avec toi, je me sens prêt à faire n'importe quoi.

Elle s'immobilisa.

— Qu'essaies-tu de me dire, Aaron ?

— J'aimerais être différent. Il y a une grande part en moi qui aimerait te demander de voir où tout cela pourrait nous mener. Mais ce ne serait pas juste envers toi. Je ne sais pas faire parler mes émotions, et je ne veux pas te faire de mal, Joni. Je suppose que, de ton côté, tu as déjà assez souffert et que tu ne veux pas prendre de risques.

— Hé ! Je me suis ressaisie depuis, répondit-elle. Il n'est pas question que mon histoire avec Marty affecte le reste de ma vie. Lorsque je rencontrerai la bonne personne, j'apprendrai à faire de nouveau confiance.

Une part de lui aurait vraiment aimé être la bonne personne.

— *Shima sani* m'a toujours dit que je pouvais être ce que je *voulais* être, dit-elle.

Où voulait-elle en venir ?

— Tu viens de dire que tu aurais souhaité être différent. Ce qui veut dire que tu veux l'être. Et donc, tu *peux* l'être.

Sous-entendait-elle qu'ils pourraient voir où cette histoire les mènerait ? Qu'ils pourraient prendre ce risque, ensemble ?

Les épaules d'Aaron se détendirent légèrement. Autour d'eux, le tunnel ne lui sembla plus aussi sombre.

— Tu me plais, Aaron, dit Joni.

Elle lui plaisait aussi, mais il ne pouvait pas le lui dire. Comment aurait-il pu lui demander de prendre un risque avec quelqu'un qui était dans un tel désordre intérieur ?

— Tu es un bon médecin, dit-elle. Tu es gentil avec les patients, c'est agréable de travailler avec toi, et tu sais conseiller les collègues les plus jeunes, leur donner confiance dans leurs capacités.

— C'est la même chose pour toi, répondit-il, sincère.

Il lui toucha la joue une seconde.

— En plus, tu es sexy.

Il n'en crut pas ses oreilles.

— Je suis… quoi ?

— Tu as bien entendu.

— Seriez-vous en train de me faire des propositions, Joni Parker ?

— Vous êtes parfois un peu long à la détente, monsieur Hughes, répondit-elle d'une voix espiègle.

— Tu es donc bien en train de me faire des propositions.

— Je te signale qu'en ce moment même, je suis assise sur tes genoux avec tes bras autour de moi.

— Parce que nous sommes dans un endroit humide et froid. C'est le moyen le plus efficace de garder la chaleur.

— Alors comme ça, tu serais assis exactement de la même façon si tu étais coincé ici avec une autre personne du service ?

— Bien sûr, dit-il, ce qui était un mensonge éhonté.

— Même avec Mikey ou M. Flinders ?

Il pressa sa joue contre la sienne.

— Bon. Peut-être pas Mikey ni M. Flinders.

Elle rit.

— Comme je le disais, tu pourrais être une personne différente, si tu le voulais.

Le pourrait-il vraiment ? La tentation était très forte.

— Tu serais prête à prendre le risque de sortir avec moi si je te le demandais ? Même si je n'ai pas fait mes preuves sur le plan relationnel ?

Elle embrassa le coin de sa bouche.

— Il n'y a qu'un moyen de le savoir, non ?

8.

Joni savait qu'elle prenait un gros risque. Si elle se trompait… eh bien, l'atmosphère serait gênante au travail pendant quelques semaines, puis les choses reprendraient leur cours. Et sinon…

Oh ! pourvu qu'elle ne se soit pas trompée.

— Etre la personne que je veux être, dit lentement Aaron, comme s'il réfléchissait à ce qu'elle venait de dire. Joni, je me dois d'être honnête avec toi. Je ne sais pas entretenir de relation, en dehors de celles que j'ai avec mes patients et mes collègues — uniquement sur le plan professionnel. Je ne sais même pas me faire des amis. Je m'entends bien avec les gens en général, mais je n'ai pas de réelle intimité avec eux. Et je suis incapable de laisser parler mes émotions.

Il poussa un long soupir.

— Tout ceci mis à part, dit-il, pourrais-tu envisager de dîner avec moi un soir ?

— Juste pour que les choses soient claires : serais-tu en train de me proposer un rendez-vous galant ? demanda-t-elle.

— Oui, répondit-il sans hésiter.

— Nous avons tous les deux souffert dans le passé, et commis des erreurs, dit-elle doucement. Je dois être aussi désastreuse que toi sur le plan relationnel. Mais oui, j'adorerais dîner avec toi un soir.

Il lui embrassa le coin de la bouche, et elle sentit une vague de chaleur l'envahir tout entière. D'un seul coup, il n'y eut plus que ses bras autour d'elle et la douceur de ses lèvres. Deux minutes plus tôt, ils s'étaient jetés l'un sur l'autre, mais à présent, leur baiser était devenu incroyablement doux et tendre. Cela lui ouvrait des horizons insoupçonnés sur ce qu'ils pouvaient faire ensemble.

— Nous irons tout doucement, dit-elle.

Elle sentit les coins de sa bouche s'étirer en un sourire.

— En tout cas, je ne regrette pas de t'avoir emmenée chez moi la première fois, dit-il d'une voix légèrement rauque. Excepté pour une chose.

Elle se figea. Commençait-il déjà à vouloir la changer, comme Marty ? Etait-elle sur le point de commettre une nouvelle erreur en le fréquentant ?

— C'est que je dors comme une bûche. Sinon, je t'aurais entendue te lever, j'aurais pu te faire un café et en profiter pour te persuader de rester pour le petit déjeuner.

— Oh.

Elle se détendit de nouveau.

— D'ailleurs, outre le dîner… j'aimerais bien que l'on prenne aussi le petit déjeuner ensemble.

— Ce n'est pas exactement ce que j'appelle prendre les choses doucement, répondit-elle.

— Non, je veux dire… on pourrait se retrouver pour prendre le petit déjeuner. J'aimerais passer une journée entière avec toi. Apprendre à mieux te connaître, découvrir ce qui te motive dans la vie…

Pour toute réponse, elle l'embrassa. Quand ils s'écartèrent l'un de l'autre, ils tremblaient tous les deux.

— Cela restera entre toi et moi, d'accord ? dit-elle. Au travail, nous sommes de simples collègues. Ce n'est pas parce que j'ai honte que cela se sache, mais pour éviter les complications.

— D'accord, répondit-il. Mais je me réserve le droit de te voler un baiser dans le couloir quand il n'y aura personne.

Elle rit.

— Aaron, avec toi je me sens de nouveau comme une adolescente, alors que j'ai trente ans.

— Pareil pour moi. Et j'en ai trente-trois.

— C'est bien jeune, pour un consultant, dit-elle en lui caressant le visage. Ce qui veut dire que tu es quelqu'un d'intelligent. Et j'aime ton sens de l'humour.

— A propos de la sortie mensuelle du service… Je ne sais pas si tu t'es rendu compte du terrible moment que j'ai passé… à cause de ton jean.

— De mon jean ?

— Je mourais d'envie de me retrouver quelque part seul avec toi pour te le retirer très, très lentement. Si j'ai été un peu distant avec tout le monde ce soir-là, à présent tu sais pourquoi. J'essayais de contrôler à la fois mon imagination et ma libido.

Maintenant, c'était lui qui lui mettait des idées en tête. Et ils étaient censés redémarrer doucement ? Aaron Hugues faisait monter sa température en flèche.

Il l'embrassa de nouveau.

— Donc, pour l'instant, dit-il, cela reste entre nous tant que nous ne saurons pas où nous allons. Très bien. Maintenant, je crois qu'il est temps de changer de sujet et de parler de choses très sérieuses, cela pourrait être très embarrassant si l'on nous retrouvait dans les bras l'un de l'autre… Parlons boulot. Tu sais pourquoi j'ai choisi la médecine tropicale. Et toi ?

— Pour voyager en pensée avec mes patients, répondit-elle en riant. Mais aussi parce que j'aime la dimension de recherche, la possibilité d'éradiquer une maladie ou de trouver un vaccin qui prévient sa propagation. En fait, *shima sani* est un peu… devin. Lorsque ma mère a été enceinte de moi, elle a dit que je serais guérisseuse, que je soignerais les gens.

— Tu veux dire, comme un shaman ?

— Dans la langue de ma mère, on dit *hatalii*.

— Pourrais-tu encore être une *hatalii*, maintenant ?

— Non. Il faut commencer à apprendre très jeune parce que la transmission d'une génération à une autre est entièrement orale, il n'y a rien d'écrit. De plus, l'enseignement se fait exclusivement en langue navajo et je ne la possède pas suffisamment. C'est dommage. *Shi cheii*, mon grand-père, aurait pu tout m'apprendre. Lui est *hatalii*.

— Mais alors… ce qui est arrivé à ta mère a dû être doublement un drame pour eux.

— Oui. C'est pour cela que la dispute a été aussi violente, je suppose. Mon père et *shi cheii* devaient se sentir tous les deux coupables d'avoir échoué, chacun à leur manière.

— Et toi, en tant que médecin qualifié, tu es prise entre les deux ?

— Pas vraiment. *Shi cheii* est fier que j'aie suivi ses traces — même si c'est dans la culture de mon père plutôt que dans celle de ma mère. J'ai de grandes discussions avec lui sur la médecine et sur sa façon de soigner, comparée à la mienne. Nous avons appris beaucoup l'un de l'autre. Dans la culture diné, la médecine est holistique et essentiellement basée sur l'art de rétablir l'harmonie — *hozh* — chez le patient. Il ne s'agit pas seulement de traiter les symptômes, mais de rééquilibrer le corps et l'esprit. Le *hatalii* prend le temps de parler avec le patient, pour trouver ce qui ne va pas, ce qui l'inquiète.

— Il est bon que le patient puisse parler et se sente écouté. Cela réduit considérablement son inquiétude et son stress.

— Exactement. Quand on pense au nombre de maladies qui ont le stress pour origine… Apprendre aux gens à retrouver l'équilibre dans leur vie est très important.

— Il y a donc surtout un aspect psychologique ?

— Non, les herbes médicinales tiennent aussi une grande place. On apprend à préparer des sachets de médecine, surtout des plantes. Certaines sont transformées en teintures, d'autres sont brûlées.

— Je suppose que, quand on étudie leur composition, on trouve des similitudes avec les médicaments de la médecine occidentale ?

— En effet. M. Flinders m'a proposé de faire une

recherche afin de trouver des équivalents aux antibiotiques susceptibles d'exister dans la médecine indienne.

— C'est très intéressant. Il y a de plus en plus de bactéries résistantes aux antibiotiques, nous avons besoin de solutions de rechange car ils ne seront plus efficaces très longtemps — encore quelques années, c'est tout. Ensuite, nous serons de nouveau au point de départ, avant la découverte de la pénicilline. Les gens mourront de nouveau d'une simple égratignure d'épine. Et alors… ?

Soudain, elle se retrouva en train de lui exposer son projet en détail.

— Tu peux compter sur mon appui, dit-il quand elle eut terminé. Et si je peux aider en quoi que ce soit, j'adorerais participer. C'est vraiment très intéressant.

— Merci. Je risque de te prendre au mot, un jour.

L'estomac d'Aaron se mit à gargouiller.

— Pardon. Le thé et les biscuits sont déjà loin, fit-il.

Il vérifia l'heure sur son portable. La lueur l'éclaira faiblement, lui donnant des airs de fantôme.

— C'est bientôt l'heure du déjeuner.

— A cause du diabète, j'ai toujours des barres de céréales dans ma poche, dit-elle, on peut partager.

— Non, merci. C'est pour toi. Ne t'inquiète pas, je ne risque pas d'avoir de problème avec mon taux de sucre. Veux-tu que l'on vérifie pour toi ?

Elle se testa à la lueur de la lampe qu'il tenait pour elle.

— Le taux est effectivement un peu bas, dit-elle.

Elle prit une barre de céréales et lui tendit l'autre, mais il refusa.

— Ces barres te permettront de tenir encore quelques heures. Je me sentirais terriblement mal si j'en mangeais une et que tu te retrouvais en hypoglycémie. Imagine que les secours tardent un peu, que l'on soit toujours bloqués dans le tunnel et que je ne puisse rien faire pour t'aider ! S'il te plaît, n'aie aucun scrupule.

Elle s'exécuta à regret. Heureusement, il accepta de

boire quelques gorgées d'eau de la bouteille qu'elle avait aussi avec elle.

— As-tu entendu ça ? demanda Aaron un peu plus tard. Quelqu'un a crié dehors.

— Tu crois qu'ils ont deviné où nous étions ?

— Je l'espère. A trois, on appelle, le plus fort possible.

Ils crièrent ensemble, et un autre cri leur répondit.

— On est ici, fit Aaron. Le plafond s'est effondré.

Les sons de l'extérieur étaient étouffés, mais ils devinèrent la réponse.

— Nous allons creuser jusqu'à vous et sécuriser le passage pour vous faire sortir.

Il fallut une heure aux sauveteurs pour parvenir jusqu'à eux, et ils revirent enfin la lumière du jour.

— Toi d'abord, dit-il à Joni. Et pas de discussion.

Pendant qu'il attendait dans le tunnel, sachant que l'entrée pouvait s'effondrer de nouveau et qu'il risquait de se retrouver piégé, seul dans le noir comme des années auparavant sous les décombres, la nervosité le gagna. Mais au moins, Joni était en sécurité. Bientôt, il put sortir à son tour.

— Nous étions très inquiets que vous ne reveniez pas, dit Nancy. D'autant que votre portable ne répondait pas, Joni. Nous avions peur que vous ne soyez blessés.

— Nous vous avons cherchés pendant une heure avant de vous localiser, dit l'animateur, visiblement soulagé.

Joni sortit la petite boîte de sa poche.

— A propos, nous avons bien trouvé le dernier indice, mais nous n'avons pas pu vous appeler.

— Vous êtes pardonnés pour cette fois, répondit-il, riant. Rentrons vite pour que vous puissiez vous réchauffer. Vous avez dû geler, là-dedans.

— Un peu, répondit Joni avec un léger sourire.

Etait-ce son imagination, ou avait-elle rougi imperceptiblement ? Aaron sourit à son tour. Car il y avait eu des moments où ni lui ni elle n'avaient pris garde à la température qu'il faisait…

De retour dans les locaux du centre, ils eurent droit à des boissons chaudes et purent se restaurer avant de passer aux derniers exercices.

A la fin de la journée, toute l'équipe fit le chemin de retour vers l'hôpital ensemble.

— Nous pourrons lever nos verres à votre santé à tous les deux lors de la prochaine soirée mensuelle, dit Nancy. D'ailleurs, Aaron, puis-je noter votre nom pour que vous organisiez la suivante ?

— Bien sûr, répondit-il en souriant.

Peut-être qu'ici, à Londres, ce serait différent. Peut-être serait-il lui aussi différent, et apprendrait-il à laisser parler ses émotions.

9.

Plus tard dans la soirée, Aaron appela Joni.

— Bonsoir.

— Bonsoir.

— Je, euh… Je voulais juste savoir comment tu allais…

— Très bien, répondit-elle. J'ai allumé toutes les lumières de mon appartement et vérifié partout qu'il n'y avait pas d'araignées.

— Parfait.

Bon sang. C'était pire que quand il était ado et demandait à une fille de sortir avec lui. Il était persuadé de ne pas avoir la moindre chance.

Il réussit à se ressaisir.

— Comme nous avons parlé de dîner ensemble… je voulais savoir quand tu serais libre.

— Que penses-tu de vendredi ?

— C'est bon pour moi. Je vais réserver quelque part.

Là, il se retrouvait sur un terrain familier.

— Y a-t-il des aliments que tu n'aimes pas, ou qui te donnent des allergies ?

— Je n'ai pas d'allergies et j'aime à peu près tout, excepté les abats et le chocolat, répondit-elle.

— Je t'enverrai un texto pour te confirmer la réservation.

— D'accord. Oh ! Aaron ?

— Oui ? demanda-t-il, vaguement inquiet.

— Je suis vraiment contente que tu m'aies appelée.

Curieusement, il sentit une vague de chaleur lui parcourir

le corps. Il n'avait pas l'habitude de ce genre de réaction, aussi agréable qu'inquiétante.

— Alors, à demain, fit-il avant de mettre fin à l'appel.

Il passa un long moment à surfer sur internet, cherchant un restaurant qui pourrait plaire à Joni. Rien d'ordinaire, parce qu'il voulait que cette soirée soit spéciale pour elle ; mais rien de guindé non plus, car ils devaient se sentir à l'aise.

Pour finir, il opta pour quelque chose d'un peu différent. Il prenait un risque — surtout pour un premier rendez-vous officiel. Quand il appela pour réserver, tout était plein, mais deux places venaient juste de se libérer à la suite d'une annulation. Il le prit comme un signe de bon augure.

Puis il envoya un texto à Joni.

Réservé pour vendredi. On se retrouve à la station de métro à côté de chez toi, à 18 heures. Viens habillée, mais avec des chaussures confortables.

Joni lui répondit quelques minutes plus tard.

D'accord. Où allons-nous ?

C'est une surprise.

Après tout, elle n'avait pas besoin de savoir que c'en était une pour lui aussi.

Des chaussures confortables ? C'était incompatible avec une robe habillée, non ? Joni devait-elle prévoir deux paires : une plate pour marcher, et une à talons pour le restaurant ?

Pour le coup, elle appela Aaron pour tenter de lui tirer les vers du nez, mais il refusa de lui donner la moindre indication, se contentant de lui demander si elle préférait le vin rouge ou le vin blanc. Elle savait seulement qu'ils prendraient le métro.

Le vendredi soir, elle choisit sa petite robe noire — simple et élégante, à hauteur du genou. Des chaussures plates pour marcher, pour le restaurant les escarpins rouges qu'elle avait déjà mis au club de salsa, et le pendentif turquoise de sa mère pour seul bijou. Elle lâcha ses cheveux, se maquilla peu selon son habitude, et termina par une touche de son parfum favori.

A 18 heures tapantes, elle était à la station de métro près de chez elle.

Aaron l'attendait dehors, nonchalamment appuyé au mur. Les femmes qui passaient n'avaient d'yeux que pour lui. Rien d'étonnant. Avec son costume sombre, sa chemise blanche et sa cravate de soie rouge foncé, il était tout simplement irrésistible.

Et il était tout à elle.

Elle avait l'impression d'être une collégienne à son premier rencard avec le garçon le plus cool de l'école. Même si Aaron et elle étaient déjà allés bien au-delà du premier rendez-vous — avant même d'en avoir eu un, d'ailleurs.

A présent, ils étaient d'accord pour prendre les choses lentement, et apprendre à mieux se connaître en dehors du travail.

Ce premier rendez-vous la remplissait à la fois d'excitation et d'appréhension. Aaron ne lui avait pas caché ses difficultés à gérer ses émotions. Avait-elle raison de s'engager dans cette relation, après l'échec de ses fiançailles ? Ne risquait-elle pas de recommencer la même erreur ?

Pour conjurer ses doutes, elle s'avança vers lui en arborant son plus radieux sourire.

— Bonsoir, dit-elle en l'embrassant sur la joue. Oh ! désolée. Je t'ai mis du rouge à lèvres.

Elle sortit un mouchoir de son sac et lui frotta la joue.

Il lui sourit à son tour.

— Tu es magnifique. Et je suis ravi que tu aies lâché tes cheveux.

— Merci, dit-elle, se sentant rougir. Maintenant que je suis là, peux-tu me dire où nous allons, Monsieur le Mystérieux ?

— En fait, je n'en sais rien, répondit-il.

Elle écarquilla les yeux de surprise.

— Mais tu disais que tu avais réservé…

— C'est ce que j'ai fait, mais c'est un dîner surprise, dit-il. L'endroit change chaque semaine. On ne devrait pas tarder à m'envoyer un texto pour m'informer de l'endroit où nous allons.

A présent, elle comprenait mieux l'utilité des chaussures plates.

— Quelle merveilleuse idée, dit-elle.

Il parut soulagé.

— C'est un peu risqué — surtout pour un premier rendez-vous — mais il paraît que la cuisine est fantastique. La seule chose, c'est qu'il y a un menu unique et qu'on doit apporter son propre vin, ils n'ont pas de licence pour vendre de l'alcool.

— Voilà pourquoi tu m'as demandé quel vin je préférais.

Il lui montra le sac qu'il portait.

— J'espère que tu aimes le sauvignon blanc.

— Oui, répondit-elle en souriant. C'est très excitant. J'ai toujours voulu aller dans un restaurant pop-up.

Son portable sonna et il lut le texto.

— On descend du métro dans trois stations, là nous aurons d'autres instructions.

— Au moins, cette chasse au trésor-là ne se finira pas dans un tunnel, dit-elle en riant.

Ils prirent le métro comme demandé, et continuèrent à suivre les indications. Pour finir, ils descendirent un escalier étroit menant à une salle en sous-sol. Là, un serveur en habit noir et nœud papillon bordeaux leur tendit un verre de boisson pétillante et leur indiqua la direction de la pièce voisine.

— C'est une cave à vin, dit-elle, tandis qu'ils longeaient des rangées de bouteilles poussiéreuses.

Elle but une gorgée de son verre.

— C'est délicieux. Une vraie boisson d'été.

En entrant dans la pièce suivante, elle eut le souffle coupé.

De petites tables de bistro, recouvertes de nappes de soie damassée blanche, étaient disposées dans la cave. La vaisselle étincelait, les couverts étaient en argent. Des bouquets de fleurs fraîches complétaient le tableau, éclairé uniquement à la bougie.

— C'est si romantique, murmura-t-elle. Merci, Aaron. Je n'ai jamais été dans un endroit aussi fabuleux.

Elle était déjà comblée, mais, après les avoir fait asseoir et avoir débouché leur bouteille de vin, le serveur les invita à écouter un groupe de quatre musiciens — tous en habit et nœud papillon blanc — qui venaient de prendre place dans un coin, jouant du violon, du violoncelle ou de l'alto.

Dès qu'ils eurent commencé, elle reconnut la mélodie.

— Oh ! j'adore ce morceau — le *Canon* de Pachelbel. Nous allons écouter de la bonne musique en accompagnement d'un bon dîner ? Aaron, c'est tout simplement parfait.

— Je suis heureux que cela te plaise.

Il avait l'air un peu tendu, elle leva donc son verre.

— A nous, dit-elle. Que cela finisse par une belle amitié, ou plus encore.

Pendant quelques secondes, il ne réagit pas, puis il esquissa un large sourire. A l'évidence, il était aussi nerveux qu'elle à propos de leur relation.

— A nous, répéta-t-il.

— J'ai l'impression que tu es non seulement connaisseur en café, mais aussi en gastronomie…

— Un peu, admit-il. Je suis plutôt à l'aise dans une cuisine, et j'aime faire de nouvelles expériences. Et toi ?

— La même chose.

Le repas se révéla tout à fait délicieux. Il y eut du risotto à la betterave, suivi d'un saumon sur un lit de lentilles du Puy accompagné de chou finement râpé.

— Il a été cuit dans du beurre, du citron et du piment, dit-elle après avoir goûté. C'est un mélange fabuleux.

— Je suis d'accord, dit-il.

Le dessert à base de framboises était à la hauteur du reste. Quant au café — accompagné de petits fours —, il combla les exigences d'Aaron.

— Merci, lui dit-elle avec un soupir de bien-être. C'est le meilleur dîner que j'aie fait depuis bien longtemps. Crois-tu que les organisateurs pourraient créer ce genre de soirée pour un groupe ?

— Pourquoi pas ? Tu penses à la soirée mensuelle que Nancy m'a demandé d'organiser ?

— Je suis sûre que cela plairait beaucoup à notre équipe. Et si les organisateurs trouvent un nouvel endroit à la hauteur de celui-ci, tu pourrais aussi bien battre mon record de « nuit la plus originale ».

— Serait-ce un défi ? demanda-t-il.

Elle haussa un sourcil.

— Peut-être.

— Si je le relève, quel est l'enjeu ?

— On pourrait commencer par un baiser, dit-elle.

— Et finir où ?

Rien que cette pensée lui coupait le souffle.

— C'est une surprise, dit-elle avec défi, et il éclata de rire.

Après le repas, ils discutèrent avec l'organisateur de la soirée, qui leur demanda combien de personnes ils comptaient être.

— Une quinzaine, répondit Joni.

— C'est faisable. Je vais consulter mon calendrier et vous proposer une date.

— Habituellement, nous faisons une activité avant de manger, dit-elle.

— Cette fois, vous pourriez inclure un divertissement dans la soirée, répondit l'organisateur. Un de mes clients dirige une école de cirque. On pourrait servir le dîner sous chapiteau, vos collègues et vous vous essaieriez à la corde raide et au jonglage avant le repas. Et mon client demanderait à sa troupe de faire un numéro entre le plat principal et le dessert.

Aaron et Joni échangèrent un regard.

— Ce serait absolument parfait, répondit-il.

Une fois qu'ils se furent mis d'accord, Aaron appela un taxi. L'appartement de Joni était sur le chemin du sien, il la déposa donc en premier.

— Tu es le bienvenu pour une tasse de thé, dit-elle. Mais il n'est pas question que je te propose un café.

Il rit.

— Je ne suis pas exigeant à ce point, tout de même.

Il n'était pas prêt à ce que la soirée se termine et paya le taxi.

L'appartement de Joni était à son image : coloré et chaleureux. Les murs de la cuisine étaient d'un jaune lumineux, avec des placards et des plans de travail en érable. Il y avait une étagère couverte de livres de cuisine, des photos et des cartes postales étaient aimantées sur la porte du réfrigérateur.

Elle surprit son regard et sourit en versant l'eau bouillante dans deux mugs.

— Bailey, tu la connais déjà. Voici Olly sur scène avec son groupe, et ici, c'est Luke, à Rome. Il y va au moins une fois par an, sous prétexte que le toit du Panthéon serait l'assemblage architectural le plus parfait au monde. Là, c'est papa et maman.

Il nota la ressemblance entre Joni et son père, et entre ses frères.

— Et voilà *shi cheii* et *shima sani* — mes grands-parents.

Ils étaient tous les deux en jeans et chemises à carreaux, ce qui le surprit.

Elle lui jeta un coup d'œil de côté.

— Les Amérindiens ne portent pas tout le temps leur costume traditionnel, tu sais.

— Non, bien sûr. Désolé.

— Ici, c'est *shima* — ma mère, Ajei.

La photo montrait une jeune femme aux longs cheveux noirs, assise sur un rocher sous un ciel d'un bleu profond. Visiblement enceinte, elle avait l'air radieux. L'image même du bonheur, songea Aaron.

— Elle est très belle. Tu lui ressembles beaucoup.

Joni inclina la tête.

— Merci. Mais j'ai dix ans de plus qu'elle sur la photo.

Un voile de tristesse passa sur ses yeux. Ne sachant que faire d'autre, il la serra dans ses bras et elle s'appuya brièvement contre lui.

— Viens t'asseoir.

Son séjour était également jaune. Elle avait un canapé couleur mandarine et des coussins rouge foncé. Il admira le tapis du milieu de la pièce, qui rappelait le rouge des coussins, avec des motifs géométriques.

— Il a été tissé par une de mes cousines, dit-elle. Je l'ai rapporté d'Arizona il y a deux ans.

— Ta cousine est très douée.

Elle sourit avec fierté.

— Je le lui dirai la prochaine fois.

De nombreuses photos de famille recouvraient le manteau de la cheminée, autour du diplôme de Joni et de ceux de ses frères. La photo du mariage de leurs parents avec Joni en demoiselle d'honneur était également en bonne place.

Cette famille respirait l'amour, tous semblaient proches les uns des autres. Comment Aaron pourrait-il jamais lui suffire ?

Il ignora l'inquiétude qui montait en lui. Pas maintenant. Il verrait cela plus tard.

— A propos, j'aime beaucoup ton pendentif, dit-il.

— C'est ma mère qui l'a fait.

— Il est très beau — comme toi, Nizhoni.

Elle rougit aussitôt.

— As-tu beaucoup de bijoux de ta mère ?

— J'ai un collier, deux bracelets et une bague, répondit-elle.

J'ai donné le reste à *shima sani*, j'estimais normal qu'elle ait un souvenir du travail de sa fille.

— C'est très gentil à toi…

— Pas vraiment, dit-elle en haussant les épaules. C'est ma grand-mère et je l'aime.

C'était tellement simple. Il pensa à ses propres grands-parents, très éloignés géographiquement des deux côtés. Il avait parfois passé des vacances chez eux, avec l'impression d'être autant une gêne pour eux que pour ses parents. Quel effet cela pouvait-il faire d'avoir des rapports aussi faciles avec ses proches, malgré la distance ? Sa famille à lui semblait faire partie d'un autre système solaire.

— A quoi penses-tu ? demanda Joni à mi-voix.

Pas question de lui parler de sa famille.

— Au tunnel, répondit-il. Ce que j'ai préféré dans cette journée, c'était te tenir dans mes bras. Si je me souviens bien, j'ai droit à un baiser. Puis-je ?

Elle lui caressa le visage.

— Tu es si mignon, de me demander la permission…

Il fallait qu'il l'embrasse, ou il allait imploser. Il posa son mug de thé et la prit sur ses genoux. Instantanément, il se sentit beaucoup mieux.

— J'ai vraiment passé une excellente soirée, dit-elle. Merci de l'avoir organisée pour moi.

— C'était tout de même risqué…

— Même si le repas ou l'endroit avait été horrible, tu te serais donné du mal pour en faire quelque chose de spécial, et c'est cela qui importe.

Il l'embrassa longuement et tendrement. Il adorait l'embrasser, même si une petite voix dans sa tête l'avertissait de ne pas baisser sa garde. Il aimait trop le contact de sa peau contre la sienne, le goût de ses lèvres, le doux parfum floral qu'elle portait. Il aimait même entendre battre son sang dans ses propres veines.

Quand ils s'écartèrent enfin l'un de l'autre, ses yeux lui parurent immenses. Ses lèvres gonflées étaient entrouvertes et elle avait la tête légèrement penchée, comme si elle s'offrait à lui. Cela lui donna envie de recommencer, encore et encore, jusqu'à ce qu'elle s'abandonne totalement au contact de ses mains et de sa bouche.

Aaron n'avait jamais éprouvé une telle tentation auparavant et cela l'effrayait tout en lui donnant envie de recommencer.

— Voilà ce qu'on appelle un baiser, dit Joni en riant.

Dieu, qu'elle était belle ! Il n'avait jamais désiré une femme autant qu'elle.

— Aimes-tu d'autres styles de musique que le classique ? lui demanda-t-elle.

— J'aime toutes sortes de musiques — excepté peut-être les boys bands.

Elle sourit.

— C'est parce que tu n'es pas une ado. Mon frère joue mercredi soir. Plusieurs collègues du service seront là, ainsi que ma famille et Bailey. Est-ce que cela te dirait de venir ?

Ce n'était pas une présentation officielle à la famille, se dit-il. Pourquoi pas ?

— J'aimerais beaucoup. Ce n'est pas un boys band, au moins ?

— Pas du tout, répondit-elle en riant. Leur musique est un croisement entre le rock et le blues. Ils reprennent des standards, mais Olly écrit aussi beaucoup de leurs compositions.

— Rock et blues ? C'est la musique que je préfère !

Il nomma plusieurs groupes qu'il aimait.

— Je les ai vus plusieurs fois en concert à Manchester.

— Olly les adore. Vous allez bien vous entendre, tous les deux.

Bien qu'elle n'en ait rien dit, il devina que Marty n'avait pas été très proche de sa famille. Celle-ci avait l'air de compter beaucoup pour Joni et cela risquait de devenir un sujet de discorde, ce qui le rendit nerveux.

Il finit sa tasse de thé et l'embrassa langoureusement.

— Je ferais mieux d'aller dormir un peu, dit-il. Merci pour cette soirée.

— Non, merci à toi. C'était fantastique. Oh ! tu fais quelque chose demain ?

— Pas particulièrement.

— Appelle-moi si cela te tente de faire une balade quelque part. On pourrait aller se promener au jardin botanique de Chelsea, par exemple.

— Bonne idée. Je t'appelle demain.

Il l'embrassa de nouveau.

— Bonne nuit, ma belle Nizhoni.

Le lendemain matin, il faisait un temps épouvantable. Aaron appela quand même Joni.

— Et si on allait visiter un musée ou une galerie d'art à la place ? proposa-t-elle.

— Je ne connais pas très bien Londres. Surprends-moi.

Une demi-heure plus tard, il la retrouva chez elle. La veille, elle était sur son trente et un. Aujourd'hui, son visage était exempt de tout maquillage et elle portait un jean et un T-shirt avec des chaussures de toile. Mais elle était toujours aussi belle, et rien qu'en la regardant, son cœur se mit à battre plus fort.

Elle l'embrassa pour lui dire bonjour.

— Tu as attaché tes cheveux…

— Je peux les défaire, si tu veux.

— C'est à toi de décider, dit-il, se rappelant son ex. Mais tes cheveux sont si beaux, c'est dommage de les cacher dans une queue-de-cheval.

— Merci, répondit-elle en rougissant.

D'un geste, elle défit la barrette qui retenait sa chevelure.

— Où allons-nous ? demanda-t-il.

— Tu m'as demandé de te surprendre. Comment puis-je y arriver si je te dis où nous allons ?

Il éclata de rire.

— Je crois surtout que tu es en train de me rendre la monnaie de ma pièce pour hier soir.

— Quelle idée ! Mais tu as placé la barre très haut, il va me falloir un peu de temps pour trouver quelque chose d'équivalent, tout en étant très différent.

— Et si on faisait une liste ensemble ?

Le sourire qu'elle lui décocha le réchauffa de l'intérieur.

— C'est une excellente idée. Nous allons faire une liste de toutes les choses bizarres que nous avons envie de faire. Pour aujourd'hui, nous allons dans un endroit très connu, mais qui vaut bien une visite.

Après tout, peu lui importait, du moment qu'il passait du temps avec elle.

Ils se rendirent à pied à la station de métro, serrés l'un contre l'autre sous un parapluie, et ce fut une bonne excuse pour l'enlacer.

Avant de connaître Joni, Aaron ne s'était jamais considéré comme quelqu'un de très tactile. Mais il aimait être contre elle, sentir son parfum et sa chaleur tout contre sa peau. Elle mettait tous ses sens en alerte, et il commençait vraiment à aimer cette impression.

Ils sortirent du métro à Charing Cross et se rendirent à l'église de St Martin in the Fields. Une affiche annonçait un concert l'après-midi même.

— J'adore Bach, dit-elle.

Elle lui jeta un coup d'œil coupable, comme si elle lui en demandait trop.

— Tu aurais le temps d'assister au concert, en plus de l'endroit où nous nous rendons maintenant ?

Etait-ce ainsi que cela se passait avec son ex ? Il fallait à tout prix la rassurer.

— Non seulement j'ai le temps, mais je pense que c'est une très bonne idée, répondit-il. Prenons les tickets maintenant, cela nous épargnera de faire la queue plus tard.

Puis elle l'entraîna à l'angle de Trafalgar Square et il reconnut aussitôt le musée.

— La National Gallery ?

— C'est une agréable façon de passer un samedi matin pluvieux, non ? Commençons par les tableaux de Van Gogh, j'adore l'éclat et la lumière qu'il y a dans ses peintures.

Aaron goûta particulièrement leur flânerie, main dans la main, d'un tableau à l'autre. Après avoir avalé un sandwich, ils s'aperçurent que la pluie avait cessé.

— Allons admirer les lions de la colonne Nelson, comme tout bon touriste qui se respecte, dit-elle.

Elle sortit même son téléphone portable et le tendit à bout de bras pour prendre un selfie de leur couple enlacé, joue contre joue. Pour le coup, il se sentit aussi jeune que les ados qui les entouraient en faisant exactement la même chose. C'était étrange car, plus jeune, il avait toujours été du genre sérieux, concentrant son énergie dans les études plutôt que les sorties.

L'après-midi, ils se tinrent la main pendant tout le concert. Tout était parfait : la musique, le cadre et la compagnie.

Une fois dans le métro, ce fut à son tour de douter. Allait-il en demander trop ?

— Je sais que je deviens gourmand, mais je ne suis pas encore prêt à mettre un terme à cette journée. Aurais-tu le temps de dîner avec moi ?

— J'en serais ravie.

Alors seulement, il remarqua que, quand elle souriait, elle avait de petites fossettes. Elles lui donnaient envie de la soulever dans ses bras et de tourner en rond avec elle jusqu'à les étourdir tous les deux. Il ne s'était jamais senti aussi insouciant.

Qu'était-il donc advenu de sa maîtrise de lui-même ?

— Je connais un charmant petit restaurant italien au coin de la rue, fit-elle.

Ils passèrent la soirée à discuter, entre deux bouchées, de films et de livres qu'ils aimaient, et découvrirent ainsi qu'ils avaient le même goût pour les films d'art et d'essai. Aaron se surprit également à parler davantage de lui qu'il ne le faisait habituellement, ce qui aurait dû l'inquiéter. Pourtant, avec Joni, il parvenait à se détendre.

Il lui dit au revoir sur le pas de sa porte et l'embrassa.

— Tu ne veux pas venir prendre un dernier verre ? demanda-t-elle.

Il voulait bien plus que cela : la porter dans son lit, lui retirer ses vêtements un par un — très lentement ; découvrir où et comment elle aimait être touchée, par ses mains et par sa bouche, et continuer à le faire jusqu'à ce qu'elle crie son nom.

— Il ne vaut mieux pas, dit-il très vite. Non pas parce que je ne veux pas, mais je ne tiens pas à précipiter les choses. Mais j'ai passé une merveilleuse journée avec toi.

Son sourire fut sa récompense.

— Moi aussi, dit-elle en lui caressant le visage. On se revoit lundi, au travail. Et merci pour cette journée.

Sur le chemin du retour, il se surprit à sourire. Et il comprit pourquoi : il était *heureux*. Il ne se rappelait pas avoir jamais éprouvé cette sensation de légèreté dans le cœur.

Joni avait bel et bien changé sa vie, pour le meilleur. Pourtant, une part de lui se demandait si cela pouvait vraiment durer. Ou bien était-ce trop demander ?

10.

Le lundi matin, Aaron et Joni se retrouvèrent aux consultations externes.

Dans la cuisine du personnel, ils échangèrent un regard si intense que Joni se sentit submergée par une vague de chaleur. Mais ce n'était ni le moment ni le lieu pour l'embrasser comme elle l'aurait voulu, malgré ses yeux emplis de désir.

Il était encore tôt et, pour le reste du personnel, ils n'étaient que collègues.

Elle lui adressa un sourire professionnel.

— Avez-vous passé un bon week-end, monsieur Hughes ?

— Excellent. Et vous ?

— L'un des meilleurs depuis longtemps, dit-elle. Un peu de culture, des amis et ma famille. Il n'y a rien de mieux.

La chaleur dans le regard d'Aaron lui indiqua qu'il savait exactement de quoi elle parlait…

Le premier cas de la matinée, pour Joni, fut un homme qui avait été très désagréable avec la réceptionniste, au point d'avoir presque atteint le seuil de tolérance zéro fixé par le règlement de l'hôpital. Mais la maladie pouvait entraîner des réactions inhabituelles chez les gens et Joni décida de lui accorder le bénéfice du doute.

M. Gillespie se plaignit d'abord de ne pas avoir été bien accueilli, alors qu'il avait mal à la tête, de la température et maintenant une éruption cutanée. Pour faire bonne mesure, il avait mal au dos et dans les jambes, ses yeux étaient rouges et le démangeaient.

— J'en ai assez de tous ces gens qui ne m'écoutent pas, grogna-t-il. Je sais très bien que je n'ai pas une simple grippe.

Elle réussit à le calmer en promettant de l'écouter attentivement.

Après avoir examiné les rougeurs sur son torse, elle lui demanda s'il était parti récemment à l'étranger.

— J'ai passé quinze jours de vacances en France, dit-il. Le premier jour, j'ai fait du kayak et, en chavirant, j'ai avalé beaucoup d'eau. J'ai commencé à me sentir mal quelques jours plus tard, avec vomissements et dérangements intestinaux. Je suis sûr qu'il y avait quelque chose dans l'eau.

— Vous avez probablement raison, répondit-elle. Si j'en crois vos symptômes, il est très possible que vous ayez la leptospirose. Mais il est vrai qu'au stade initial, on peut la confondre avec une simple grippe. La leptospirose est une bactérie qui peut survivre plusieurs mois dans l'eau des canaux ou des rivières, ou en terrain humide. Détail désagréable : elle se transmet habituellement par l'urine infectée des rats, mais vous-même n'êtes pas contagieux.

Elle procéda à des examens de sang et établit une ordonnance pour des médicaments à prendre en pharmacie.

— Vous allez encore vous sentir mal pendant deux ou trois jours, mais d'ici une semaine, vous irez beaucoup mieux, dit-elle.

Elle avertit néanmoins son patient que s'il n'allait pas mieux et qu'au contraire, de nouveaux symptômes apparaissaient, il ne devait pas hésiter à appeler directement son service.

M. Gillespie repartit en promettant de ne plus jamais, jamais naviguer sur des rivières…

Joni fut très occupée pendant le reste de la matinée, mais elle réussit à avaler un sandwich à la hâte avec Aaron pendant la pause déjeuner.

— Comment s'est passée ta matinée ? lui demanda-t-elle.

— Il y a eu beaucoup de problèmes de gastros, ce que je n'ai peut-être pas besoin de détailler maintenant. Et toi ?

— J'ai eu un cas de leptospirose.

— Voilà qui est plutôt rare.

Comme c'était agréable de pouvoir s'asseoir avec lui en discutant librement de son travail ! Marty prenait toujours l'air ennuyé quand elle abordait le sujet, alors qu'il ne se gênait pas pour parler de son métier. Aaron, lui, savait écouter.

Décidément, la vie avait du bon.

Le soir, comme d'habitude, Joni retrouva Bailey pour leur cours de yoga, suivi d'un dîner.

— Tu es rayonnante, dit Bailey quand elles se retrouvèrent au restaurant. Cela n'aurait-il pas quelque chose à voir avec un certain docteur en médecine tropicale qui porte des lunettes ?

Joni rougit.

— Alors, vous sortez ensemble ? A la bonne heure ! s'exclama Bailey. C'est tout à fait ce qu'il te fallait après ce satané Marty.

— Nous avançons prudemment, dit Joni. Il vient au concert d'Olly mercredi, mais seulement en tant que membre de l'équipe. Nous gardons cela pour nous pour l'instant. Alors, pas un mot à maman et papa, d'accord ?

— Naturellement.

Bailey lui tapota la main.

— Cela fait plaisir de te voir heureuse.

— Je le suis, répondit Joni en souriant. Prenons le temps de voir venir.

Le mercredi soir, le groupe du service de médecine tropicale alla directement dîner après le travail, puis se rendit au pub où jouait le frère de Joni.

Sa famille était déjà là et l'accueillit avec effusion. Joni fit aussitôt les présentations.

— Voici Aaron, notre nouveau consultant, dit-elle.

Ainsi, elle le présentait à sa famille en tant que collègue. Aaron le savait bien, ils en avaient discuté entre eux avant, mais il fut un peu vexé, au point qu'il dut faire un effort pour suivre ce qu'elle disait ensuite.

— Aaron, voici mes parents, Sam et Marianna Parker, et mes frères Luke et Olly.

Tout le monde l'accueillit chaleureusement, et il échangea quelques mots avec Olly au sujet de sa musique. Naturellement, il ne put échapper aux questions concernant sa famille et l'endroit d'où il venait.

— Ma famille est éparpillée un peu sur tout le globe, dit-il. Tout le monde est dans les forces armées, sauf moi.

Il avait été le seul, sur quatre générations, à choisir un autre mode de vie, et cela n'avait pas beaucoup plu.

— La médecine tropicale est si intéressante, dit Marianna. Joni vous a-t-elle parlé de son projet de recherche ?

— Oui, c'est passionnant, répondit Aaron.

Marianna et Sam avaient l'air ravi de le connaître, et Luke lui parla de football et d'architecture.

Aaron comprenait maintenant pourquoi Joni était aussi chaleureuse. Sa famille était exactement comme elle : gentille, attentionnée, faisant en sorte que tout le monde se sente accepté.

Bailey arriva juste après le passage du groupe précédent et embrassa Joni en s'excusant de son retard.

— J'ai dû bander un genou, dit-elle. Heureusement, mon patient n'aura pas le cartilage endommagé.

Joni fit les présentations et Aaron serra la main de Bailey en souriant.

— Vous êtes la spécialiste de la médecine du sport fana d'endorphines ?

Elle lui rendit son sourire, le reconnaissant manifestement. Quelque chose lui disait qu'elle savait parfaitement ce qui se passait entre Joni et lui.

Il apprécia le concert, en particulier un morceau de blues qui lui donna envie de prendre Joni dans ses bras et de la serrer tout contre lui. Mais il ne pouvait pas le faire pour ne pas la mettre dans l'embarras.

Il fut tout de même déçu de ne pas pouvoir la raccompagner chez elle, ni l'embrasser pour lui souhaiter bonne nuit.

Le lendemain, sous le prétexte de lui parler d'un cas particulier, il prit un café avec elle entre deux consultations.

— J'ai vraiment apprécié le concert hier soir, lui dit-il. Ton frère a beaucoup de talent.

— C'est vrai, dit-elle en souriant.

— J'ai remarqué que tu m'avais présenté à ta famille en tant que collègue…

Elle écarta les mains en un geste d'impuissance.

— Aaron, la moitié du service était là, et tu étais d'accord pour que l'on garde ça pour nous. Si j'en avais parlé à papa et maman, quelqu'un nous aurait entendus et, en ce moment même, nous serions au cœur de tous les ragots de l'hôpital.

— Tu as raison, dit-il.

— Qui plus est, si j'avais dit à ma famille qui tu étais vraiment, elle t'aurait fait passer sur le gril. Je ne suis pas sûre que tu sois prêt pour ça.

— Probablement pas. Excuse-moi, je n'aurais pas dû t'en parler.

— En fait, je suis contente que tu aies fait la remarque. Cela m'a gênée, moi aussi.

— Bailey est au courant pour nous, n'est-ce pas ?

Joni plissa le nez.

— C'est ma meilleure amie. Elle est aussi proche qu'une sœur. Je sais qu'elle n'en parlera à personne.

— Tant mieux. Que veux-tu faire ce week-end ?

— J'ai pensé que cela pourrait être drôle d'aller voir les pélicans de St James Park, samedi après-midi. Papa m'y emmenait quand j'étais petite et j'adorais ça.

— Cela me va tout à fait. Fais-moi savoir où et quand tu veux que nous nous retrouvions, dit-il en terminant son café à la hâte. Il faut que je me dépêche, à plus tard.

Pendant tout le trajet de retour, il pensa aux liens qui unissaient la famille de Joni. Peut-être que, s'il faisait des efforts, sa propre famille pourrait lui ressembler. Mais cela n'avait jamais été leur style. Il attendait trop d'eux, et ce n'était pas juste.

En y réfléchissant, il ne pouvait pas donner à Joni le quart de ce qu'elle avait à lui offrir. Sa propre famille serait distante avec elle, et cela lui ferait de la peine, il le savait. Comment pourrait-il lui faire comprendre leur attitude guindée, alors qu'elle avait toujours été environnée de chaleur ? Il serait sans doute plus raisonnable de reprendre un peu ses distances.

Le seul problème, c'était qu'il n'en avait aucune envie.

Mais peut-être devait-il cesser d'être égoïste et faire passer l'intérêt de Joni avant le sien.

Le vendredi matin, Joni rencontra encore un cas très rare. M. Kirby vint consulter avec son épouse, très inquiète, qui pensait qu'il avait été mordu par une chauve-souris. Quelques jours auparavant, il avait restauré les peintures de la tour d'une église habitée par toute une colonie. Mais son mari ne se souvenait pas d'avoir senti une morsure.

Il présentait les symptômes d'une grippe estivale : frissons, maux de tête, gorge douloureuse, température élevée. Mme Kirby trouvait que son mari était également devenu irritable, et elle avait lu sur internet que c'était un des symptômes de la rage.

Joni fronça les sourcils. Si son patient était venu consulter le jour où il avait été mordu, même s'il n'avait pas eu de vaccination antirabique, il aurait été possible de venir à bout du virus. Mais lorsque les symptômes s'étaient déjà déclarés, la rage était souvent fatale et le seul traitement possible consistait à sédater le patient jusqu'à ce qu'il tombe dans le coma et meure d'une crise cardiaque.

Au Royaume-Uni, la rage classique transmise par les chiens, les chats ou d'autres animaux était pratiquement inconnue. Tous les gardiens de zoo avaient été vaccinés contre la rage en cas de morsures d'animaux exotiques. Dans un ou deux cas, des malades avaient été infectés, mais ils s'étaient présentés immédiatement et la procédure habituelle — nettoyage complet de la blessure et injection pour empêcher l'infection de se répandre — avait fonctionné.

Après avoir effectué des tests sanguins et prélevé des échantillons de salive, Joni partit à la recherche d'Aaron et lui expliqua son cas.

— Si les résultats montrent que mon patient a déjà développé des anticorps et les premiers symptômes, il n'y a rien que l'on puisse faire, n'est-ce pas ?

Il secoua la tête, songeur.

— Il y a peut-être quelque chose… Mon patron m'en avait parlé à Manchester, mais c'est encore au stade expérimental et le taux de succès est assez faible.

— C'est toujours mieux que rien, dit-elle. Mais j'attends le résultat des tests avant de paniquer.

— N'hésite pas à venir me chercher si tu as besoin de moi.

Plus tard dans l'après-midi, Aaron entrait des notes dans son ordinateur quand Joni fit irruption dans son bureau.

— J'ai les résultats. C'est bien la rage de chauve-souris.

— Bon. Il faut parler à ton patient.

Joni le présenta aux Kirby et il leur dressa un tableau réaliste de la situation.

— Alors, je vais mourir ? dit M. Kirby, choqué. Oh ! mon Dieu. Je vais me mettre à courir partout, à baver, à avoir peur de l'eau et à mordre les gens ?

— Il n'y a pas de peur de l'eau et vous ne mordrez pas.

Mais vous produirez de plus en plus de salive et vous aurez de plus en plus de mal à avaler.

Il secoua la tête.

— Je ne peux pas supporter ça.

— Il existe une alternative, dit Aaron. Mais il n'y a aucune garantie de succès.

— Au moins cela me donne une chance de survivre, alors je la prends. Que dois-je faire ?

— Nous pensons que le virus de la rage affecte le cerveau avant que le corps puisse combattre l'infection. Si nous provoquons un coma artificiel pour protéger votre cerveau, nous pouvons vous donner une médication antivirale pour aider votre corps à combattre la maladie. On vous met sous perfusions afin que votre corps continue de fonctionner, et vous ne vous rendez compte de rien. Il y a peu de chances que cela marche, et même si c'est le cas, des dommages peuvent être causés par le virus et une rééducation sera nécessaire.

M. Kirby échangea un long regard avec sa femme, puis il prit une profonde inspiration.

— D'accord. Je vais le faire. Mais je veux d'abord voir mes enfants pour leur dire au revoir, au cas où ça ne marcherait pas.

Dire au revoir aux enfants.

Aaron n'avait pas pu dire adieu à Ned, car son frère avait sombré dans le coma à cause de la malaria. Même si les médecins pensaient les patients inconscients capables d'entendre, il ne saurait jamais si Ned avait compris ses dernières paroles. Il lui avait dit qu'il l'aimait, qu'il allait devenir médecin comme lui aurait voulu l'être, qu'il pourrait être fier de lui. Et qu'il ferait tout son possible pour sauver les gens, ce que les médecins n'avaient pas pu faire pour lui.

Il avait tenu sa promesse. Il avait travaillé dur, et sauvé la plupart de ses patients. Il n'y arriverait peut-être pas pour M. Kirby, mais il ferait tout ce qui était en son pouvoir.

A ses côtés, se tenait la seule personne en qui — il

commençait à s'en rendre compte — il pouvait avoir confiance : Joni. Elle travaillerait avec lui, et l'aiderait à traverser les épreuves grâce à la douceur de son sourire.

Sous la table, il tendit la main vers elle et lui serra les doigts. Elle réagit aussitôt, comme si elle devinait ce qu'il pensait.

Ils feraient de leur mieux. Ensemble.

Le samedi après-midi, Joni et Aaron flânèrent main dans la main à travers St James Park et arrivèrent devant le rocher au milieu du lac, où les pélicans étendaient leurs ailes et se chauffaient au soleil. A la seconde où le gardien apparut avec son seau de poissons, ils se précipitèrent sur lui et l'entourèrent, impatients de manger — en même temps que les enfants du parc accouraient pour les voir.

— Les pélicans sont dans le parc depuis 1664, expliqua le gardien. Le tout premier fut un cadeau de l'ambassadeur de Russie. Ils se nourrissent des poissons du lac, mais ils aiment aussi le maquereau et le hareng que je leur apporte.

Il jeta un poisson à chaque oiseau, qui l'attrapa adroitement.

— Nous avons même eu un pélican qui volait jusqu'au zoo de Londres pour y dérober son poisson du déjeuner, dit-il.

Joni apprécia le spectacle, mais remarqua qu'Aaron restait silencieux. Après tout, les pélicans ne l'intéressaient peut-être pas.

Cependant, plus l'après-midi avançait, plus il s'enfermait dans son mutisme. Il fallait qu'elle aborde le sujet, elle détestait le sentiment de gêne qui s'était installé entre eux.

— Quelque chose ne va pas, Aaron ?

— Non.

Son expression était totalement indéchiffrable. Il était évident que quelque chose n'allait pas, mais quoi ? Peut-être voyait-il en elle la même chose que Marty ? Leur relation aussi allait tourner à l'échec — et ce serait sa faute, parce qu'elle n'aurait pas été à la hauteur.

— Je suis désolée, dit-elle d'un ton misérable.

Il fronça les sourcils.

— Pourquoi donc ?

— A l'évidence, j'ai dit ou fait quelque chose qu'il ne fallait pas.

Elle écarta les bras en un geste d'impuissance.

— Ou alors, je n'ai pas dit ou fait ce qu'il fallait.

— Bien sûr que non… Joni, pourquoi t'excuses-tu ?

— Je…

— Est-ce que cela se passait comme ça avec Marty ?

Oui. Souvent. Mais elle ne fut pas capable de lui répondre, ayant trop honte pour admettre la vérité. Elle se contenta de détourner les yeux.

Avec douceur, il prit son visage entre ses mains.

— Regarde-moi, Joni.

Elle s'exécuta à contrecœur.

— Tu n'as rien fait de mal. *Rien.* Des idées stupides me trottent simplement dans la tête, mais je t'assure que ça n'a rien à voir avec toi.

Il poussa un soupir.

— Je t'avais prévenue que je n'étais pas très doué pour les relations. Mais promets-moi de ne plus jamais t'excuser devant moi.

— Je suis dé… Hum.

Elle s'arrêta net.

— Celle-là compte, il faut mettre une pièce dans la boîte, dit-il en souriant. Je suis sûr que Bailey serait d'accord avec moi.

Elle sentit que la tension entre ses épaules s'apaisait.

— A la place, tu pourrais m'offrir une glace, ou bien j'ai une meilleure idée. Tu vas devoir dîner avec moi ce soir, et c'est moi qui fais la cuisine. Si tu n'es pas déjà prise, bien entendu.

Non, elle n'était pas prise.

— Est-ce que j'aurai droit à une tasse de ton fabuleux café ?

— Seulement si tu es sage.

Une vague de soulagement la submergea. Tout allait s'arranger.

— Comme ça ?

Se mettant sur la pointe des pieds, elle l'embrassa légèrement sur les lèvres.

Il l'entoura de ses bras.

— Cela ira très bien.

Une fois chez lui, elle remarqua toutes sortes de choses auxquelles elle n'avait pas fait attention la première nuit.

Elle n'avait pas encore vu son séjour : tout était très net. Il n'y avait qu'une seule étagère de livres de médecine, et elle ne vit pas de films ni de disques, et aucun roman.

— Je croyais que tu aimais la musique, dit-elle.

— Beaucoup, mais tout est digital, de même que pour les films. Je télécharge tout, cela fait de la place. Pareil pour les livres, excepté ces textes de médecine. Curieusement, je préfère l'ancienne méthode quand il s'agit de travail.

Il n'y avait aucune photo de famille, et rien de personnel qui puisse dévoiler quoi que ce fût sur lui. Peut-être que, habitué à déménager souvent avec ses parents et à loger en pension, il avait pris l'habitude de vivre avec le minimum. Mais elle ne voulut pas lui poser la question pour ne pas le mettre mal à l'aise.

Elle le suivit dans la cuisine, et il plongea dans son réfrigérateur.

— Est-ce que je peux t'aider ? demanda-t-elle.

— Non, mais tu peux t'asseoir et bavarder avec moi.

Il lui prépara un cappuccino mousseux, juste comme elle l'aimait.

— C'est excellent, dit-elle. Je suis vraiment gâtée.

— J'espère que mon risotto au poulet et aux épinards sera un peu meilleur qu'un sandwich au bacon ordinaire.

Marty n'avait jamais cuisiné pour elle. Il trouvait normal qu'elle soit aux fourneaux, et elle n'avait jamais réagi, au lieu de lui faire remarquer que son travail était aussi exigeant que le sien et de lui demander de faire sa part de corvées.

— J'apprécie beaucoup, dit-elle.

Il lui vola un baiser, puis se mit au travail.

Après le dîner, ils regardèrent un film dans le séjour, blottis l'un contre l'autre sur le canapé. Au chaud dans les bras d'Aaron, elle se sentait en sécurité, plus heureuse qu'elle ne l'avait été depuis très longtemps.

Comme s'il devinait ses pensées, il l'attira un peu plus près. Il rejeta sa chevelure sur le côté et piqueta son cou de petits baisers. Rejetant la tête en arrière, elle le laissa faire et il trouva l'endroit qui la faisait frissonner.

Il glissa les mains sous son T-shirt et lui caressa le ventre du bout des doigts.

— Aaron, murmura-t-elle.

Il l'embrassa à pleine bouche et à son tour, elle souleva son T-shirt et fit courir ses doigts sur son ventre.

— J'aime tellement te toucher…

En guise de réponse, il dégrafa son soutien-gorge et arrondit les mains sur ses seins.

— Moi aussi, dit-il d'une voix rauque. Tu es si douce… Il faut que je te voie.

Il ne lui fallut que quelques secondes pour la débarrasser de son T-shirt.

— Et la parité ? fit-elle.

Il rit et ôta également le sien. Elle promena lentement les doigts sur ses pectoraux.

— Pour un bon vivant, tu es dans une forme étonnante, dit-elle. J'adore te regarder.

Il lui vola un autre baiser.

— Regarder, ce n'est pas assez.

— Alors touche-moi. Embrasse-moi, murmura-t-elle en fermant les yeux.

Il lui lécha la pointe d'un sein.

— C'est si bon…

— Est-ce que je t'ai déjà dit à quel point tu étais fantastique ? dit-il.

Il se redressa légèrement.

— On était censés progresser peu à peu, apprendre à mieux se connaître… mais c'est très difficile de te résister. Cela ne m'était encore jamais arrivé. J'avais toujours réussi à garder mon contrôle. Pourtant, avec toi, c'est différent.

— En bien ou en mal ?

— En bien, naturellement. Même si, en même temps, cela fait un peu peur.

Il posa la main sur sa joue.

— Joni… J'aimerais te prendre dans mes bras, te porter sur mon lit et passer le reste de la nuit à faire l'amour avec toi. Mais je ne le ferai pas.

Parce qu'elle ne correspondait pas à son attente, comme pour Marty ? Elle n'était pas assez bien ?

Il dut voir quelque chose sur son visage, car il lui sourit.

— Je ne veux pas précipiter les choses, ni me dire que c'est acquis. Je veux te chérir, dit-il en l'embrassant. Rien ne presse, et je veux prendre le temps de te faire la cour.

Emue, elle l'embrassa à son tour.

— C'est la chose la plus gentille que l'on m'ait jamais dite…

— Cela vient du fond de mon cœur.

Joignant le geste à la parole, il lui prit la main et la posa sur son cœur. Elle le sentit battre à grands coups forts et rapides. Il battait pour elle.

— Alors, si tu veux bien te retourner ou fermer les yeux, je vais me rhabiller, dit-elle.

Il sourit de nouveau.

— Pour cette fois j'obéis, Nizhoni qui porte si bien ton nom. La prochaine fois…

Rien qu'au son de sa voix, plein de promesses, elle sentit un long frisson la parcourir tout entière.

11.

Durant les quinze jours qui suivirent, Joni fut vraiment heureuse. Au travail, elle était en parfait accord avec Aaron, et ils se rapprochaient un peu plus chaque fois qu'ils se voyaient en dehors de l'hôpital. Ils avaient des goûts semblables, et s'amusaient à établir la liste des endroits sortant de l'ordinaire qu'ils avaient envie de visiter.

Mais, par-dessus tout, ils craignaient de moins en moins que ce qu'il y avait entre eux ne disparaisse. Elle ne savait toujours à peu près rien de la famille d'Aaron et il n'avait pas proposé de revoir la sienne, mais elle était sûre à présent qu'il leur fallait seulement un peu plus de temps.

Le plus extraordinaire était qu'ils avaient réussi à mener à bien la seule chose à laquelle ils n'osaient croire. M. Kirby, leur patient atteint de la rage de chauve-souris, était resté dans le coma pendant dix jours — assez longtemps pour que la médication antivirale et les immunoglobulines fonctionnent. Ils l'avaient sorti graduellement du coma. Le virus avait été de la souche la plus faible souvent trouvée chez les chauves-souris — ou bien le traitement expérimental avait réellement marché — car il avait survécu à cette épreuve.

Il avait quelques problèmes de langage, quelques difficultés au niveau moteur, mais la rééducation allait grandement l'aider.

— C'est entièrement grâce à toi, dit-elle à Aaron.

Il haussa les épaules.

— J'avais seulement entendu parler du traitement. C'est toi qui as tout mis en place.

— Alors, c'est un très bon travail d'équipe, répondit-elle en le gratifiant d'un sourire radieux.

— Je lève mon verre à notre collaboration, dit-il en soulevant son mug de café.

Le samedi matin, Aaron et Joni se retrouvèrent chez elle.

— Je te propose d'aller faire un des plus vieux marchés de Londres, à côté du London Bridge, lui dit-elle.

Ils prirent le métro jusqu'à Borough Market et passèrent une heure entre les étals. Elle fut heureuse de découvrir un muesli spécial diabétique, et il trouva sur place le café qu'il faisait venir de Manchester. Cela se termina par une conversation très pointue avec le vendeur sur la torréfaction. Joni apprit, à son grand étonnement, qu'il y avait des notes florales dans le café.

Ils achetèrent du pain artisanal, du jambon, des tomates et du fromage pour le déjeuner, ainsi qu'une barquette de pêches et des bouteilles d'eau. Puis ils traversèrent le pont main dans la main et entrèrent dans le parc pour pique-niquer. Ils trouvèrent le Watts Memorial, dédié aux héros qui avaient fait le sacrifice de leur vie, et notamment un médecin militaire qui avait sauvé un enfant de la diphtérie au prix de sa vie, en aspirant la membrane qui gênait la respiration de l'enfant.

Tous deux échangèrent un regard.

— De nos jours, nous sommes beaucoup plus protégés techniquement et nous bénéficions des progrès de la médecine prophylactique, dit Joni. Mais je pense que nous serions toujours capables de prendre des risques pour sauver quelqu'un, si c'était la seule façon.

Elle réprima un frisson.

— Cela fait prendre conscience de la chance que nous

avons, dit-elle. Je crois que nous devons jouir de chaque instant, car on ne sait jamais ce que l'avenir nous réserve.

— *Cueillez dès aujourd'hui les roses de la vie*, dit Aaron avant de déposer un baiser léger sur son nez. Allez, viens, allons pique-niquer et profiter du soleil.

Le simple fait d'être avec lui suffisait pour qu'elle se sente détendue et heureuse, et elle apprécia leur repas pris dans le parc.

Pendant qu'ils mangeaient, il l'interrogea sur l'alimentation traditionnelle des Diné. Aaron s'intéressait à ses origines et les respectait. Cela lui faisait du bien d'être acceptée pour ce qu'elle était vraiment.

— C'est une nourriture assez simple, dit-elle. Du pain, des légumes, de la viande et du poisson. En fait, les Diné sont essentiellement des fermiers. Si tu veux, je pourrais te préparer un plat traditionnel ce soir. On passera au supermarché faire quelques achats avant de rentrer.

Plus tard, pendant qu'elle préparait le dîner, elle se sentit aussi à l'aise avec Aaron assis dans sa cuisine qu'il semblait l'être avec elle.

— Je vais te faire un ragoût de patates douces, de poivrons et d'oignons. On fait cuire au four, on ajoute une sauce tomate pimentée et des haricots noirs, on laisse mijoter et on sert avec du poisson grillé.

Visiblement alléché, il mit la table pendant qu'elle terminait la cuisson. Puis tous deux firent honneur au repas.

— C'était fantastique ! s'exclama-t-il en poussant un soupir de bien-être quand ils furent de nouveau sur le canapé, blottis l'un contre l'autre. Je n'ai pas été aussi heureux depuis bien longtemps, fit-il plus doucement. Tu as éclairé mon monde, Joni.

Elle sentit ses yeux se remplir de larmes.

— Joni ? Tu pleures ?

— C'est tellement gentil, ce que tu viens de dire. Excuse-moi, je tombe dans la sensiblerie.

— Pas du tout.

D'un baiser, il effaça la larme qui coulait sur sa joue.

— Toi aussi, tu as fait de mon monde un endroit plus lumineux, murmura-t-elle.

— J'en suis heureux. Je t'aime beaucoup, Joni. Vraiment.

— Moi aussi.

Elle l'aimait même plus que cela, mais elle n'était pas prête à le lui dire à haute voix.

— Tu restes cette nuit ? lui demanda-t-elle à mi-voix. Je ne peux pas te promettre un bon café, mais tu auras un très bon sandwich au bacon au petit déjeuner.

Il l'embrassa tendrement.

— Es-tu sûre que c'est ce que tu veux ?

Elle hocha la tête.

— La lenteur ne me convient plus.

— A moi non plus. Que veux-tu, Joni ?

— Toi, répondit-elle simplement. Nu, dans mon lit. Et à l'intérieur de moi.

Ce fut comme si elle avait actionné un déclic. Il se leva et la prit dans ses bras.

— Où est ta chambre ?

Ils allaient de nouveau être peau contre peau. Enfin. Et cette fois, il ne s'arrêterait pas.

— Tu es si belle que tu me rends fou, dit-il dans un souffle.

Dans ce cas, ils étaient deux.

Il la déshabilla lentement — si lentement que le désir ne cessait de monter en elle. Il prenait tout son temps, caressant et titillant de sa bouche chaque centimètre carré qu'il découvrait.

— Aaron, je t'en supplie, touche-moi.

— Ici ? demanda-t-il en lui caressant les chevilles.

— Plus haut.

— Ici ?

Il la caressait derrière les genoux. Depuis quand les

genoux étaient-ils une zone érogène ? Pourtant, elle était de plus en plus excitée.

— Ici ?

Il lui embrassa l'intérieur de la cuisse.

— Tu chauffes, dit-elle. Mmm…

Elle ferma les yeux, sachant ce qu'il allait faire ensuite. Elle en avait tellement envie qu'elle se mit à gémir doucement.

Alors il glissa la main entre ses cuisses et commença à la caresser de son pouce.

— Et là, je brûle ? demanda-t-il avec un sourire coquin.

Comme s'il ne le savait pas. Il continua jusqu'à ce qu'elle atteigne l'orgasme et resta près d'elle à l'embrasser tendrement.

Puis il la porta jusqu'au lit.

— Me voici comme tu l'as demandé, dit-il. Nu, dans ton lit… et bientôt à l'intérieur de toi.

— Maintenant, pria-t-elle.

Il prit un préservatif, s'agenouilla entre ses cuisses et entra en elle.

— C'est beaucoup mieux, dit-elle, comblée, avant de l'embrasser.

Aaron poussa un soupir. Ici, avec Joni, il se sentait… complet. Il pouvait se perdre en elle et se retrouver tout à la fois. Avec elle, il était différent. Il pouvait être lui-même, le passé n'importait plus. Et peut-être — peut-être — pourrait-il laisser parler ses émotions… Se connecter avec elle par le cœur autant que par le corps.

Elle noua les jambes autour de ses reins, l'invitant à entrer plus profondément en elle, et il cessa de penser, trop occupé à ressentir : la joie, l'explosion de son orgasme… Il se sentait comme reconstruit, plus fort qu'auparavant.

Il pourrait aimer cette femme. Il plongea son regard dans le sien. Vraiment l'aimer, cœur et âme.

Curieusement, cela ne lui faisait pas peur. Il avait l'impression, au contraire, que tout était à sa place, bien réel.

Quand elle s'endormit dans ses bras, il se sentit plus en paix qu'il ne l'avait été depuis des années.

12.

Le mardi, un jeune de quinze ans vint aux consultations externes accompagné de sa mère. Il était allé aux Antilles, en République dominicaine, avec son école un mois auparavant. Sa mère pensait qu'il n'avait pas pris régulièrement ses cachets en prévention contre la malaria, car il avait des symptômes inquiétants : maux de tête, fièvre, frissons et problèmes intestinaux.

Aaron surprit sur lui le regard de Joni. La malaria. La maladie qui avait marqué toute sa vie. Mais il était médecin, ses patients passaient en priorité et ses émotions en dernier.

Il expliqua à la mère de Nick que les cachets n'étaient pas efficaces à cent pour cent et, après avoir examiné son fils, préleva un échantillon de sang.

Le résultat du test ne tarda pas : il était positif. Nick était atteint de la forme la plus grave de la maladie — *Plasmodium falciparum* — à cause de la piqûre d'un moustique infecté. Il fut immédiatement admis à l'hôpital car l'évolution pouvait être très rapide.

C'était exactement ce qui était arrivé à Ned. Le parasite avait détruit ses globules rouges, déclenchant une sévère anémie. L'infection avait progressé sur le plan cérébral, obstruant les vaisseaux sanguins du cerveau, ce qui avait fini par le tuer.

Le traitement médicamenteux était destiné à éliminer les parasites, il fallait effectuer de nombreux tests sanguins au fur et à mesure pour contrôler leur nombre.

A la fin des consultations et après l'admission de Nick dans la salle, Joni se tourna vers Aaron.

— Est-ce que ça va ?

— Bien sûr.

Mais elle ne se laissa pas abuser.

— C'est la forme de malaria qu'a eue ton frère, et Nick a un an de moins que Ned à l'époque. Cela doit forcément t'évoquer des choses pénibles.

C'était effectivement le cas, mais il haussa les épaules.

— Tout va bien. Mais merci de t'en inquiéter.

— Aaron, dit-elle doucement. Je sais que tu détestes parler de toi. Mais parfois, cela peut vraiment faire du bien de se soulager auprès de quelqu'un au lieu de tout accumuler. Si jamais tu as envie de parler, je suis là. A n'importe quelle heure du jour et de la nuit.

Il en fut stupéfait. Elle était prête à faire cela pour lui ? Personne ne lui avait encore fait une telle offre.

Mais personne, parmi les gens qu'il avait rencontrés dans sa vie, n'avait ressemblé à Joni. Et il n'avait jamais laissé personne s'approcher de lui aussi près — pas depuis la mort de Ned.

Soudain, sans se préoccuper d'être vu, il l'entoura de ses bras et l'étreignit.

— Merci, Joni. J'apprécie vraiment.

Elle parut d'abord choquée par cette manifestation inattendue, puis sourit et effleura sa joue.

— Je sais.

Son regard lui dit à quel point elle comprenait la valeur de son geste en public.

Plus Aaron passait de temps avec Joni, plus il se rendait compte qu'il était en train de tomber amoureux d'elle.

Elle le complétait, comblait tous ses manques. Et il savait qu'elle pouvait lui donner ce qui lui avait manqué :

une famille proche et quelqu'un à aimer, qui l'aimerait tout autant.

Mais serait-il assez bien pour elle ? Ou bien finirait-il par la décevoir, comme il avait déçu tout le monde dans sa vie — y compris lui-même ?

Il voulut faire un effort. Le week-end suivant, il décida de la surprendre chez elle. Ils avaient tous les deux été de service la veille et n'avaient pas pu sortir. Or, il savait qu'elle consacrait le dimanche après-midi à sa famille. Il passa donc la voir le matin, pour lui voler quelques minutes avant qu'elle n'aille les retrouver.

Elle l'accueillit avec un grand sourire.

— Aaron ! Je ne m'attendais pas à te voir aujourd'hui. Viens prendre une tasse de thé.

— Avec plaisir.

Il lui tendit le bouquet de fleurs qu'il tenait caché derrière son dos.

— Pour toi.

— Oh ! des tournesols ! Ils sont magnifiques, dit-elle en l'embrassant. Merci beaucoup.

— Je me suis rappelé les tableaux de Van Gogh.

Elle rayonnait littéralement.

— La réalité est encore mieux. J'adore les couleurs, elles sont si gaies… Entre, je vais les mettre dans l'eau.

Mais quand il passa le seuil, il entendit des bruits de voix.

— Tu as du monde ?

— Ma famille. Le dimanche, nous faisons la cuisine à tour de rôle et aujourd'hui, c'est mon tour.

Il n'était jamais venu à l'esprit d'Aaron qu'ils pouvaient tous se trouver chez Joni. Les rares fois qu'il les avait vus, c'était chez ses parents.

— Désolé, dit-il en faisant un pas en arrière. Je ne voulais pas vous déranger.

— Bien sûr que non. Viens te joindre à nous. Nous te garderons à déjeuner avec plaisir, si tu es libre. Comme mon appartement est petit, je prépare généralement un buffet. Il y a toujours plus que nécessaire.

Sa réticence devait paraître sur son visage, car elle l'embrassa de nouveau.

— Arrête de réfléchir et entre. Si tu veux te rendre utile, tu peux faire du café, mais ce n'est pas une obligation.

Il fut soulagé d'avoir quelque chose à faire — cela lui donnait un prétexte pour ne pas affronter directement la famille. Ce n'était pas qu'ils lui déplaisaient — il avait apprécié leur chaleur et leur convivialité quand il les avait vus au concert — mais là, il sortait largement de son périmètre de sécurité. Même la présence de Joni ne suffisait pas à étouffer l'horrible sentiment que tout allait finir par mal tourner.

— Il y a quelque chose qui sent bon, dit-il pour tenter de se distraire de ses pensées.

— Rien de très excitant, je le crains. J'ai préparé une ratatouille, les pommes de terre en robe des champs sont en train de cuire, et je ne vais pas tarder à mettre le saumon et le poulet au four. Arrête de faire des manières, fit-elle en l'embrassant de nouveau.

— Bien, madame, répondit-il.

Mais il aurait voulu être à des centaines de kilomètres de là. Il n'était décidément pas prêt pour ça : voir la famille de la femme qu'il fréquentait, mais pas seulement en tant que collègue.

Il prépara le café, puis la suivit dans le séjour. Sam et Marianna étaient là, ainsi que Luke et Olly avec leurs petites amies respectives. Tous le saluèrent chaleureusement.

Aaron fit de son mieux pour paraître poli et aimable, comme à son habitude, mais à l'intérieur, il avait l'impression d'être un imposteur. Tous ces gens formaient un groupe uni, alors que lui n'appartenait même pas à sa propre famille. Et c'était uniquement sa faute.

A présent, il avait la réponse à la question qu'il se posait depuis longtemps. Il ne suffirait jamais à Joni : elle méritait bien plus qu'il ne pouvait lui donner. Même en faisant de gros efforts, il ne pouvait prétendre être quelqu'un qu'il n'était pas. Quelqu'un qui savait exprimer ses émotions, qui pouvait avoir des rapports plus profonds avec sa famille et ses amis, et qui saurait lui faire sentir qu'elle était le centre de l'univers.

Il ne pouvait rien faire de tout cela.

Certes, l'attirance physique était très forte entre eux. Certes, il l'aimait bien — plus que ça, même. Au point d'être tout près de tomber amoureux. Mais il ne pouvait pas être l'homme dont elle avait besoin.

Plus il laisserait leur relation se poursuivre, plus ils en souffriraient tous les deux quand elle se terminerait. Il fallait donc qu'elle s'arrête maintenant. Il ne le ferait pas en présence de la famille de Joni — il n'était pas goujat à ce point — mais le lendemain, il trouverait un moment tranquille.

Et il ferait ce qu'il fallait. Pour leur bien à tous les deux.

Plus tard, dans la soirée, la mère de Joni la prit à part.

— Il est plutôt distant, ton Aaron, dit-elle.

— Qu'entends-tu par là ? demanda Joni.

— Il ne se livre pas beaucoup, on dirait. Il est poli et charmant, mais… chaque fois que je lui posais une question personnelle, il changeait de sujet. Tu sais, je travaille avec de jeunes enfants, je connais toutes les techniques pour les distraire. Crois-moi, il les a utilisées avec moi.

— Maman, nous ne sommes pas ensemble depuis longtemps. Il ne savait pas que vous étiez ici aujourd'hui, je l'ai un peu pris de court en l'invitant au dernier moment. Et ce n'est pas la même chose d'être considéré comme un petit ami que comme un collègue.

— Je sens bien que quelque chose ne va pas, et cela m'inquiète…

Joni la serra dans ses bras.

— Parce que tu es ma maman et que tu ne peux pas t'empêcher de te faire du souci. Mais tout va bien. C'est encore un peu tôt, c'est tout. Il a toujours beaucoup bougé à cause de sa famille, et il a connu le pensionnat dès son plus jeune âge. N'importe qui serait un peu réservé, à sa place.

— Peut-être.

Mais sa mère n'avait pas l'air convaincu.

— Il n'est pas comme Marty, maman, lui dit-elle en souriant. Tout ira très bien.

Le lundi matin, Aaron proposa à Joni de se retrouver à la cantine après les consultations. Il avait l'air sombre, et elle eut le pressentiment que les choses allaient mal tourner.

D'autant plus que, la veille, il avait trouvé une excuse pour partir de chez elle avant sa famille, et ne l'avait pas rappelée de la soirée. Elle avait pensé qu'il avait été un peu gêné par la présence inattendue de sa famille et qu'il avait besoin de tranquillité.

Après une matinée très chargée, elle le rejoignit enfin à la cantine.

— Si on se prenait un sandwich et qu'on allait se promener dans le parc ? proposa-t-il.

Elle accepta avec le sourire, mais elle se sentait de plus en plus mal. Comme si elle avait un trou noir dans le cœur, qui ne lui laissait qu'un grand vide.

Il attendit qu'il n'y ait plus personne autour d'eux pour parler.

— Joni, je suis désolée. Ce qu'il y a entre nous…

Il mettait fin à leur histoire. Elle avait eu beau s'y attendre, cela lui fit mal. Ils s'entendaient pourtant si bien… Tout se passait à merveille entre eux.

Jusqu'à dimanche, quand il avait passé l'après-midi avec sa famille.

Elle avait donc refait la même erreur : elle était tombée amoureuse d'un homme qui n'était pas à l'aise avec sa propre famille, et encore moins avec le fait qu'elle soit proche de la sienne.

Quelle imbécile elle avait été, de croire qu'elle avait enfin trouvé quelqu'un qui s'intéressait à elle pour ce qu'elle était, et non pour ce qu'il voulait qu'elle soit… Cela lui apprendrait à voir la vie à travers des lunettes teintées de rose.

Bon. Elle pouvait lui laisser l'initiative de la rupture, ou garder sa fierté intacte en prenant les devants. Dans les deux cas, cela ferait horriblement mal.

Elle releva le menton. Ainsi, elle se sentirait un peu moins inférieure.

— Tu as raison, dit-elle du ton le plus détaché qu'elle put. C'est trop compliqué quand on est collègues. Il vaut mieux que nous en restions à une relation de travail, sans rien de personnel.

Il parut soulagé de la voir réagir aussi bien.

— Je suis désolé, dit-il encore.

Habituellement, c'était sa réplique, songea-t-elle avec une ironie amère.

Mais il n'avait pas à s'excuser, car ce n'était pas uniquement sa faute. C'était aussi la sienne, pour avoir été aussi stupide. Pour avoir cru qu'ils pouvaient avoir un avenir ensemble, et qu'il éprouvait peut-être la même chose pour elle qu'elle pour lui. Et pour n'avoir pas appris de ses erreurs passées.

— Pas de problème.

Elle lui fit son plus beau sourire.

— En fait, je n'ai pas beaucoup de temps pour déjeuner. J'ai un tas de paperasse en retard, il faut que je rentre. On se voit plus tard, d'accord ?

Elle tourna les talons sans attendre sa réponse. Avant que son sourire ne s'efface, dévoilant toute sa peine. Jamais, plus jamais elle ne tomberait amoureuse.

Aaron se sentit terriblement coupable en voyant Joni s'éloigner. Il savait qu'il l'avait fait souffrir. Mais, en même temps, il était absolument certain que c'était pour son bien et qu'il avait fait ce qu'il fallait, même s'il avait mal, lui aussi. Dès le début, il l'avait prévenue. Elle avait cru qu'il pouvait être différent, mais il n'y était pas parvenu. Il avait donc pris la bonne décision.

Désormais, il allait garder ses distances avec elle. La vie n'aurait plus le même goût. D'un seul coup, toute la lumière était partie.

Pour la première fois de sa vie, il comprenait ce qu'il avait ressenti pendant toutes ces années — un sentiment qui avait disparu quand il avait fréquenté Joni, mais qui avait retrouvé toute sa place.

La solitude.

Eh bien, il lui faudrait vivre avec. Il valait mieux que ce soit *lui* qui se sente misérable et solitaire, plutôt qu'elle.

Il avait agi pour le mieux : il lui avait donné une chance de trouver quelqu'un qu'elle méritait vraiment.

13.

Pendant la semaine, l'atmosphère au travail fut lugubre. Aaron évitait Joni le plus possible et se plongeait dans la paperasse entre les consultations et les tournées.

Naturellement, il ne se rendit pas à la soirée mensuelle. Il savait qu'il devrait organiser la suivante, mais, en attendant, il n'avait pas le courage de revoir Joni en dehors du travail. Pas tant que ses émotions ne seraient pas de nouveau totalement sous contrôle. Il devait cesser de vouloir la prendre dans ses bras chaque fois qu'il la voyait, il ne fallait plus qu'elle lui manque.

Toute cette histoire était ridicule. Il avait toujours su que cela ne marcherait pas entre eux et qu'il ne ferait que la rendre malheureuse. Alors pourquoi ne pouvait-il pas cesser d'être égoïste et d'avoir envie d'elle ? Pourquoi ne pouvait-il pas ignorer le besoin grandissant qu'il avait de lui dire qu'il venait de faire la plus grosse erreur de sa vie et de lui demander de lui donner une autre chance ?

Heureusement, Joni avait encore deux jours de congé à prendre. Cela leur donnerait un peu d'espace. Son cerveau allait peut-être s'adapter au changement.

Sauf que cela ne fonctionna pas : elle lui manqua plus que jamais.

La seule chose qui le sauva fut qu'il était vraiment très occupé au travail. Il était pourtant de service aux mêmes heures que Joni, mais elle ne lui demanda son avis pour aucun de ses cas, et il n'eut pas besoin de la consulter pour les siens.

Excepté pour celui de Mme Moore, qu'il avait d'abord crue grippée. Elle s'était finalement révélée atteinte de la maladie des légionnaires, à cause du système d'air conditionné défectueux dans son hôtel d'Espagne.

Aaron fit faire des examens du sang et des urines. Si les tests s'avéraient positifs, il lui faudrait le nom de l'hôtel et il devrait joindre les autorités sanitaires espagnoles.

Les tests indiquèrent effectivement une légionellose. Il mit sa patiente sous antibiotiques et préféra la garder en observation, car elle était diabétique, ce qui la rendait plus vulnérable aux infections.

Si seulement Joni avait été là pour rassurer Mme Moore sur la question du diabète… Une fois de plus, elle lui manquait, cette fois en tant que collègue.

Dans deux semaines, si tout allait bien, il n'y paraîtrait plus pour Mme Moore.

A la fin de la journée, Aaron garda la porte de son bureau ouverte, guettant le passage de Joni.

Il venait juste de sortir dans le couloir, quand il la vit.

— Joni, est-ce que je peux te dire un mot ?

Mais quand elle se tourna vers lui, elle pâlit brusquement et s'évanouit à ses pieds.

— Joni ? Joni ?

Oh ! non. Pourvu qu'il ne lui arrive rien. Ce malaise ne lui disait rien de bon. Surtout avec son passé médical.

Ignorant la panique qui s'insinuait dans ses veines, il s'agenouilla près d'elle pour vérifier sa respiration et son pouls.

« Avant tout, être un médecin. » Une fois Joni en sécurité, il pourrait éventuellement se préoccuper de ses émotions.

Elle n'avait pas de difficultés à respirer, mais était toujours inconsciente. Il savait qu'elle avait toujours surveillé son diabète avec soin, mais mieux valait vérifier son taux de sucre. Si elle n'avait pas bien dormi ou trop travaillé, elle avait peut-être été moins attentive.

Nancy, qui était arrivée en courant, alla chercher le sac de Joni, dans lequel elle gardait toujours son kit. Aaron lui piqua le doigt et fit le test à l'aide d'une bandelette.

— Elle est en hypoglycémie, dit-il. Comme elle est inconsciente, je ne peux pas lui donner de glucose par voie orale, je dois lui administrer du glucagon en intramusculaire. Pouvez-vous m'apporter un linge et de l'eau ?

Puis il se tourna vers Joni.

— Accroche-toi, ma belle Nizhoni. Nous allons arranger ça. Ensuite, j'espère que tu me donneras une autre chance.

Il écarta une mèche de cheveux de ses yeux. Elle avait l'air si fragile, si vulnérable.

— Je te jure que désormais, je ne laisserai plus rien te faire du mal, murmura-t-il.

Nancy revint avec le kit de glucagon et de l'eau. Il prépara la seringue.

— Aidez-moi à la mettre en position latérale de sécurité, dit-il. Le glucagon pourrait la faire vomir.

Il lui injecta la solution dans le muscle du bras.

— Si elle ne revient pas à elle d'ici dix minutes, nous devrons refaire un test et lui donner une seconde dose de glucagon avant de l'envoyer tout droit aux urgences.

Par précaution, Nancy alla chercher un chariot tandis qu'il restait près de Joni, vérifiant toujours sa respiration et son pouls.

Pourvu que le glucagon agisse vite. Pourvu qu'elle se remette vite et n'ait pas besoin d'être soignée aux urgences…

Au moment où Nancy revenait avec le chariot, Joni battit des paupières. La seconde suivante, elle vomit.

— Oh ! non. Je suis désolée, dit-elle en gémissant.

— Ne t'excuse pas, ce n'est pas ta faute, dit-il en nettoyant.

— Je ne me sens pas bien du tout… Que s'est-il passé ?

— Tu es tombée dans les pommes. Hypoglycémie.

— Mais je…

— Ch-chut, n'essaie pas de parler. J'ai dû t'administrer du glucagon. Demain, ton bras sera un peu douloureux.

— Mieux vaut avoir mal au bras que faire un coma diabétique, répondit-elle, visiblement encore groggy.

— Bois un peu d'eau, dit-il en lui tendant un verre. Nancy, si vous voulez partir, je resterai.

— Vous êtes sûr ? demanda l'infirmière.

— Tout à fait.

Plus qu'il ne l'avait jamais été de toute sa vie.

Après son départ, il porta Joni dans ses bras jusqu'à son bureau.

— Tu vas t'asseoir dans mon fauteuil et te reposer le temps qu'il faudra, dit-il. Ordre du médecin.

— Je te trouve bien autoritaire, répondit-elle avec un petit sourire.

C'était plutôt bon signe. Il aurait voulu la garder dans ses bras pendant des heures, mais il n'en avait pas encore le droit.

— Je vais te chercher un autre verre d'eau et quelque chose à grignoter, lui dit-il. Reste ici et ne t'endors pas. Si tu as un malaise, mets ta tête entre tes genoux.

Quand il fut de retour avec deux barres de céréales au chocolat, de l'eau et des bonbons à la menthe pour lui rafraîchir la bouche, elle n'avait pas bougé, l'air encore un peu étourdi.

— Merci. Tu m'as sauvé la vie, dit-elle en grignotant une barre. Tu as vraiment pris soin de moi.

Parce qu'il l'aimait. Il ne voulait plus rester sans elle. Quand il l'avait vue sur le sol, inconsciente, il lui avait semblé que tout se mettait en place dans sa tête.

Mais il n'allait pas tout lui sortir comme cela. Il devait trouver les mots justes.

— A ton avis, comment se fait-il que tu sois tombée en hypoglycémie ? demanda-t-il.

— Je me sentais bizarre depuis un jour ou deux. J'ai pris deux jours de congé cette semaine.

Il le savait. Elle lui avait affreusement manqué.

— J'étais parfois en sueur et un peu tremblante, mais je ne m'en suis pas inquiétée. J'aurais dû faire plus attention, dit-elle en faisant la grimace.

— Tu as beaucoup travaillé depuis ton retour. Et le stress que je t'ai causé n'a pas dû arranger les choses.

Le visage de Joni se ferma.

— On a dit qu'on n'en parlerait pas. C'est personnel.

— C'est justement pour cela que nous devons en parler.

Elle fronça les sourcils.

— Je croyais que tu n'exprimais pas tes émotions, Aaron.

— Il est justement temps que j'apprenne. Parce que, depuis que nous avons rompu, je me sens misérable. Je me suis rendu compte à quel point j'avais été stupide. Juste avant que tu ne t'évanouisses, je voulais te parler.

Elle lui jeta un coup d'œil méfiant.

— En te voyant évanouie, j'ai pris conscience de mon erreur, et de ce que serait ma vie sans toi. Et… elle serait insupportable.

— Mais… nous nous étions mis d'accord pour n'être plus que des collègues…

— Ce n'est pas assez. Je viens de faire la plus grosse erreur de ma vie en croyant agir pour le mieux, et j'en suis désolé. Il y a autre chose qu'il faut que je te dise, Joni. Ay-oo — oh, non. Je me suis pourtant entraîné, mais quand je t'ai vue par terre, tout s'est mélangé dans ma tête. Attends une seconde.

Il saisit son téléphone et passa en revue les notes qu'il avait prises.

— Ça y est. Nizhoni Parker, ah-yoh ah-nee-nish-neh, articula-t-il avec application.

Elle le fixa, stupéfaite.

— Viens-tu de dire ce que je crois que tu as dit ?

— J'espère que j'ai bien prononcé. J'ai visionné une demi-douzaine de vidéos et je l'ai écrit pour m'en souvenir.

Elle sourit en secouant la tête.

— Je n'arrive pas à croire ce que je viens d'entendre. Et en navajo.

Je t'aime. Il n'avait jamais dit ces mots à personne.

— Tu disais que, dans le passé, tu avais toujours choisi les hommes qu'il ne fallait pas — et je m'inclus dedans. Je t'ai fait du mal, et je te demande pardon.

Il inspira longuement.

— Je ne sais pas exprimer ce que je ressens, car j'ai passé toute ma vie à contrôler mes émotions, comme les trois générations qui m'ont précédé. Alors j'ai besoin de temps en temps que l'on me rappelle comment agir comme une personne normale. Mais je te promets que, dorénavant, je ferai des efforts et je ne me découragerai pas. Je ferai en sorte que tu ressentes la même chose envers moi que moi envers toi.

Elle ne disait toujours rien, mais il lui sembla que son regard était rempli d'espoir.

— Je t'aime, dit-il. Ah-yoh ah-nee-nish-neh. Cela me terrifie, mais c'est ce que je ressens et je ne peux rien faire pour l'empêcher — bien que j'aie essayé. Je me sens meilleur depuis que je suis avec toi. Seulement, ma famille… Elle n'est pas comme toi. Nous ne sommes pas proches. Je me fais un devoir d'appeler mes parents une fois tous les quinze jours, mais nous ne parlons jamais plus de deux minutes. S'ils me demandent comment je vais, ils s'attendent à ce que la réponse soit « Bien », de sorte qu'il n'est pas vraiment nécessaire de poser la question.

Elle posa la main sur sa joue.

— Ce doit être dur pour toi.

— Pas vraiment. J'y suis habitué, j'ai grandi comme ça.

Il haussa les épaules.

— Et c'est la même chose avec ma sœur et mon autre frère.

— J'ignorais même que tu avais des frères et sœurs…

— Ils sont plus âgés que Ned. Je suis le petit dernier, et je crois que je n'ai pas été planifié. Sally est en Afrique et Ben dans le Middle East. Ils sont aussi dans les forces armées. Tout le monde pense que j'ai « trahi » en ne devenant pas médecin militaire. Nous n'avons pratiquement rien en commun, je n'arrive même pas à me rappeler la dernière fois que nous avons été réunis. Ce n'est pas un problème pour moi — j'ai toujours eu ce genre de relation avec eux. Mais je crains que ce ne soit difficile pour toi.

— Alors tu as dû trouver ma famille terriblement envahissante, dit-elle d'un air soucieux. C'est la raison pour laquelle tu es parti plus tôt — et c'est pourquoi tu as fait machine arrière le lendemain.

— Ta famille est adorable, dit-il d'un ton sans appel. Ils sont tous chaleureux, bienveillants et prêts à se soutenir. Mais il faut que je me rende à l'évidence : je ne peux pas leur ressembler.

— Tu n'as pas besoin de ressembler à qui que ce soit, dit-elle. Contente-toi d'être toi-même.

Il ne put retenir la question suivante.

— Comment peux-tu savoir que je te suffirai ?

— Parce que je sais de quoi j'ai besoin, répondit-elle.

— C'est-à-dire ?

— De quelqu'un qui aime les choses qui sortent de l'ordinaire. Quelqu'un qui fait un café fantastique. Et quelqu'un qui me donne l'impression que le soleil brille même si la tempête fait rage dehors.

C'était ce qu'il lui faisait ressentir ?

— J'ai besoin de toi, Aaron, dit-elle doucement. Tel que tu es. Si tu es assez brillant pour être consultant à l'âge de trente-trois ans, tu dois l'être assez pour apprendre à faire parler tes émotions. Avec le bon professeur — c'est-à-dire moi.

— Je veux être différent. Mais j'ai essayé, et je t'ai déçu.

— Non, tu ne m'as pas déçue — même si j'ai été plutôt mal quand j'ai compris que tu voulais me quitter.

— Je me suis déçu, moi. Je ne me sens pas assez bien pour toi, même si je suis brillant dans mon travail.

— Le travail fait partie de toi. Si tu ne me convenais pas, je n'éprouverais pas ce que j'éprouve pour toi. Je ne me sentirais pas assez courageuse pour prendre des risques et envisager l'avenir avec toi.

Il écarquilla les yeux.

— Tu es prête à prendre le risque ?

— Oui. Parce que je t'aime aussi, Aaron. Il est vrai que nous avions commencé sur d'autres bases lorsque nous avons dansé ensemble. Mais plus j'ai appris à te connaître, plus j'ai appris à t'aimer. Mais es-tu sûr de tes sentiments ? demanda-t-elle en lui caressant la joue.

— Je n'ai jamais rien éprouvé de tel pour personne, dit-il. Auparavant, j'étais toujours resté détaché. Mais toi… Tu es irrésistible. Tu es comme un rayon de soleil. Tu as éclairé mon monde rien que par ta présence.

Il se tut une seconde.

— Mais je ne peux pas te promettre une vie parfaite.

— Personne ne peut faire une telle promesse, dit-elle. C'est le plus sûr moyen d'aller à l'échec. Mais nous pouvons nous promettre mutuellement que nous serons là l'un pour l'autre. D'être attentif à l'autre, et de le ramener à la raison quand c'est nécessaire.

Il sourit.

— C'est ce que tu es en train de faire avec moi ?

Elle hocha la tête en lui rendant son sourire.

— Si tu es assez courageuse pour prendre le risque, je le prendrai aussi, dit-il.

— Ensemble, murmura-t-elle en lui prenant la main.

— Ensemble.

Ils entrelacèrent leurs doigts.

— Nizhoni Parker, je ne peux pas te promettre une vie parfaite. Mais je peux te promettre de t'aimer le restant de mes jours. Avec toi à mes côtés, je sais que je deviendrai meilleur.

— Tu es déjà très bien pour moi. Peut-être qu'en te le répétant chaque jour, tu commenceras à y croire. *Ayoo aniinishni.*

— Ah-yoh ah-nee-nish-neh. Je t'aime aussi, dit-il.

ABIGAIL GORDON

Un tendre engagement

Traduction française de
CAROLINE JUNG

Blanche

HARLEQUIN

Titre original :
A FATHER FOR POPPY

Ce roman a déjà été publié en 2015

© 2015, Abigail Gordon.
© 2015, 2020, HarperCollins France pour la traduction française.

1.

Ils avaient fait l'amour une dernière fois, alors que le soleil étirait ses rayons dorés sur leurs corps enlacés. Comme toujours, ce fut un moment délicieux — doux, sauvage et passionné à la fois. Pourtant, la tristesse avait envahi Tessa à l'idée que leur histoire se termine. Ni elle ni Drake ne le disaient explicitement, mais il allait partir et son départ marquerait la fin de leur relation, elle le savait.

Dès le début, ils étaient tombés d'accord : il n'était pas question de s'engager, mais uniquement de profiter de ce que la vie leur offrait.

Le mariage était une mascarade, à ranger dans le même sac que les enfants et les emprunts immobiliers. Ayant passé son enfance entre deux parents qui se disputaient, se trompaient et avaient fini par divorcer, Tessa se méfiait des implications du port d'une alliance.

Elle avait donc gardé ses distances vis-à-vis de la gent masculine, jusqu'à ce que Drake Melford surgisse dans sa vie. Il n'exigeait rien d'elle, en dehors des moments où ils faisaient l'amour, et cela l'avait conquise. Pour son plus grand bonheur, ils n'avaient jamais évoqué la possibilité d'un quelconque engagement.

Ils étaient attirés l'un par l'autre comme deux aimants, au point de faire l'amour partout, chez l'un ou chez l'autre, sur le tapis du salon, sur la table de la cuisine, et même une fois sur un banc du parc désert, en pleine nuit. Jamais ils ne s'étaient préoccupés de l'avenir. Le présent leur suffisait.

Que s'était-il donc passé pour que cela change ? Pour que, dans la magie de cette rencontre, s'insinuent peu à peu le doute, l'appréhension, et le pressentiment d'une fin imminente ? Lorsqu'elle eut envie d'interroger Drake sur ce qui leur arrivait, leur accord tacite de non-engagement l'en empêcha.

A l'époque, son seul réconfort avait été de savoir qu'il n'y avait pas d'autre femme. C'était sa carrière qui les avait éloignés l'un de l'autre.

Depuis, les moments passés avec lui s'étaient transformés en souvenirs, qu'elle avait profondément enfouis en elle. Leurs rencontres passionnées appartenaient à un chapitre révolu de sa vie.

Mais la nuque d'un homme brun s'engouffrant dans un taxi à la gare de Londres suffit à faire soudain remonter en elle l'image de Drake Melford. Les souvenirs n'étaient manifestement pas si profondément enfouis dans sa mémoire.

Elle plissa les yeux. Ce n'était pas la première fois qu'elle prenait ses désirs pour des réalités. Elle avait souvent eu l'impression de le voir. Lorsque les souvenirs bruts et douloureux refaisaient surface dans la vie qu'elle s'était construite depuis qu'il était parti, elle devait déployer des efforts surhumains pour ne pas se laisser gagner par la mélancolie.

Elle gémit.

— Tout va bien, mademoiselle ? demanda, inquiète, la femme qui la précédait dans la file des taxis.

Elle s'appliqua à lui sourire, prétextant un point de côté — même s'il s'agissait en fait d'une épine fichée dans le cœur.

On était vendredi. Elle était à Londres pour la réunion annuelle des cadres de l'hôpital où elle travaillait. Elle passerait la nuit à l'hôtel et rentrerait le lendemain matin dans le Gloucestershire.

L'hôpital Les Horizons, où elle était cadre administratif, était situé en bordure de Glenminster, jolie ville entourée de collines verdoyantes. La réputation de l'établissement n'était plus à faire, notamment en matière d'ophtalmologie.

Les gens disaient parfois que l'hôpital comptait plus de cadres administratifs que de médecins. Elle avait un grand respect pour les équipes médicales, mais les médecins savaient-ils qu'elle devait parfois, elle aussi, se lever au beau milieu de la nuit ? Lorsque par exemple un patient fortuné quittait l'hôpital et exigeait que lui soient rendus les objets de valeur placés dans le coffre-fort dont elle était la seule à détenir la clé ?

On lui demandait souvent si elle n'aurait pas préféré un métier de soins plutôt qu'un poste administratif. Mais tous les aspects du fonctionnement de l'établissement la passionnaient. Une structure bien gérée, propre et accueillante, comptait autant pour la guérison d'un patient que les miracles accomplis chaque jour par les médecins, elle en était fermement convaincue.

Tandis que son taxi se garait devant l'immeuble où aurait lieu la réunion, Tessa se souvint d'une remarque du directeur de l'hôpital.

Le chef du service ophtalmologique, qui allait partir à la retraite, voulait profiter de la réunion pour faire ses adieux. Il allait être remplacé par une personne plus jeune, mais aux compétences exceptionnelles. Elle avait demandé de qui il s'agissait, mais le directeur, souriant comme à son habitude, était resté évasif :

— Vous saurez tout lors de la réunion.

Lorsqu'elle entra dans la salle de conférences, elle comprit soudain qu'elle n'avait pas rêvé, dans la file des taxis : Drake Melford était là.

Il bavardait avec un collègue, avec sa décontraction habituelle.

L'histoire était-elle en train de se répéter ?

Elle fit demi-tour et poussa la porte des toilettes, où elle scruta son visage blême dans le miroir. Elle ferma les yeux dans l'espoir de chasser Drake de son esprit. Comment avait-elle pu douter un instant ? Bien sûr qu'il était l'homme montant dans le taxi devant la gare.

Combien de fois avait-elle caressé cette nuque, embrassé la naissance de ses épaules carrées, glissé les doigts dans ses cheveux bruns ?

Mais elle ne pouvait pas rester plus longtemps aux toilettes. Il fallait retourner dans la salle de conférences. La réunion allait commencer d'un instant à l'autre.

Les membres du conseil d'administration avaient déjà pris place autour de la grande table ovale, où Drake, le directeur et le chef de service à la retraite occupaient une place centrale.

Lorsque Drake aperçut Tessa, les battements de son cœur s'accélérèrent. Que de regrets il avait eus dans sa vie ! Que leurs retrouvailles ne puissent avoir lieu de manière plus intime en fit aussitôt partie.

Mais peut-être était-il préférable qu'ils ne soient pas seuls. Après tout, il s'agissait des retrouvailles de deux vieux amis, pas de…

Pas de quoi ?

Tessa alla s'asseoir à une extrémité de la table et suivit le discours du directeur d'une oreille distraite. Il fit tout d'abord l'éloge du chef de service sur le départ, qui lui répondit par une brève allocution, puis le directeur présenta Drake à ceux qui travailleraient désormais avec lui. Il le décrivit comme une sommité en ophtalmologie qui, après avoir rempli ses obligations dans une clinique suisse, avait accepté de revenir à Glenminster prendre un poste de médecin chef de service.

S'ensuivirent des applaudissements nourris, auxquels

Tessa se joignit sans enthousiasme. Drake se leva pour évoquer son plaisir d'être revenu au Royaume-Uni et son impatience à travailler avec les personnes présentes.

Tessa s'agita sur sa chaise. Cela avait tout l'air d'un rêve. Quand allait-elle se réveiller ?

Les questions courantes furent abordées, puis la réunion prit fin. Les participants se levèrent et se dirigèrent vers l'hôtel voisin, où un dîner était prévu.

Drake et elle ne s'étaient pas encore adressé la parole.

Alors qu'elle parlait avec un membre du conseil, Drake passa près d'elle.

— Bonjour,j Tessa, tu es toujours là à ce que je vois, dit-il.

Elle ne répondit pas, se contentant de lui adresser un sourire figé. Etre présentée comme faisant partie des meubles était assez peu flatteur.

Certains participants à la réunion, dont Drake et elle, avaient réservé une chambre à l'hôtel. Le sort les avait réunis sous le même toit ! Elle devait se pincer pour y croire. Ce n'étaient pas les retrouvailles que son cerveau fébrile avait imaginées lors de nuits sans sommeil…

Après le dîner, elle laissa ses collègues au bar et prit la direction de sa chambre. Il fallait qu'elle réfléchisse au calme aux événements de la journée. Leur première rencontre avait été bouleversante. Ces retrouvailles ne l'étaient pas moins, mais pour des raisons différentes.

Elle s'allongea dans son lit, les yeux grands ouverts.

Le plus incroyable était que, après s'être passée de Drake pendant trois ans, elle allait désormais le voir tous les jours. Comment était-ce envisageable ? Leur accord de l'époque avait permis à Drake d'accepter une promotion à l'étranger sans trop se poser de questions.

Elle n'avait eu aucune nouvelle de lui depuis. Pas un mot, pas un coup de téléphone.

A présent, ils seraient collègues.

Elle enfonça la tête dans son oreiller en gémissant.

*
* *

Drake était monté dans sa chambre peu de temps après Tessa, contrarié. Lorsque, quelques années auparavant, on lui avait proposé un poste en Suisse, il avait sauté sur l'occasion. Sa relation avec Tessa s'était effacée devant cette formidable opportunité de se perfectionner, de faire progresser sa carrière.

Mais après quelques mois sans elle, il avait pris conscience de tout ce que son arrogante ambition lui avait fait perdre. Malheureusement, trop de temps s'était écoulé pour qu'il la recontacte. Il en avait éprouvé des regrets et de la honte.

Il ne savait pas ce qu'elle était devenue. Peut-être était-elle mariée et mère de famille ? Il espérait parfois pouvoir lui demander pardon, si l'occasion se présentait.

Par un étrange coup du destin, un poste s'était libéré à l'hôpital Les Horizons. Quand il avait appris que Tessa y travaillait toujours, il n'en avait été que plus réjoui.

Mais lorsqu'elle était entrée dans la salle de réunion et l'avait aperçu, il avait compris à l'expression de son visage que les retrouvailles risquaient de ne pas être aussi chaleureuses qu'il l'aurait souhaité.

En guise de salutation, il n'avait pas trouvé mieux que de souligner maladroitement qu'elle était toujours là, laissant involontairement entendre que sa carrière avait stagné pendant que lui s'était envolé vers les sommets.

Des sommets qui, d'ailleurs, ne manquaient pas en Suisse, mais qu'il n'avait jamais vraiment eu l'occasion d'explorer, lui qui avait passé son temps à travailler.

Oui, vu tout ce que Tessa et lui avaient vécu et partagé à l'époque, il aurait vraiment souhaité des retrouvailles différentes.

Dans sa chambre au fond du couloir, Tessa se remémora le jour où elle avait rencontré Drake, lors d'une réunion du personnel médical de l'hôpital. Il avait un poste dans un autre établissement et était venu présenter les avancées réalisées dans le domaine de la chirurgie oculaire.

Elle n'avait pas l'intention de s'attarder à la réunion, puisqu'elle travaillait dans l'administration, mais elle était curieuse de rencontrer l'homme qui était en train de se faire un nom en ophtalmologie.

En attendant que tout le monde arrive pour commencer la réunion, il bavardait de façon informelle avec un groupe d'infirmières, toutes pendues à ses lèvres.

En apercevant Tessa, il avait légèrement incliné la tête. Elle avait compris qu'elle lui plaisait.

Elle avait l'habitude des regards appréciateurs des hommes sur elle, mais cela n'allait jamais plus loin. De toute façon, son emploi du temps ne lui laissait pas le loisir de s'amuser.

Pourtant, cet homme grand et brun, venu d'ailleurs, lui avait d'emblée paru différent des autres. Elle avait compris pourquoi lorsqu'il s'était présenté.

Drake Melford était fréquemment mentionné dans les cercles médicaux pour son approche novatrice et peu orthodoxe, et les résultats très concluants qui en découlaient.

Tessa ne mit pas longtemps à comprendre que leur relation allait relever de cette même approche.

Ce jour-là, leur seul contact avait consisté en une brève poignée de main. Elle n'avait pas attendu la fin de la réunion et s'était éclipsée, le laissant au milieu de sa cour.

Le lendemain matin, à 6 heures, on sonnait à la porte. C'était lui.

— Je n'arrive pas à dormir tellement je pense à vous, avait-il déclaré. Puis-je entrer ?

Pieds nus, en chemise de nuit, elle avait hoché la tête et l'avait laissé entrer, comme s'il s'était agi de la chose la plus naturelle du monde.

Elle avait préparé un petit déjeuner, qu'ils avaient partagé en silence, les yeux rivés sur leurs assiettes, jusqu'à ce qu'il se lève, la prenne dans ses bras et l'emmène dans sa chambre.

La première fois qu'ils avaient fait l'amour avait été sensationnelle. Ils étaient tellement en accord qu'elle avait eu l'impression de l'avoir attendu toute sa vie.

Après avoir refait l'amour, plus lentement, de façon plus sensuelle, il s'était allongé sur le couvre-lit de soie, la tête posée sur son bras replié, un sourire nonchalant aux lèvres.

— Je n'ai pas ressenti ça depuis des années. Tu es incroyable, Tessa.

C'était à ce moment-là qu'ils avaient conclu leur pacte, comblés et somnolents — mais tout à fait conscients de leurs paroles.

Ils prendraient les choses comme elles viendraient. Pas de liens, pas d'engagement, pas de promesses. Encore moins d'enfants ou de prêts immobiliers. Leur histoire était une relation à durée indéterminée.

La dernière fois qu'ils s'étaient vus, elle l'avait regardé, silencieuse et rembrunie, fourrer ses affaires dans ses valises. Elle n'avait rien dit parce qu'il n'y avait rien à dire. C'était clair depuis le début : pas d'engagement.

Mais elle aurait voulu changer les termes du contrat, elle n'était plus d'accord. En fait, elle était tombée amoureuse de lui, follement amoureuse…

Redevenir sa collègue de travail à Glenminster allait nécessiter quelques ajustements.

Elle ignorait désormais tout de lui et de sa vie. La sienne, en revanche, avait radicalement changé depuis qu'il était parti. Une adorable petite fille, Lily, qu'elle avait connue dans le service de pédiatrie et adoptée, faisait désormais partie de son existence. Non seulement Tessa avait fondé une famille, mais elle avait également souscrit un prêt immobilier.

Elle avait quitté l'appartement dans lequel elle avait vécu et aimé si passionnément, et acheté une petite maison en pierre typique de la région, non loin de l'hôpital. La vie avait recommencé à être belle, parce que l'amour s'y épanouissait de nouveau. Un amour un peu différent, certes, mais de l'amour tout de même.

*
* *

Par la fenêtre de sa chambre, Drake contemplait les lumières des théâtres et des restaurants qui illuminaient la rue. Le ronron incessant de la circulation était bien loin du silence des montagnes enneigées de Suisse.

Trois ans plus tôt, il avait quitté Glenminster sans états d'âme. Tessa lui avait facilité la tâche. Elle n'avait pas semblé vouloir revenir sur le pacte qu'ils avaient conclu le jour de leur rencontre.

Pourquoi, dans ce cas, s'était-il précipité au Royaume-Uni dès que son contrat en Suisse était arrivé à son terme ? Pourquoi avait-il sauté dans le premier avion pour revenir à l'endroit où ils avaient vécu et où ils s'étaient aimés jusqu'à ce que sa fichue ambition les sépare ?

Il ne s'attendait pas à ce que Tessa lui saute au cou après l'avoir patiemment attendu pendant trois ans. D'ailleurs, la tête qu'elle avait faite en le voyant à la réunion ne lui avait pas échappé.

Si elle rentrait à Glenminster dans la matinée, accepterait-elle de faire le voyage avec lui dans sa voiture de location ? Peut-être avait-elle prévu de rester à Londres pour faire quelques courses ou aller au cinéma. Il ne pouvait décemment pas aller frapper à sa porte pour le lui demander, après trois ans de silence et tout ce qui s'était passé entre eux.

Il avait prévu de partir tôt. Son plan était de chercher un logement à Glenminster pour être installé lorsqu'il commencerait à travailler à l'hôpital Les Horizons. S'il ne croisait pas Tessa au petit déjeuner, il ne la reverrait que le lundi matin, au milieu de tout le personnel de l'hôpital.

Ce n'était pas l'idéal, mais plus vite il se ferait à l'idée qu'ils allaient être collègues, mieux ce serait.

Il descendit dans la salle de petit déjeuner où, à sa grande surprise, Tessa était attablée avec quelques autres lève-tôt. Il se dirigea vers sa table.

— Bonjour, j'ai loué une voiture pour pouvoir partir tôt. Veux-tu que je te ramène ?

— Non, merci, répondit-elle sans cesser de beurrer sa tartine. J'ai réservé un taxi pour me conduire à la gare.

— Tu vis toujours au même endroit ? demanda-t-il sans s'attarder sur son refus.

— Non, j'ai déménagé. A ce propos, si tu n'as pas encore de logement, il y a une maison sur le terrain de l'hôpital. L'ancien chef de service y vivait. Il la libère, maintenant qu'il part en retraite. C'est un patient reconnaissant qui l'a léguée à l'hôpital. Je pense que tu pourrais sans problème l'occuper.

— Je ne sais pas… C'est vrai que ce serait pratique d'habiter près de l'hôpital.

C'était incroyable. Finalement, elle avait envie de lui rendre service, après l'accueil pour le moins mitigé qu'elle lui avait réservé la veille. Il avait été tellement égoïste vis-à-vis d'elle !

— Je vais demander, à tout hasard, dit-il.

Tessa continua à beurrer son pain tout en s'interrogeant. Drake comptait-il emménager avec quelqu'un ?

La maison en question était une grande bâtisse ancienne, restée telle que son ancien propriétaire l'avait fait aménager, avec des plafonds voûtés, une superbe rampe d'escalier et de grandes pièces meublées d'antiquités. Un de ses atouts était sans conteste la proximité de l'hôpital.

— Maintenant que tu m'en parles, il me semble qu'on m'a proposé un logement quand j'ai signé pour le poste. Je me demande si ce ne serait pas celui dont tu parles. Mais j'ai tellement de choses en tête que je l'avais complètement oublié. En tout cas, merci, Tessa.

Elle haussa les épaules.

— Alors à lundi, fit-il.

Elle hocha la tête et se concentra sur son petit déjeuner, priant pour que son agitation intérieure soit passée inaperçue.

Lorsque le taxi arriva, elle quitta promptement l'hôtel sans se retourner.

A regret, Drake regarda Tessa sortir du hall. Elle préférait prendre le train ? Soit. Au moins s'étaient-ils adressé la parole. De plus, elle avait pris la peine de le renseigner sur la maison près de l'hôpital.

Mais pourquoi avait-elle déménagé ?

Elle adorait son ancien appartement. Elle n'aurait pas quitté son petit nid sans raison valable. Et il aurait été surprenant qu'elle soit toujours célibataire après trois ans.

Le jour de son départ, elle l'avait regardé préparer ses bagages sans un mot. Mais peut-être ne lui avait-il pas laissé l'occasion de s'exprimer, obsédé qu'il était par sa promotion en Suisse ?

Il avait fait un choix et en avait payé le prix.

S'il revenait à l'hôpital Les Horizons, ce n'était pas pour elle. Il voulait ce poste. Il était content qu'elle n'ait pas quitté Glenminster, mais il n'avait aucune intention de ressasser le passé.

Certes, jamais il n'avait oublié la passion avec laquelle ils s'étaient chaque fois jetés dans les bras l'un de l'autre. A tel point qu'il n'avait pas couché avec une femme depuis son départ. Il n'avait rencontré personne avec qui il ait eu envie de passer des moments comme ceux qu'il avait partagés avec elle. Comment aurait-il pu ? Ce qu'il avait vécu avec Tessa était extraordinaire.

Il ne regrettait pas pour autant d'avoir accepté la proposition suisse. Mais il était désormais de retour à Glenminster, pour le meilleur et pour le pire. Pour être honnête, il se demandait ce qui restait de leur histoire passée.

Manifestement, Tessa n'était pas enchantée de le revoir,

c'était le moins que l'on puisse dire. Mais, derrière son accueil réservé, peut-être était-elle aussi curieuse que lui ?

La Tessa qu'il avait connue avant son départ pour la Suisse l'aurait certainement été.

Dans le train, Tessa se leva pour téléphoner à son amie Lizzie, qui gardait Lily depuis la veille. Lizzie était sa nounou et la seule personne chez qui Tessa pouvait imaginer laisser Lily pour la nuit.

Les nouvelles étaient bonnes. A part quelques larmes au coucher, que l'histoire du soir avait rapidement séchées, Lily avait passé une bonne soirée en leur compagnie. Puis elle avait dormi d'une traite jusqu'au matin.

— Je devrais arriver vers midi. Je passerai directement chez toi, dit Tessa.

— Je peux aussi venir t'attendre à la gare avec Lily. Elle est très impatiente de te voir !

— Je n'osais pas te le demander. Je crois que je suis aussi impatiente qu'elle, dit Tessa avec de chaleureux remerciements.

Lizzie lui demanda si la réunion valait l'aller-retour en train et la nuit à l'hôtel, et Tessa avoua qu'elle était allée de surprise en surprise.

Elle ne regrettait pas d'avoir refusé que Drake la raccompagne à Glenminster, même si un trajet en voiture aurait été moins long qu'en train. L'idée d'être enfermée avec lui pendant quatre heures dans un espace aussi réduit était inconcevable.

Jusqu'à la veille, il était complètement sorti de sa vie et voilà qu'il réapparaissait, aussi simplement que le petit matin où il s'était présenté chez elle.

Elle aurait préféré qu'il ne revienne pas.

Désormais, il ne serait plus une figure fantomatique appartenant au passé, mais un homme qu'elle croiserait, verrait, entendrait. Et qu'elle devrait tenir à distance.

Depuis que Lily était entrée dans sa vie, tout avait changé.

La petite fille avait été admise dans le service de pédiatrie après avoir perdu ses parents dans un accident de voiture. On lui cherchait des parents adoptifs. Lorsqu'on l'avait amenée, avec une hémorragie à l'œil, Tessa s'était aussitôt sentie attirée par elle et avait passé de longues heures à son chevet, avant ou après le travail.

— C'est une personne comme toi qu'il lui faudrait, avait dit l'assistante sociale de l'hôpital.

— Moi ? En mère célibataire ? s'était-elle exclamée. Je ne vois pas où je trouverais de la place pour un enfant, avec la vie que je mène !

Mais l'idée avait fait son chemin et, plus elle y avait pensé, plus son envie de s'occuper de cette petite fille avait grandi. Ainsi avait commencé la procédure d'adoption.

Avec le temps, elle était toujours plus convaincue d'avoir pris la bonne décision. La joyeuse petite fille que Lily était devenue ne faisait que le confirmer.

Si Drake s'imaginait reconduire le pacte qu'ils avaient conclu des années plus tôt, il risquait d'être déçu. Tessa se carra dans son siège. Maintenant que sa vie avait pris cette nouvelle tournure, elle aurait même préféré qu'il reste là où il avait été si pressé de partir.

Lorsqu'elle descendit du train, Lizzie et Lily l'attendaient sur le quai.

— Mamounette ! s'écria la petite fille en la voyant.

C'était le nom par lequel elle avait souhaité que Lily l'appelle. Elle ne voulait pas se faire appeler maman, pour que Lily n'oublie pas sa mère biologique.

— Où sont les garçons ? demanda Tessa.

Lizzie avait des jumeaux de l'âge de Lily.

— Ils sont restés à la maison avec Daniel. Il a pris quelques jours.

Tenant chacune Lily par une main, elles se dirigèrent vers la voiture de Lizzie.

— Alors, que s'est-il passé à Londres ? demanda cette dernière. Tu avais l'air troublée, au téléphone.

— Tu ne vas pas me croire. Devine qui prend le poste de chef du service d'ophtalmologie à l'hôpital lundi…

— Aucune idée. Qui ça ?

— Drake. Le nouveau chef de service s'appelle Drake Melford !

— Quoi ? Drake ? Il est revenu à Glenminster ?

Lizzie s'arrêta un instant et la regarda dans les yeux.

— Comment prends-tu cela ?

— Pour être honnête, je suis secouée. J'ai une vie rangée, je suis heureuse avec Lily et mon travail me passionne. Je n'ai pas envie que cela change.

— Tu lui as parlé ?

— A peine. Il m'a proposé de me ramener de Londres en voiture. J'ai refusé, cela va sans dire.

— Il commence bientôt ?

— Lundi. Je n'ai même pas le temps de me faire à l'idée. Cela dit, rien ne peut ébranler la vie que j'ai construite avec Lily. Drake fera partie de ma vie professionnelle, puisque je n'ai pas le choix. Mais pour le reste, il ne sera pas plus présent qu'il ne l'a été ces trois dernières années.

Le lundi matin, Tessa se réveilla agitée. Elle allait passer toute la journée en présence de Drake. Il lui fallut un long moment avant de pouvoir penser à autre chose.

Non seulement ils se trouveraient au même endroit ce jour-là, mais ils s'y côtoieraient tous les jours, ou presque, à l'avenir. Leurs vies professionnelles seraient désormais imbriquées. Elle l'imaginait déjà entrant dans la salle de repos avec son aisance et son charisme habituels, tandis qu'elle déploierait des efforts démesurés pour ne pas craquer.

Par chance, elle ne travaillait pas dans un service, ni au bloc. Son travail administratif la retenait dans son bureau, où elle essaierait de passer le plus de temps possible.

Etait-elle lâche ?

De toute façon, elle ne pourrait pas passer sa vie enfermée dans une pièce. L'amélioration des conditions de soin à l'hôpital impliquait qu'elle aille aussi à la rencontre du personnel.

Elle avait gravi les échelons grâce à ses compétences, son efficacité et son professionnalisme, acquis au cours d'années d'expérience. Elle avait d'abord travaillé sur des navires de croisière, avant de revenir sur la terre ferme et d'intégrer l'administration hospitalière. Que serait devenue sa vie si elle avait continué à travailler sur des bateaux et n'avait jamais rencontré Drake ?

Peu importait la réponse. Ce qui était fait était fait. D'ailleurs, elle ne regrettait pas ses choix, puisqu'ils l'avaient conduite jusqu'à Lily. Et elle adorait habiter cette ville au patrimoine architectural exceptionnel, dans laquelle il était si agréable de vivre et de se promener.

Son amie Lizzie vivait de l'autre côté de l'hôpital, à la périphérie de la ville. Tessa avait une confiance absolue en elle. De son côté, Lizzie était contente du revenu que la garde de Lily lui procurait. Et cela leur donnait l'occasion de se voir plus souvent.

Lorsque Tessa arriva à l'hôpital, après avoir déposé Lily, ce qui devait être la voiture de location de Drake était sur le parking, au milieu des véhicules du personnel.

Elle était étonnée que cela ne suscite pas plus d'intérêt en elle, après la passion avec laquelle elle l'avait aimé. Ses sentiments amoureux s'étaient-ils transformés en dépit parce qu'elle avait été écartée sans autre forme de procès à la faveur d'une promotion professionnelle ?

Lorsqu'elle arriva dans son bureau, sa secrétaire, Jennifer, une femme d'une quarantaine d'années, se précipita vers elle. Le nouveau chef de service était passé la saluer.

— Incroyable, non ? fit-elle avec enthousiasme. A mon avis, son prédécesseur ne savait même pas que nous existions.

L'espoir de Tessa de s'enfermer dans son bureau à l'abri de Drake s'amenuisait. D'autant que Jennifer reprit :

— Il a annoncé une réunion à 17 heures ce soir, l'ensemble du personnel est convié. Il espère nous y voir toutes les deux. Mais allez-vous pouvoir rester ?

Tessa quittait en général l'hôpital à cette heure-là pour aller chercher Lily.

C'était un véritable dilemme. Professionnellement, elle était censée assister à la réunion, ne serait-ce que pour accueillir et soutenir le nouvel arrivant. S'il ne s'était pas appelé Drake Melford, elle aurait immédiatement appelé Lizzie pour l'informer des circonstances et lui demander de garder Lily un peu plus longtemps.

Mais Tessa hésitait. Elle s'était déjà privée d'une partie de son week-end avec sa fille pour raisons professionnelles.

Etait-elle en train de se chercher des excuses pour ne pas assister à la réunion ? Drake ne risquait-il pas de penser qu'elle se dérobait parce que c'était lui ? Peut-être ferait-elle mieux d'y aller, comme si de rien n'était.

Mais à quoi était-elle en train de jouer ?

Elle était libre de ses mouvements, indépendamment de lui. Elle n'irait pas à la réunion. Si elle ne le voyait pas dans la journée, elle lui expliquerait le lendemain qu'elle avait eu autre chose à faire, de tout aussi important.

Quelle journée éprouvante !

Drake traversa le hall pour se rendre à la réunion qu'il avait convoquée à 17 heures avec le personnel.

Tessa serait-elle là, lorsqu'il s'adresserait à sa nouvelle équipe ? Il l'espérait. Il n'avait aucune intention de la mettre dans l'embarras ou de la faire souffrir, mais après tout ils étaient collègues et adultes.

L'agitation et l'insatisfaction qu'il avait ressenties en Suisse étaient sans doute dues au fait d'être parti sans avoir noué de liens plus forts avec elle. Mais la réciproque n'était sans doute pas vraie. Il n'avait pas l'impression de lui avoir manqué. Si elle avait refait sa vie avec un autre homme, il n'aurait à s'en prendre qu'à lui-même.

Par la fenêtre, il aperçut Tessa qui montait au volant d'une voiture sur le parking de l'hôpital. Il plissa les yeux. La voiture démarra et s'éloigna. Il avait la réponse à sa question.

De toute évidence, elle avait mieux à faire qu'assister à sa présentation. Il lui faudrait déployer d'autres ressources que son charme pour se rapprocher d'elle. Mais avait-il vraiment envie de se rapprocher d'elle ?

Quelques minutes plus tard, il se trouvait face aux membres du personnel. Il leur assura qu'il accorderait la plus grande attention à tous les aspects du fonctionnement de son service. Rassurés que la réunion ne s'éternise pas à la fin de leur journée de travail, la plupart d'entre eux quittèrent la salle, à l'exception d'une poignée qui souhaitait voir de plus près leur nouveau chef de service.

2.

Après le départ des derniers participants à la réunion, Drake sortit à son tour. Il avait faim.

L'idée de s'attabler dans un bon restaurant ne lui avait pas sitôt traversé l'esprit qu'il roulait déjà vers le centre-ville. En chemin, il passa devant un parc qui fit remonter en lui des souvenirs aussi précis que si cela avait été la veille. Il se revit avec Tessa, faisant l'amour dans le parc vide, avec la lune pour seul témoin. Se rappelait-elle cet épisode ? Y pensait-elle lorsqu'elle passait par là ?

Il continua sa route et faillit percuter le trottoir en apercevant Tessa en personne sous le porche d'une petite maison au bord de la route.

Voilà donc où elle avait déménagé.

Elle parlait à un homme d'à peu près son âge, qu'elle serra dans ses bras au moment même où Drake passait à leur hauteur. Ce devait être l'homme qui avait pris sa place dans son cœur.

Il tenta de balayer un petit pincement au cœur d'un haussement d'épaules.

Elle avait refait sa vie ? Et alors ?

En attendant, il savait où elle passait son temps lorsqu'elle n'était pas à l'hôpital.

Pour sa part, il était allé jeter un coup d'œil à la maison près de l'hôpital. Le directeur de l'hôpital lui avait effectivement laissé un mot confirmant qu'il pouvait s'y installer, ainsi qu'un trousseau de clés. Ce n'était pas le genre de logement dont il avait l'habitude. La bâtisse était assez sombre, alors qu'il avait besoin de lumière et de couleur. Mais sa proximité avec l'hôpital faisait d'elle le logement idéal en cas d'urgence. Aussi avait-il décidé de s'y installer, le temps de trouver autre chose.

Le restaurant dans lequel il alla dîner était en revanche tout à fait le genre d'établissement qu'il aimait fréquenter. Mais il ne prêta qu'une attention distraite à ce qu'on lui servit. Il avait le poste qu'il convoitait depuis toujours, dans sa ville natale, et un logement que beaucoup de gens lui auraient envié. Pourtant il n'était pas satisfait.

Revenir sur les lieux où Tessa et lui avaient été si liés était une erreur. Il lui avait fallu de la distance pour se rendre peu à peu compte qu'il s'était séparé de l'une des choses les plus précieuses de son existence, simplement pour satisfaire ses ambitions. Qu'espérait-il ? Qu'elle aurait patiemment attendu son retour et lui sauterait au cou ?

Elle était toujours aussi belle que dans son souvenir, mais elle ne faisait preuve d'aucun intérêt à son égard.

Il était encore tôt : il passerait la voir en sortant du restaurant. Si elle le lui permettait, il remettrait les compteurs à zéro en lui demandant pardon pour son comportement stupide. Mieux valait repartir sur des bases saines, puisqu'ils auraient à se croiser régulièrement dans le cadre de leurs activités professionnelles à l'hôpital Les Horizons.

Lorsque Tessa ouvrit la porte à Drake, la scène qui se présenta à lui lui coupa le souffle.

Non seulement il se trouvait face à la femme qu'il regrettait d'avoir quittée, mais il aperçut également derrière elle, sur la dernière marche de l'escalier, une petite fille en chemise de nuit à fleurs. Elle le fixait de ses grands yeux noirs et avait des cheveux aussi bruns que les siens.

— C'est ta fille ? murmura-t-il lorsqu'il eut recouvré l'usage de la parole.

— Oui, répondit Tessa. Je te présente Lily.

— Quel âge a-t-elle ?

— Trois ans.

Il déglutit sans quitter la petite fille des yeux.

— C'est… C'est ma fille ? demanda-t-il d'une voix à peine audible en blêmissant.

Tessa secoua la tête et il lui sembla que ses yeux s'embrumaient.

— Lily est ma fille adoptive. Ses parents sont morts dans un accident de voiture. Nous nous sommes rencontrées lors de son séjour en pédiatrie suite à l'accident. Elle est restée assez longtemps pour que nous fassions amplement connaissance. J'ai fini par passer du temps avec elle tous les jours, dès que j'avais un moment de libre. Puis par faire une demande d'adoption.

Elle se retourna et tendit les bras à Lily, qui ne se fit pas prier.

— Cette petite fille me comble de joie.

— J'imagine, répondit-il d'une voix faible.

Il fit quelques pas, puis s'arrêta. Mieux valait poser la question maintenant et en avoir le cœur net.

— L'homme que j'ai vu tout à l'heure… c'est son père adoptif ?

— Non… Bien sûr que non ! dit-elle d'une voix soudain plus aiguë. Elle n'a pas de père adoptif et c'est très bien comme ça. C'était le mari de Lizzie, l'amie qui garde Lily quand je travaille. Il rapportait la poupée qu'elle avait oubliée chez eux.

La petite fille se frotta les yeux.

— Ah, dit-il, non sans soulagement. Je te laisse, alors. Ce doit être l'heure de lire une histoire. On se croisera peut-être demain à l'hôpital.

— Oui, peut-être.

*
* *

Tessa regarda Drake partir avec soulagement. Son cœur battait la chamade et ses jambes flageolaient depuis qu'elle lui avait ouvert la porte. Il avait dû la prendre pour une folle de vouloir élever l'enfant d'une autre.

Comment allait-elle pouvoir travailler auprès de lui comme si de rien n'était alors que sa vie était si loin de celle qu'ils menaient à l'époque ?

— As-tu trouvé un logement ? lui demanda-t-elle par acquit de conscience alors qu'il s'apprêtait à monter dans sa voiture.

— Oui. J'ai trouvé les clés de cette espèce de mausolée dans mon vestiaire, accompagnées d'un petit mot me disant que je pouvais aller m'y installer. Comme c'est près de l'hôpital et que je n'ai pas le courage de chercher autre chose pour l'instant, je vais accepter.

— Cela n'a pas l'air de te réjouir.

— J'ai un toit au-dessus de la tête, c'est déjà bien. Mais la maison est énorme et plutôt sombre. J'aime la lumière et la couleur, comme tu le sais.

Elle le savait, en effet. Elle se souvenait du moindre détail le concernant, depuis le moment où il avait frappé à l'aube à la porte de son appartement, jusqu'au jour où il avait fait ses valises. Mais elle s'était efforcée de reléguer ces souvenirs dans un coin de sa tête et comptait les y laisser.

Il s'installa au volant et la salua d'un geste de la main. Elle serra Lily contre elle et l'emmena dans sa chambre. Aussitôt, les sensations que la présence de Drake avait réveillées s'évanouirent comme par magie. Quand elle était avec Lily, son monde se remettait à tourner rond.

Tessa dormit mal cette nuit-là. Elle avait l'habitude de se coucher tôt, peu après Lily, pour recharger ses batteries et affronter la journée du lendemain. Mais ce soir-là, après avoir éteint la chambre de sa fille, son monde n'avait pas tourné rond très longtemps.

Elle ne parvenait pas à effacer de son esprit l'image de Drake blêmissant à l'idée que Lily soit sa fille. Quand elle lui avait confirmé qu'il n'était pas le père, elle avait cru lire dans ses yeux son incrédulité à l'idée qu'elle ait pu adopter un enfant. Sur ce point il n'avait pas changé : de toute évidence, la paternité ne faisait toujours pas partie de ses priorités.

Pourquoi était-il revenu dans sa vie ? Pour lui gâcher son plaisir ?

Toutes les semaines, Tessa arpentait les couloirs des différents services de l'hôpital pour aller à la rencontre des patients. Elle les interrogeait sur ce qu'ils pensaient de la nourriture, de l'hygiène et des différentes installations. Elle prenait très scrupuleusement note de leurs réponses.

Le lendemain de la visite de Drake, elle se dirigeait vers le service de pédiatrie pour interroger les parents des enfants hospitalisés lorsqu'une infirmière l'interpella dans le couloir. Jane était de garde lorsque Lily avait été admise, elle avait assisté à tout le processus d'approche puis d'adoption de la petite fille.

— Quand est-ce que tu nous ramènes Lily ? demanda-t-elle.

La détresse de la petite fille blessée à l'œil les avait émues aussi fortement l'une que l'autre. Elles l'avaient vue arriver dans le service, tremblante de peur après l'accident qui avait coûté la vie à ses parents. Tessa avait aussitôt ressenti un instinct maternel aussi inattendu qu'irrépressible envers la petite fille. Face à cet élan du cœur, la promesse que Drake et elle s'étaient faite lui avait soudain paru égoïste et immature.

A l'époque, elle ne pensait pas le revoir un jour, mais elle se trompait. Mais pourquoi regrettait-elle égoïstement les conséquences que sa présence avait sur sa vie au lieu de se réjouir pour les patients qu'un grand ponte de la chirurgie ophtalmologique soit désormais en poste aux Horizons ?

— Je l'emmènerai te voir dès que possible, Jane. Mais les journées passent à une telle allure !

— Tu as vu le nouveau chef de service ? Si je n'étais pas amoureuse de mon Harry, je crois bien que je me laisserais tenter. Quel homme ! dit l'infirmière avant de repartir vaquer à ses occupations.

Levant les yeux, Tessa aperçut justement l'homme en question au bout du couloir. Il venait dans leur direction.

Elle sentit ses épaules se contracter, mais se ressaisit. Après tout, elle pouvait le considérer comme le nouveau chirurgien ophtalmologique plutôt que comme son ancien amant. Mais elle n'eut pas à se contrôler plus longtemps.

De loin, Drake la salua d'un bref geste de la main, et disparut.

La veille, Drake était rentré chez lui dans un état second. Il n'en revenait pas. Si Tessa avait déménagé, c'était pour élever cette petite fille orpheline. Comment aurait-il pu imaginer un tel scénario ?

Si elle s'était mariée et avait fait des enfants, il en aurait probablement été moins surpris. L'image de la petite fille brune assise sur les marches avait provoqué un véritable choc en lui. En voyant Tessa dans le couloir, il dut admettre que le choc ne s'était toujours pas dissipé.

Après avoir recueilli les commentaires et les appréciations des patients, Tessa avait passé le reste de la matinée avec la responsable du traitement du linge. Elle avait ensuite déjeuné rapidement puis regagné son bureau, où elle était demeurée tout l'après-midi.

Ce ne fut qu'au moment de partir qu'elle revit Drake.

Il se rendait au bloc opératoire. Comme le matin, il lui adressa une brève salutation. Au lieu d'y voir le signe qu'il tenait sa promesse de ne pas l'importuner, elle eut un soudain accès de mélancolie.

Elle se remémora leurs rencontres enfiévrées et la passion qui s'était peu à peu transformée en un amour fort et profond, sans grand rapport avec les promesses qu'ils s'étaient faites le premier jour. Si elle lui avait fait part de ses sentiments à ce moment-là, il aurait sans doute considéré cela comme une rupture de contrat.

Alors elle s'était tue.

Et maintenant, il allait rentrer à reculons dans sa grande maison trop sombre et elle passerait sa soirée seule dans son salon, pendant que Lily dormirait à l'étage. Leurs maisons respectives ne se trouvaient qu'à quelques minutes de distance, pourtant ils n'avaient jamais été aussi éloignés l'un de l'autre.

Pourquoi n'était-il pas resté en Suisse ? Ou ailleurs ? Au lieu de revenir à Glenminster et de réveiller des souvenirs qu'elle était parvenue à enfouir et à oublier depuis que sa petite fille lui avait redonné le goût de vivre ?

Elle avait observé l'expression de son visage lorsqu'il avait vu Lily, en chemise de nuit, assise sur les marches. Il était devenu tout pâle.

Pourtant, à l'hôpital, aucun autre médecin ne savait mieux que lui faire sourire les enfants, apeurés et inquiets, admis dans son service. Tout en les auscultant, il parvenait souvent à transformer leurs pleurs en éclats de rire.

A l'époque de leur première rencontre, il occupait un poste dans un établissement moins réputé que Les Horizons, mais il avait rapidement gravi les échelons et commencé à se faire un nom dans sa spécialité. Et elle travaillait comme cadre intermédiaire aux Horizons, où il était venu faire son intervention ce soir-là.

Elle avait été attirée par sa personnalité comme par un aimant. Au premier regard, elle avait été envoûtée. Elle avait rencontré un autre électron libre, aussi anticonformiste qu'elle, et s'était imaginé que leur pacte survivrait à tous les obstacles.

C'était compter sans l'ambition de Drake, sans sa détermination à faire partie des meilleurs de sa profession. Il était parti vers d'autres horizons, prenant sans doute le silence qu'elle avait gardé pour du consentement. Il l'avait laissée seule ramasser les morceaux de son cœur brisé.

Heureusement qu'ils n'avaient pas vécu ensemble, que chacun avait gardé son autonomie et son propre espace !

Lorsque les jours étaient devenus des semaines puis des mois, elle avait ressenti un vide vertigineux. Jusqu'à ce que Lily surgisse, lui offrant une autre perspective sur sa vie. Que valaient ses petits malheurs face au drame que l'orpheline avait déjà vécu dans sa courte existence ?

Lorsque Tessa sonna chez Lizzie et Daniel pour récupérer Lily, elle éprouva une joie indicible à l'idée de serrer sa petite dans ses bras.

— Alors, cette nouvelle journée avec Drake dans les parages ? demanda Lizzie à Tessa.

Lizzie avait assisté au départ de Drake et savait combien Tessa avait souffert. Elle l'avait aussi trouvée très courageuse de se lancer dans la procédure d'adoption.

— Pas mal, répondit Tessa. Nous nous sommes croisés mais il ne m'a pas spécialement parlé. Je crois qu'il a compris le message.

— Tu es sûre que tu lui as envoyé le bon ? demanda Lizzie en la regardant du coin de l'œil.

— Oui. Sans aucun doute, répondit précipitamment Tessa.

— Tant mieux, alors. Il est venu seul ? Il n'a pas emmené de femme ou de fiancée ?

— Pas que je sache. Ah, d'ailleurs, je ne t'ai pas dit : il est passé chez moi hier soir. Quand il a vu Lily, tu sais ce qu'il m'a demandé ? Si c'était sa fille. Il n'était vraiment pas du genre à vouloir des enfants. Il a eu l'air soulagé d'apprendre qu'elle n'était pas de lui.

— Il n'a pas changé, n'est-ce pas ?

— Je n'en ai pas l'impression. Et maintenant qu'il a pris ce poste à l'hôpital, je suis contente de ne pas avoir à travailler au bloc ou dans les services. Par chance, avec mon métier, nos chemins ne se croiseront pas très souvent.

Elle soupira.

— Il habite la grande maison près de l'hôpital, mais il n'a pas l'air de s'y plaire. Il n'est pas assez solitaire pour ce genre d'endroit. Dès qu'il aura repris ses marques, on retrouvera le vrai Drake Melford.

Après avoir couché Lily, Tessa alla s'asseoir dans le jardin. Le soleil descendait derrière les collines verdoyantes au milieu desquelles la ville avait été construite. La dernière soirée qu'elle avait passée avec Drake lui revint à la mémoire.

Elle s'était juré de ne jamais plus souffrir pour un homme. Elle avait tenu bon, refusant poliment mais fermement les avances que certains lui avaient faites après le départ de Drake.

A l'époque, elle ne s'attendait pas spécialement à ce qu'il lui donne des nouvelles, son silence ne l'avait donc pas étonnée. Mais elle se rendait compte qu'une partie d'elle-même était toujours blessée qu'il ne l'ait même pas appelée, ne fût-ce que pour lui dire si son nouveau travail lui plaisait.

Puis elle avait fini par sortir du tunnel. Lily avait croisé son chemin, Tessa s'était remise à vivre et à aimer. Et elle avait décidé que rien n'interférerait jamais avec ce bonheur intense.

Tous les samedis, Tessa emmenait Lily chez son grand-père maternel, Randolph Simmonds, qu'elle avait rencontré au chevet de la petite fille, à l'hôpital. A l'époque, il était miné par le fait d'être trop âgé pour pouvoir s'occuper de Lily.

Lorsqu'il avait entendu dire, quelque temps plus tard, que la jeune femme blonde, gestionnaire à l'hôpital, qui trouvait toutes les occasions pour venir voir Lily dans sa chambre, avait le projet de l'adopter, il avait été fou de joie. Ensemble, ils avaient décidé que Lily verrait son grand-père toutes les semaines.

Il vivait dans un immeuble Régence du centre-ville, dans un appartement donnant sur l'un des parcs, non loin des jolies rues piétonnes. Chaque samedi, il insistait pour inviter Tessa et Lily dans un bon restaurant, puis les emmenait se promener dans les collines et les charmants petits villages disséminés sur les pentes verdoyantes.

Randolph devait depuis quelque temps consulter un ophtalmologiste. Sa première question, lorsqu'elles arrivèrent chez lui, fut de savoir si le nouveau chef de service était arrivé. Il tenait absolument à ce que Drake Melford se charge en personne, le cas échéant, de son intervention chirurgicale.

— Oui, il est là depuis une semaine, répondit-elle. Avez-vous pris rendez-vous ? Sinon, je crains que vous ne deviez vous inscrire sur la liste d'attente. Drake est très occupé.

— Vous l'appelez par son prénom ? Vous avez déjà sympathisé ?

— En fait, je l'ai connu bien avant qu'il devienne un grand ponte de l'ophtalmologie, répondit-elle. Mais cela faisait des années que je ne l'avais pas vu. Voulez-vous que je prenne rendez-vous pour vous ? Vous pouvez aussi passer par votre médecin généraliste ou votre propre ophtalmologiste, qui le contacteront s'ils le jugent nécessaire.

— Je veux bien que vous preniez rendez-vous pour moi, répondit le vieil homme. Je n'ai plus le courage de faire le tour des salles d'attente.

Il jeta un coup d'œil à Lily qui était sortie jouer dans le jardin.

— Comment va-t-elle ? Continue-t-elle à les appeler dans son sommeil ?

— Non, elle ne le fait pratiquement plus. Je lui ai appris à m'appeler mamounette, afin qu'elle n'oublie pas sa maman. Cela a l'air de lui convenir.

— Peut-être qu'un jour, elle aura aussi un papounet.

— Peut-être. Mais ce n'est pas ma priorité. Pour l'instant, nous sommes bien tous les trois, non ?

Randolph soupira.

— Vous êtes un ange tombé du ciel, Tessa.

Tessa, Lily et Randolph entrèrent dans le restaurant que le vieil homme avait choisi. Tessa balaya la salle du regard et s'immobilisa.

Drake Melford était assis à une table. Seul. C'était, servi sur un plateau d'argent, l'occasion de prendre rendez-vous pour Randolph sans se retrouver en tête à tête avec lui dans un bureau.

— N'est-ce pas justement le Dr Melford ? s'exclama Randolph. J'ai vu sa photo dans le journal.

— C'est bien lui, en effet. Venez, je vais vous présenter.

Drake les avait vus et se leva lorsqu'ils approchèrent de sa table. Il jeta un coup d'œil appuyé à la petite fille qui donnait la main à son grand-père et regardait tout ce qui se passait autour d'elle.

— Quelle surprise, Tessa ! Je ne m'attendais pas à te voir ici, dit-il.

Il jeta un coup d'œil interrogateur au vieil homme.

— Je te présente Randolph Simmonds, le grand-père de Lily.

— Nous étions justement en train de parler de vous. J'ai besoin de consulter pour mes yeux et Tessa se proposait de prendre rendez-vous pour moi. Et hop ! Vous apparaissez, comme par enchantement ! dit Randolph d'une voix enjouée en lui serrant la main.

— Voulez-vous vous joindre à moi ? demanda Drake en désignant les trois chaises vides à sa table. Vous m'expliquerez en quoi je peux vous aider.

Il appela un serveur et demanda qu'on apporte une chaise haute pour Lily.

Tessa sentit les battements de son cœur accélérer. La situation prenait une drôle de tournure, mais il était difficile de refuser maintenant que Randolph s'était mis à expliquer ses problèmes de vue. Tentant d'ignorer ses jambes flageolantes, elle se pencha vers Lily.

Puis la voix de Drake lui parvint, la sortant de son état second. Elle se redressa.

— J'étais en train d'expliquer à M. Simmonds que je me suis installé dans la maison de mon prédécesseur, à côté de l'hôpital. Je recevrai les patients dans le cabinet qu'il y a installé. Je vais demander à ma secrétaire de prendre contact avec vous lundi matin, si cela vous convient.

Le serveur apporta des menus.

Elle choisit le poisson accompagné de légumes du jardin et commanda une portion plus petite pour Lily.

Une fois qu'ils auraient déjeuné, chacun repartirait de son côté et on n'en parlerait plus. C'était compter sans le charme de Drake, sous lequel tombaient tous ceux qui le rencontraient. Randolph ne fit pas exception et discutait avec lui avec un plaisir non dissimulé.

Mais il ne se fit pas prier lorsque Tessa suggéra qu'ils s'en aillent. Lily, elle, semblait conquise. Elle descendit de sa chaise haute et fit le tour de la table pour demander à s'asseoir sur les genoux de Drake. Là, elle se mit à sucer tranquillement son pouce.

Après un instant de stupeur, Drake referma les bras autour d'elle.

Quelle situation insensée ! Non seulement Randolph s'était laissé séduire, mais Lily avait décelé en Drake quelque chose qu'elle n'avait trouvé en aucun des hommes qu'elle avait rencontrés depuis la mort de son père. Mais quoi ? Qu'avait-elle pu trouver chez un homme qui fuyait les enfants et la vie de famille ?

Comme s'il lisait dans ses pensées, Drake souleva Lily et la posa par terre puis l'accompagna jusqu'à Tessa.

— Je te rends ta fille, dit-il.

— Nous allons partir. Randolph a prévu de nous emmener nous promener dans les collines, n'est-ce pas, Randolph ?

— Effectivement, dit le vieil homme. Je suis ravi de vous avoir rencontré, docteur. Si vous n'êtes pas trop occupé et si vous acceptez, c'est nous qui vous inviterons samedi prochain à déjeuner.

Drake ne répondit ni oui ni non et se contenta de sourire. Pourvu qu'il décline l'invitation, la prochaine fois qu'ils se parleraient.

— Qu'est-ce que vous avez contre lui, Tessa ? demanda Randolph lorsqu'ils eurent quitté Drake. J'ai l'impression que vous n'appréciez pas sa compagnie. Personnellement, je trouve que c'est un homme charmant. D'ailleurs, je ne suis pas le seul. Notre petite Lily l'a adoré.

— Oui, j'ai vu. C'est juste que Drake et moi avons eu un différend, il y a quelques années.

— Vous ne l'avez toujours pas résolu ? Vous lui gardez rancune depuis tout ce temps-là ?

Ce n'était pas de la rancune, mais une souffrance qui ne s'était jamais apaisée. Une cicatrice profonde, dans sa chair et dans son âme.

Mais elle ne pouvait pas expliquer cela à Randolph. Aussi se contenta-t-elle de hausser les épaules en silence.

Randolph aimait beaucoup Tessa, sa présence apaisait nombre de ses angoisses liées à la mort des parents de Lily. Elle lui avait rendu le sourire et rien n'était plus important à ses yeux que de voir sa petite-fille de nouveau heureuse.

Sur le chemin du retour, il prit conscience qu'il ne connaissait rien de Tessa, à part ce qu'il voyait d'elle.

C'était une jeune femme d'une trentaine d'années, jolie et sympathique. Pour ce qu'il en savait, elle était célibataire, mais il avait dû y avoir des hommes dans sa vie, avant qu'elle adopte Lily.

D'ailleurs, ce médecin, Drake Melford, n'en avait-il pas fait partie ?

Une fois la petite famille partie, Drake demeura attablé encore un moment. Il était sous le choc. Pourquoi cette petite fille était-elle venue s'asseoir sur ses genoux ?

C'était une erreur d'être revenu à Glenminster, qui était certes sa terre natale, mais aussi l'endroit où il avait vécu cette histoire incroyable avec Tessa. A quoi s'attendait-il, en prenant la décision de revenir ? Pensait-il que rien n'aurait changé et que Tessa serait là, comme elle l'avait été trois ans plus tôt, disponible et passionnée ?

En tout cas, jamais il n'aurait imaginé la retrouver avec un enfant.

Ce n'était pas le sien, certes. De toute façon, jamais elle n'aurait fait un enfant avec un irresponsable comme lui.

C'était une petite fille adorable. Aussi gentille que son grand-père. Quel soulagement que Tessa et Lily ne soient pas seules au monde, qu'elles fassent partie d'une famille ! Quels que soient les problèmes de vue qui préoccupaient le vieil homme, il y prêterait la plus grande attention.

Qu'allait-il faire de son week-end ?

Il sortit du restaurant et se dirigea vers le centre-ville. Un cinéma ou un théâtre, peut-être ?

Mais la programmation ne le tentait pas. Il passa son chemin et se mit à marcher en direction de l'appartement qu'il occupait lorsqu'il avait rencontré Tessa.

Il aurait été prêt à l'acheter, en souvenir de tout ce qu'il y avait vécu. Et cela lui aurait donné l'occasion de quitter cette grosse maison près de l'hôpital.

Mais aucune pancarte ne signalait qu'il était en vente.

Il regagna sa voiture, reprit la route en sens inverse, et rentra à contrecœur dans le blockhaus.

De retour chez elle, Tessa regretta le déjeuner avec Drake. Elle n'aurait pas dû suggérer à Randolph de lui demander un rendez-vous. S'ils n'en avaient pas parlé, Lily ne serait jamais allée s'asseoir sur ses genoux.

Jusqu'à récemment, elle s'était sentie comblée par la vie, mais l'avenir lui paraissait soudain moins clair.

Après le déjeuner, Randolph, Lily et elle étaient allés se promener, comme de coutume. Mais Randolph ne s'était pas montré aussi enjoué que d'ordinaire. Probablement parce qu'elle n'avait pas eu le courage de lui dire comment elle avait connu Drake Melford.

3.

Tessa aimait beaucoup les samedis en compagnie de Randolph, mais les dimanches où elle se retrouvait seule avec Lily étaient des journées qu'elle chérissait par-dessus tout.

Le matin, elle vaquait aux tâches ménagères pendant que Lily jouait puis, si le temps le permettait, elles partaient s'installer au parc avec un pique-nique.

Une fois de plus, Tessa avait mal dormi. Elle s'était tournée et retournée dans son lit en repensant à la rencontre au restaurant. Quelle idée d'avoir mis le grand-père de Lily en relation directe avec Drake !

Comme toujours, ce dernier s'était montré courtois et agréable, et avait charmé son public par ses bonnes manières. Peut-être devrait-elle lui présenter des excuses pour s'être montrée aussi peu sympathique. Même Randolph avait remarqué que quelque chose clochait !

Comme cette pensée lui traversait l'esprit, elle entendit des bruits de pas et sentit un petit corps tout chaud se glisser dans son lit, signe que l'heure du petit déjeuner était imminente.

Petit à petit, elle se détendit. Les préoccupations de la nuit semblèrent se dissiper avec la lumière du jour et ce fut le cœur léger qu'elle emmena Lily pique-niquer au parc.

Elle gara sa voiture et se dirigea vers le terrain de jeux en priant pour que Drake n'occupe pas toutes ses pensées. Pourrait-elle avoir une journée de répit ?

Ses vœux furent exaucés et elle passa un après-midi

agréable, se demandant simplement ce qu'il pouvait faire de son côté. Il était peu probable qu'il reste enfermé dans sa grande maison. Il avait dû trouver un prétexte pour s'en échapper.

Tessa se trompait. Drake passa la journée chez lui à mettre de l'ordre dans le cabinet médical afin de pouvoir recevoir des patients dès le lundi. La rencontre avec Randolph Simmonds n'était certainement pas étrangère à l'impatience avec laquelle il voulait que tout soit prêt à fonctionner dès le lendemain.

Le déjeuner l'avait amusé, même s'il avait été surpris par la spontanéité avec laquelle la petite Lily s'était approchée de lui. La contrariété de Tessa ne lui avait pas échappé, raison pour laquelle il s'était empressé de ramener la fillette auprès de sa mère.

L'aménagement de la maison lui creusa l'appétit, mais il n'eut pas envie de retourner déjeuner en ville. En fait, il ne voulait pas passer devant chez Tessa et encore moins devant le fameux banc du parc. Aussi se contenta-t-il de sortir un plat cuisiné du congélateur.

La nuit fut longue, entre les grincements du vieux lit à baldaquin et l'odeur de naphtaline qui émanait des armoires. Il eut donc tout le temps de réfléchir. Il irait consulter le dossier médical de Lily. Il voulait vérifier le traitement qu'elle avait reçu pour le traumatisme à l'œil subi lors de l'accident de voiture qui avait tué ses parents. Puis il demanderait à Tessa de le laisser procéder à de nouveaux examens, afin de vérifier si la vue de sa fille était tout à fait rétablie.

Cela n'avait rien à voir avec le fait que Lily ait demandé à s'asseoir sur ses genoux. Il s'agissait d'un geste purement professionnel.

Le jour où il avait pris son poste, il avait reçu un petit garçon de cinq ans à qui il manquait un œil. L'enfant était né avec une cavité oculaire vide. Il était venu le voir pour une visite de contrôle. Drake aurait souri de la facilité avec laquelle l'enfant ôtait son œil artificiel et le remettait en place, si la situation n'avait pas été aussi triste.

Tessa n'eut pas de nouvelles de Drake de tout le dimanche, mais il sembla vouloir rattraper le temps perdu dès le lundi matin. A peine s'était-elle installée à son bureau qu'il se manifesta.

Il frappa et entra, posant aussitôt sur elle un regard insondable qui fit redoubler les battements de son cœur.

Mais il était hors de question de lui révéler l'effet qu'il produisait sur elle. Car cela n'avait plus rien à voir avec l'élan passionnel qui les avait jetés dans les bras l'un de l'autre. Désormais, elle considérait sa présence davantage comme une menace que comme une occasion de se réjouir. Il compromettait l'équilibre qu'elle avait enfin trouvé dans sa vie.

Elle le regarda d'un air interrogateur.

— J'ai jeté un coup d'œil au dossier médical de ta fille, dit-il sans préambule. Veux-tu que j'examine Lily pour contrôler ses yeux et sa vue, et voir si l'opération n'a pas laissé de séquelles ?

— Heu… Oui, répondit-elle, prise de court.

Il était le meilleur dans sa spécialité. C'était une proposition qui ne se refusait pas. Cependant, elle n'avait pas envie de lui être redevable. Surtout, elle ne voulait pas rallumer la flamme qui avait brûlé entre eux trois ans plus tôt, jusqu'à ce qu'elle comprenne, à ses dépens, que ce qu'ils avaient vécu ensemble n'avait aucune importance à ses yeux.

S'ils avaient passé moins de temps à faire l'amour et davantage à faire connaissance l'un de l'autre, comme c'était le cas lorsqu'on rencontrait quelqu'un, elle se serait sans doute épargné bien des souffrances et des humiliations.

Mais peut-être Drake avait-il l'habitude de ce genre de relation. Jamais elle ne lui avouerait à quel point elle avait souffert qu'il profite du pacte qu'ils avaient conclu après les premières heures de magie.

Drake fronça les sourcils. De toute évidence, Tessa ne lui faisait pas confiance. Lui en voulait-elle encore que sa fille soit venue s'asseoir sur ses genoux, lors du repas au restaurant ?

— Tu n'as pas l'air convaincue, dit-il en se tournant vers la porte. Les derniers examens datent un peu. Je pensais simplement qu'un contrôle pouvait être utile.

— Je suis désolée de te donner l'impression que je doute, dit-elle, un peu gênée. Je suis simplement surprise par la proposition. Je ne m'y attendais pas, mais oui, je serais ravie d'avoir ton avis sur l'état de ses yeux et de sa vue. Jusqu'à présent, tous les examens se sont révélés bons, mais je me fais parfois du souci, c'est vrai.

— Tu dois me faire confiance, dit-il.

— Mais c'est le cas ! s'exclama-t-elle.

— Bien. Dans ce cas, j'en parlerai à ma secrétaire. Elle trouvera un créneau pour que tu m'amènes ta fille.

— Elle s'appelle Lily ! dit-elle sèchement. J'imagine que tu me prends pour une folle d'avoir adopté, après le pacte que nous avions conclu ?

— Je ne me permettrais pas de juger qui que ce soit, répondit-il. Tout ce que je peux dire, c'est que tu sembles heureuse de vivre la vie que tu as choisie.

Ce qui, pour lui, était loin d'être le cas…

— Ce serait bien qu'on aille boire un verre, un de ces jours, ajouta-t-il, à sa grande surprise.

— Je ne sors pas trop le soir, répondit-elle en rougissant.

— Tu n'as pas de baby-sitter ? Et ton amie qui la garde dans la journée ?

— Lizzie s'occupe déjà suffisamment de nous pour que je ne lui impose pas aussi Lily le soir. Ma vie a changé,

Drake. Désormais elle est plus rangée, j'ai des responsabilités que je n'avais pas auparavant…

— Tu n'as pas à te justifier, Tessa. Je me disais simplement que ce serait sympa de passer un moment ensemble, pour discuter. Si tu veux, on peut déjeuner à la cafétéria de l'hôpital. Ce n'est pas très dépaysant, mais ce serait peut-être plus pratique.

— D'accord, dit-elle en souriant.

Déjeuner avec lui à l'hôpital ne leur laisserait pas beaucoup de temps pour parler, mais, après tout, c'était mieux ainsi. Elle n'avait pas envie de passer un repas à évoquer le bon vieux temps en occultant la façon dont leur histoire s'était terminée.

Jennifer, la secrétaire de Tessa, pénétra dans le bureau adjacent, prête à affronter la semaine qui commençait. Drake se retira.

Une fois seule, Tessa se retint de pleurer. Depuis que Drake était à l'hôpital Les Horizons, il n'avait pas eu une minute à lui. Pourtant, il avait pris la peine de consulter le dossier médical de Lily et lui avait proposé de l'examiner.

Ce qui posait problème, c'était l'attitude de Drake dans la vie privée. Elle savait les risques de ce genre d'histoires. Si seulement elle ne s'était pas laissé envoûter…

Elle repensa à la façon dont il avait réagi, la première fois qu'il avait vu Lily. Quelle aurait été sa réaction si elle lui avait annoncé que Lily *était* sa fille ?

Aurait-il été capable de prendre ses responsabilités de père ? Se serait-il impliqué dans l'éducation de Lily, dans sa vie ?

Tessa fit un effort pour mettre ses ruminations de côté et appela Jennifer, ce qui marqua le début officiel de sa journée de travail.

Pendant ce temps, quelque part dans le vieux bâtiment pittoresque qui avait autrefois été une filature de laine,

Drake et son équipe se préparaient à une opération. Il enfila sa blouse, et, repensant à la conversation un peu guindée qu'il avait eue avec Tessa, il pria pour qu'un petit miracle s'accomplisse dans sa propre vie.

Si, trois ans plus tôt, elle avait manifesté le moindre mécontentement à l'idée qu'il parte du jour au lendemain, il en aurait tenu compte. Mais l'euphorie qu'un chasseur de tête le contacte pour un poste en Suisse lui avait fait oublier tout le reste. Au cours des derniers jours qu'il avait passés à Glenminster, Tessa s'était montrée plutôt calme et réservée. Si elle avait protesté, aurait-il été capable de l'écouter alors qu'il était déjà ailleurs en pensée ?

Les trois années en Suisse avaient été les plus froides et les plus solitaires de sa vie. Il avait acquis des connaissances et des compétences sans égales, ce qui faisait de lui l'un des meilleurs spécialistes en ophtalmologie. Mais il n'avait jamais vraiment cessé de penser à Tessa et à la magie de leur relation. Comment avait-il pu en faire aussi peu de cas au moment de partir ?

Lorsqu'on lui avait proposé le poste de chef de service à l'hôpital Les Horizons, il n'avait pas hésité un instant.

Il se doutait que Tessa avait poursuivi son chemin et sans doute rencontré d'autres hommes, mais jamais il n'avait envisagé qu'elle partage désormais sa vie avec une petite fille. Il était admiratif, tout en redoutant les implications potentielles.

A la fin de la journée, il prit son téléphone.

— Tessa, je suis désolé de ne pas t'avoir appelée plus tôt, mais je n'ai pas eu une minute de libre de la journée. Te serait-il possible d'amener ta fille samedi matin ? J'ai déjà donné rendez-vous à son grand-père dans la matinée. Il m'a invité à déjeuner après la consultation, ce que j'ai accepté de bon cœur. Lily sera peut-être rassurée d'être chez le docteur avec lui ? Qu'en penses-tu ?

— Pourquoi pas ? Cela dit, Lily te connaît déjà.

*
* *

Tessa se carra dans son fauteuil. Elle se serait bien passée d'un autre déjeuner embarrassant.

— Je te laisse décider ce qui est le mieux, dit Drake. Mais je n'ai déjà presque plus de place cette semaine.

Tessa raccrocha et prit son sac.

Lorsqu'elle arriva chez Lizzie, son amie la dévisagea d'un drôle d'air.

— Tu as l'air bien sérieuse, dit-elle.

— Honteuse serait plus approprié, dit Tessa en esquissant un sourire. Drake s'est montré gentil et attentionné mais je suis un vrai hérisson avec lui. Il a proposé d'examiner les yeux de Lily pour s'assurer que l'accident et l'opération n'avaient pas laissé de séquelles, et moi…

— Tu n'as pas refusé, tout de même !

— Non, mais… Disons que je n'ai pas fait preuve d'un grand enthousiasme. Il veut que je l'emmène à l'hôpital samedi matin, en même temps que Randolph qui a déjà un rendez-vous. Il pense que cela la rassurera.

— C'est plutôt gentil, en effet, dit Lizzie.

— Je sais, mais… J'ai l'impression qu'il est sans arrêt dans mes pattes.

— Et cela ne te plaît pas ?

— Je ne suis pas sûre de pouvoir le supporter. Mais pour Lily, j'aurais tort de refuser. Tu as raison, ce soir, quand elle sera couchée, je l'appellerai pour lui dire que j'accepte sa proposition.

Le téléphone sonna alors que Tessa venait de donner son bain à Lily. C'était Randolph. Il avait parlé à la secrétaire du Dr Melford, qui lui avait proposé un rendez-vous le samedi matin.

— C'est parfait, n'est-ce pas ? dit le vieil homme d'une voix enjouée. Et elle a ajouté que le Dr Melford acceptait avec plaisir notre invitation à déjeuner après la consultation. J'espère que cela vous convient, Tessa. J'ai cru comprendre que vous ne faisiez pas vraiment partie de son fan-club.

— Drake m'a proposé d'examiner aussi Lily. Il veut s'assurer que sa vision est bonne et que son opération n'a pas laissé de séquelles. Il m'a demandé de l'emmener en même temps que vous à son cabinet. Il souhaite qu'elle assiste à votre consultation, pour être déjà familiarisée avec l'examen quand ce sera son tour. C'est vraiment très gentil de sa part, et je peux difficilement refuser d'aller déjeuner avec lui ensuite. Mais, pour être totalement honnête, je m'en serais bien passée.

— Vous êtes vraiment fâchée, alors, dit Randolph, déçu.

Elle évita d'entrer dans des explications qui l'auraient menée trop loin, et ne précisa pas qu'elle n'avait pas donné de réponse définitive à Drake au sujet du rendez-vous. Certes, la proposition était vraiment généreuse et Tessa lui était reconnaissante de bien vouloir examiner Lily. Mais elle avait l'impression de ne plus savoir communiquer avec lui. Pour la santé de sa fille, elle accepterait son offre et emmènerait Lily à son cabinet en même temps que Randolph.

Une fois que Lily fut couchée, Tessa alla s'asseoir sur la terrasse. Dans quelques semaines, la campagne se teinterait des couleurs ambrées de l'automne. Elle prit une profonde inspiration, les yeux fixés sur le ciel rougeoyant. Elle s'était sentie si bien, depuis qu'elle s'était installée dans cette maison avec Lily. Pourquoi avait-il fallu que Drake revienne ?

Pourquoi n'était-il pas resté en Suisse, ou ailleurs ?

Certes, vu les compétences qu'il avait acquises, son retour ne pouvait qu'être profitable à l'hôpital Les Horizons. Elle-même ne profiterait-elle pas de son expertise, comme tous les patients de la région ayant besoin d'un bon ophtalmologiste ? D'ailleurs, Drake n'était pas seulement bon, c'était — et de loin — le meilleur.

Il faudrait simplement qu'elle oublie qu'il avait été son

amant. Y parviendrait-elle ? Probablement, si elle pouvait se réfugier dans des endroits où il ne viendrait pas traîner et lui rappeler tous les bons moments qu'ils avaient partagés. Les bons et les moins bons.

Lorsqu'elle se décida enfin à le rappeler, Drake ne répondit pas. Il était probablement sorti dîner. Quelques images de leur relation passionnée lui revinrent, aussitôt chassées par celle de Lily dormant à l'étage, innocente et bienheureuse.

Elle rappela et, cette fois, Drake décrocha.

— Parfait, dit-il lorsqu'elle eut confirmé le rendez-vous de Lily, elle sera en confiance si elle voit son grand-père subir l'examen avant elle.

— Hmm, répondit-elle vaguement.

Elle voyait déjà le repas qui suivrait la consultation, semblable en tout point au déjeuner pénible et guindé qu'elle avait déjà dû supporter la semaine précédente.

Lorsqu'elle avait parlé à Lizzie de l'envie de Drake qu'ils passent un peu de temps ensemble, son amie avait essayé de creuser.

— Qu'est-ce que cela signifie, selon toi ? Qu'il est désolé de ce qui s'est passé entre vous et veut s'excuser ? Ou bien qu'il essaie juste de renouer le dialogue pour avoir de bonnes relations avec une collègue ?

— Il a fait allusion à notre histoire, quand nous avons parlé, avait répondu Tessa. Notamment au fait que je n'aie rien dit de particulier lors de son départ. Mais nous avions été clairs, notre relation était une histoire sans engagement. Et quand il est parti, il était tellement enthousiaste ! Je pense qu'il y serait allé quoi qu'il arrive, même si nous avions officiellement été en couple.

Elle soupira.

— De toute façon, en ce qui me concerne, son retour ne change rien et c'est très bien comme ça.

Le samedi, Tessa troqua sa blouse et ses sabots de travail pour une jolie robe bleue, une petite veste en lin assortie, et des sandales à talon. Lily, elle, était toute de rose vêtue, chaussures comprises.

Plus le rendez-vous au cabinet de Drake approchait, plus Tessa sentait la tension monter en elle. Elle appréhendait de le revoir. De plus, la consultation d'ophtalmologie faisait remonter des souvenirs de l'époque où Lily avait été victime du terrible accident qui avait coûté la vie de ses parents. En un instant, la petite fille s'était retrouvée orpheline et avait failli perdre un œil.

Mais c'était aussi la période où elles s'étaient rencontrées à l'hôpital.

En fait, Tessa s'apprêtait à vivre ce qu'elle avait de toutes ses forces cherché à éviter. Que Drake examine l'œil de Lily ne lui posait pas de problème, bien au contraire. Mais enchaîner avec un déjeuner au restaurant n'avait rien d'attrayant. C'était une véritable épreuve. Plus vite elle serait passée, mieux ce serait.

Depuis l'opération, Lily n'avait eu aucun symptôme alarmant concernant son œil blessé. Mais une consultation chez un spécialiste émérite ne se refusait pas.

Dans un premier temps, elles assistèrent donc à la consultation de Randolph, que Lily suivit avec la plus grande attention. Lorsque l'examen prit fin, Tessa alla prendre la place du vieil homme, Lily sur les genoux, afin que Drake l'examine. Mais la petite fille fit soudain acte de rébellion et se tortilla jusqu'à ce qu'elle la laisse descendre.

— C'est toi d'abord, mamounette, dit-elle.

Face à la résistance de sa fille, Tessa se prêta au jeu, sous le regard amusé de Drake. De toute évidence, l'imprévu ne le troublait pas.

— Ne me touche pas, dit-elle à voix basse.

— Bien sûr que non, répondit-il. Je n'en avais aucune intention. Voici les instruments que je vais utiliser pour Lily, mais, si elle ne veut pas se faire examiner, je ne peux pas la forcer. A moins d'utiliser le charme que je garde en réserve pour les cas difficiles. Cela dit, te voir subir l'examen suffira peut-être à la convaincre.

Il s'éclaircit la gorge et poursuivit à voix haute, afin d'être entendu, en particulier de Lily.

— Bien. Pose ton menton sur ce rebord, Tessa, et fixe le point vert.

Après avoir vu sa mère se plier à l'exercice, Lily ne se fit pas prier. Elle grimpa de nouveau sur ses genoux et suivit les consignes de Drake.

— Voilà, c'est fini, dit ce dernier avec un grand sourire.

Tessa fit descendre Lily et alla l'installer près de son grand-père.

— Tout va bien. Elle n'a aucun problème aux yeux, et sa vue est excellente, dit Drake plus sérieusement, redevenu un ophtalmologiste en plein travail. Je vais rédiger un compte rendu, tu pourras passer le prendre à l'hôpital à mon bureau lundi matin.

— D'accord. Merci de nous avoir consacré ta matinée, Drake. Je réglerai nos dettes à ce moment-là.

— Il n'y a pas d'urgence, répondit-il.

Il fronça légèrement les sourcils, manifestement ailleurs. Pourvu qu'il n'en profite pas pour lancer une discussion dont elle n'avait pas envie.

— On va déjeuner ? demanda Randolph. J'ai réservé une table dans un restaurant sur la promenade.

— Oui, répondit Tessa.

Son cœur s'arrêta presque lorsque Lily alla d'un pas assuré vers Drake et glissa sa petite main dans la sienne.

Drake perçut la surprise de Tessa et la regarda en haussant les épaules, avant d'emboîter le pas à Randolph qui se dirigeait vers le parking. Tessa ferma le cortège, habitée par un désagréable pressentiment. Le déjeuner allait ressembler au cauchemar qu'elle redoutait tant.

— Je n'ai pas de siège auto pour Lily, dit Drake lorsqu'ils

atteignirent les voitures. Montez toutes les deux avec M. Simmonds, je vous suis.

A la lueur qu'elle perçut au fond de ses yeux, elle comprit qu'il avait lu dans ses pensées. Qu'y pouvait-il, si sa fille fonçait vers lui dès qu'elle le voyait ?

— Lily n'a donc pas de problème aux yeux ? demanda Randolph tandis qu'un serveur les conduisait à leur table. Je suis soulagé de l'entendre. Vous aussi, Tessa, j'imagine.

— Bien sûr ! répondit-elle, manifestant enfin un peu d'enthousiasme.

Elle s'en voulait de s'asseoir à reculons à la table de celui par qui de si bonnes nouvelles étaient arrivées.

Pendant tout le repas, elle s'efforça de sourire chaque fois que leurs regards se croisaient. Drake ne répondait que par un bref hochement de tête.

Elle finit par comprendre son comportement le lundi matin, lorsqu'elle se rendit dans son bureau pour récupérer le compte rendu de la consultation de Lily.

— Je vais te dire quelque chose qui ne va pas te plaire, dit-il calmement.

Elle prit place en face de lui, le cœur soudain palpitant d'angoisse.

— Lily a un problème à l'œil ?

— Non, Lily va bien, répondit-il, rassurant.

— C'est Randolph qui a un problème ? demanda-t-elle, à peine soulagée de la première réponse.

— Non, il ne s'agit que de cataracte, qu'il faudra opérer. Tessa, c'est toi qui as un problème, dit-il d'un ton grave. En fait, lors de la consultation, je ne me suis pas contenté de faire semblant pour Lily. Je t'ai vraiment auscultée. Il va peut-être falloir t'opérer.

— Moi ? Ce n'est pas possible !

— Je crains que si, Tessa.

— Non ! fit-elle, soudain prise de panique.

Comme, sans doute, la plupart des mères célibataires, elle redoutait de ne plus être là pour son enfant. Certes, Lizzie pouvait s'occuper de Lily le temps de son hospitalisation, mais comment allait-elle supporter d'être séparée de sa petite fille adorée pendant plusieurs jours ? Et si l'opération se passait mal ? Et s'il y avait des complications ?

Drake observa Tessa, dont le visage exprimait une lutte intérieure sans merci. Il n'avait jamais oublié ses yeux, bleus comme un ciel d'été, aux cils dorés. Durant l'examen, il avait remarqué que l'une de ses paupières était légèrement rétractée, ce qui pouvait être un symptôme de suractivité de la glande thyroïde, que l'on appelait hyperthyroïdie.

Il lui expliqua calmement la situation, et notamment le fait que la maladie pouvait entraver la vision et provoquer un strabisme. Tessa était livide.

— On peut régler le problème par un simple traitement pour faire baisser la tension, mais ce n'est pas toujours efficace. Il faut alors opérer pour restaurer la vision. Je vais procéder à quelques examens supplémentaires.

— Je vais être hospitalisée ?

— Pas nécessairement. Mais s'il faut t'opérer, l'hospitalisation ne sera pas très longue. D'ailleurs, tu n'es pas obligée de te faire opérer ici. Tu peux aller dans un autre établissement, si tu préfères.

— Non, je préfère me faire opérer ici, répondit-elle du tac au tac. Et que ce soit toi qui m'opères.

— D'accord. En attendant, il faut commencer par une prise de sang, pour faire un bilan endocrinien. On aura les résultats demain, dans la matinée. A ce moment-là, je pourrai t'en dire davantage. As-tu remarqué quelque chose de ton côté, un inconfort ou une gêne à l'œil droit ?

— Heu… Oui, il me semble. Une sorte de tension, mais légère, si bien que je ne me suis pas inquiétée. Pour être honnête, je n'ai pas beaucoup pris le temps de m'occuper de moi, ces derniers temps. Toute ma vie tourne autour de Lily.

Il eut envie de la prendre dans ses bras, de lui dire qu'il

allait désormais s'occuper d'elle, qu'il avait été complètement inconscient de la quitter comme il l'avait fait. Il comprenait, à présent, l'ampleur des dégâts qu'il avait provoqués, et la souffrance qu'elle avait dû éprouver.

Mais il faudrait davantage que quelques gestes tendres pour balayer le passé, les décisions qu'ils avaient prises à l'époque, et la drôle de situation dans laquelle ils se trouvaient désormais.

Elle souhaitait que ce soit lui qui l'opère, le cas échéant, mais il savait qu'elle ne voulait pas de sa présence dans les autres domaines de sa vie.

Qu'en penser, surtout maintenant qu'elle avait une fille ?

Il secoua la tête. Comment une simple aventure entre collègues avait-elle pu devenir si compliquée ?

— Organise-toi pour être disponible demain matin, dit-il. Nous aviserons en fonction des résultats.

Tessa hocha la tête. Le sort les avait de nouveau rapprochés, indépendamment de leur volonté. Mais elle était soulagée que ce soit Drake plutôt que quiconque qui l'aide à traverser cette passe difficile.

— Il faut que je retourne travailler, dit-elle.

— Bien sûr. Je t'appelle demain, dès que j'ai les résultats des analyses.

Il marqua une pause.

— Tessa, ne t'inquiète pas. Je suis là. Et je serai là tout le temps que cela durera.

Elle ne répondit pas et sortit, le cœur lourd. Il fallait se mettre au travail mais la joie n'y était pas. L'équilibre de vie qu'elle avait enfin trouvé volait en éclats. Drake était réapparu, faisant resurgir des souvenirs qu'elle pensait avoir enfouis à jamais. Maintenant, elle était malade, et devrait peut-être se faire opérer.

Une chose la rendait heureuse malgré tout. Lily allait bien et la vue de Randolph serait de nouveau bonne dès qu'il se serait fait opérer de la cataracte. Et l'un des meilleurs chirurgiens ophtalmologistes allait procéder à l'intervention. Rien que pour ces raisons, elle devait être reconnaissante à Drake d'être revenu à Glenminster.

Penchée sur son bureau, elle pensa à toutes les compétences réunies à l'hôpital Les Horizons et au dévouement des équipes médicales qui y travaillaient. Ce qu'elle avait personnellement vécu avec Drake ne devait pas entrer en ligne de compte.

Elle appela Jennifer et étudia le planning de la journée. Puis elle se mit au travail, prête à apporter sa contribution à la santé et à la sécurité des patients et du personnel de l'hôpital.

Une fois que Tessa eut quitté son bureau, Drake ne put s'empêcher de penser à ce qu'elle devait ressentir. Le destin avait un drôle de sens de l'humour ! Devoir lui annoncer qu'elle souffrait d'un problème de santé potentiellement grave alors qu'il n'avait même pas encore réussi à lui parler du reste, de tout ce qui était resté en suspens entre eux depuis qu'il était parti en Suisse…

Cela dit, heureusement qu'il avait eu l'occasion d'examiner ses yeux et de déceler le problème suffisamment tôt. Les chances étaient grandes qu'il puisse le résoudre sans avoir recours à la chirurgie.

Lorsque Tessa passa prendre Lily chez Lizzie, après sa journée de travail, son amie la questionna au sujet des consultations du samedi matin.

— Je suis vraiment contente que tout aille bien pour Lily ! s'exclama-t-elle avec un grand sourire.

Mais son visage se rembrunit lorsqu'elle apprit le problème de Tessa. Elle la prit dans ses bras.

— Ne t'inquiète pas, dit-elle, nous nous occuperons de

Lily, si jamais tu devais être hospitalisée. Et cette fois, Drake fera ce pour quoi il est le plus doué. Il ne va pas disparaître dans la nature. Il sera là au contraire, bien présent. C'est bizarre que tu le voies aussi souvent, qu'il ait soudain une place aussi importante dans ta vie, non ?

Tessa haussa les épaules.

— Mais tu n'as plus de sentiments pour lui ?

— Non, mais maintenant que le temps a passé et que je ne lui en veux plus, je ne peux pas m'empêcher de me rappeler ses qualités et à quel point c'était fantastique d'être aimée par lui. Il a surgi de nulle part et est sorti de ma vie aussi vite qu'il y était entré, du jour au lendemain. Le connaissant, cela ne m'étonnerait pas qu'il ne fasse que passer aux Horizons. Surtout si j'y travaille. Ce ne doit pas être agréable de tomber sur une ex-petite amie chaque fois qu'il sort de son bureau. Et moi, je n'apprécie pas spécialement de repenser à la façon dont il m'a oubliée dès que les Suisses lui ont fait une proposition.

Drake sortit de l'hôpital et regagna son logement sans grand enthousiasme. Qu'allait-il faire de sa soirée ? Engloutir un plat cuisiné et aller se coucher tôt, probablement. Comme il l'avait déjà fait à plusieurs reprises depuis son arrivée à Glenminster. Quel ennui !

Tout en se dirigeant vers la maison, il repensa à Tessa. Il était tellement désolé d'avoir dû lui annoncer de mauvaises nouvelles, après la façon dont ils s'étaient séparés, trois ans plus tôt, et dont ils n'avaient encore jamais eu l'occasion de parler.

Sa seule consolation, face à la maladie de Tessa, était d'avoir été désigné pour s'occuper d'elle. Mais il ne se faisait pas d'illusions. Plus vite la situation serait réglée, plus vite elle rentrerait chez elle pour s'occuper de sa fille. Car c'était tout ce qui lui importait. S'il faisait tout pour qu'elle y parvienne, elle lui en serait reconnaissante. Et, qui savait, peut-être lui accorderait-elle de nouveau une petite place dans sa vie ?

Mais était-ce vraiment ce dont il avait envie ?

Et Tessa, avait-elle besoin du chirurgien réputé ou de l'homme ?

Pour les problèmes oculaires liés à l'hyperthyroïdie tels que celui de Tessa, les médicaments pouvaient être efficaces. On n'opérait que s'ils ne suffisaient pas à régler le problème.

Il ferait tout ce qui était en son pouvoir pour lui épargner le stress d'une intervention. Non seulement parce qu'elle était sa patiente, mais parce qu'il n'avait jamais cessé de tenir à elle.

4.

Drake sortit un plat cuisiné du congélateur et le fit réchauffer. La soirée était belle et calme mais il se sentait nerveux. Le soleil était sur le point de se coucher derrière les collines et le ciel encore clair lui donnait l'impression d'étouffer, enfermé dans sa grande maison. A l'hôpital, la journée avait été trépidante.

Il avait besoin d'air. Il prit sa veste et sortit en direction du centre-ville.

Qu'est-ce que Tessa était en train de faire, à cette heure-là ? Etait-elle assise dans son canapé, à ressasser les mauvaises nouvelles de la journée, pendant que sa petite fille s'endormait dans son lit ?

Il aurait pu être chez elle en peu de temps, s'il avait été sûr d'être le bienvenu. Il devait déjà s'estimer heureux qu'elle ait accepté qu'il s'occupe de son cas. Autant elle avait d'emblée accepté qu'il examine Lily et son grand-père, autant elle aurait pu se montrer franchement réticente à se faire traiter par lui.

Il ne se trouvait plus qu'à quelques centaines de mètres de chez elle. Son bon sens lui conseillait de passer vite, sans s'arrêter. Mais il décida de ne pas lui prêter attention et, lorsqu'il arriva à la hauteur de la maison, il avança jusqu'à la porte d'entrée et sonna.

Personne ne vint lui ouvrir. Devait-il faire le tour de la maison, au cas où Tessa soit dans le jardin et n'ait pas entendu la sonnette ? Peut-être était-ce délibérément qu'elle ne répondait pas, peut-être avait-elle envie d'être seule ?

Il regagna la route et se remit à marcher vers le centre, déçu.

Il était étonnant qu'elle ne soit pas chez elle, à une heure où sa fille devait logiquement être couchée, et encore plus étonnant qu'elles soient allées dormir ailleurs.

Lorsqu'ils s'étaient revus, une partie de lui avait espéré que leur relation reprendrait comme avant, avant qu'il ne fasse n'importe quoi de sa vie. Mais Tessa ne montrait aucun signe en ce sens. Rien qui prouvait qu'elle ait des sentiments à son égard.

Qu'est-ce qui l'avait donc poussée à adopter cette enfant ?

Cette décision lui échappait totalement.

Désormais, rien ni personne ne semblait procurer à Tessa davantage de bonheur que cette petite fille brune aux yeux noirs.

Il passa devant le parc mais cette fois, son regard se dirigea vers un groupe de parents dont la progéniture s'ébattait dans l'aire de jeux. Tessa, le teint pâle mais l'air calme, était en train de pousser Lily sur l'une des deux balançoires.

Elle semblait absorbée dans ses pensées, mais Lily aperçut Drake et demanda aussitôt à descendre de la balançoire. Tessa la fit descendre et leva les yeux. Il n'aurait su dire si elle était contente ou pas de le voir. Son expression était indéchiffrable, mais elle lui adressa un signe de la main.

— Je suis passé chez toi. Maintenant je sais pourquoi personne ne m'a ouvert.

Lily avait accouru vers lui et tendit les bras pour qu'il la porte.

— Cette demoiselle ne devrait-elle pas être déjà couchée ?

Il jeta un coup d'œil à Tessa, puis se pencha pour prendre la petite fille dans ses bras.

— Elle a fait une grande sieste cet après-midi, d'après

Lizzie. Alors nous sommes venues prendre l'air et nous amuser un peu. Pourquoi es-tu passé chez moi ?

— Pour m'assurer que tu allais bien, malgré les mauvaises nouvelles de ce matin. Mais je suis rassuré, maintenant. Je vais vous laisser.

Il reposa Lily au sol.

— J'ai eu son grand-père au téléphone, tout à l'heure, dit-il. Je l'opère cette semaine.

— J'espère que tu ne lui as pas parlé de mon problème. S'il l'apprend, il va culpabiliser de ne pas pouvoir s'occuper de Lily en mon absence.

— Bien sûr que non ! répondit-il. Tu as suffisamment côtoyé les hôpitaux pour savoir que le secret médical existe. De toute façon, tant que tu n'as pas les résultats des examens, il n'y a rien à raconter.

Il regarda par-dessus son épaule. Elle se retourna. Derrière elle se trouvait le banc sur lequel ils avaient fait l'amour au clair de lune, dans le parc désert.

— Oublie, dit-elle à voix basse.

— Pourquoi devrais-je oublier un moment aussi exceptionnel ?

Elle haussa les épaules. Lily vint la prendre par la main. Il les regarda s'éloigner, puis reprit son chemin vers le centre.

Manifestement, Tessa avait gommé tous les bons souvenirs de sa mémoire.

Demain, il en saurait davantage sur son état. C'était l'hyperactivité de la glande thyroïde qui affectait son œil droit. Si les médicaments ne suffisaient pas à faire baisser la tension, il faudrait opérer. Si la tension persistait dans l'orbite, elle risquait de réduire l'afflux sanguin dans le nerf optique et de provoquer jusqu'à la cécité. Tessa avait dû se renseigner sur le sujet. Elle souhaitait probablement plus que tout résoudre le problème, pour sa fille encore plus que pour elle-même.

*
**

De retour chez elle, Tessa mit Lily en pyjama et la coucha. Puis, tout en réfléchissant à la situation, elle alla se faire un thé.

Tout aurait été tellement plus simple si Drake et elle avaient formé un couple et que Lily avait été leur fille. Mais, en l'état actuel des choses, elle le fréquentait seulement parce qu'il était un grand spécialiste en ophtalmologie et qu'elle avait un problème à l'œil droit.

Elle ne pouvait s'empêcher de considérer son aide comme une compensation, tout en sachant pertinemment qu'il ne lui devait rien. Il avait simplement appliqué à la lettre les termes du contrat qu'ils avaient passé ensemble, s'envolant pour la Suisse quand on lui avait proposé un poste intéressant. Avait-elle le droit de lui en vouloir ?

Maintenant, il vivait de nouveau à Glenminster, où il était revenu fort d'une expérience et de compétences reconnues par toute la profession.

Il n'y avait rien à redire, tant qu'il ne lui demandait pas de reprendre leur histoire au point où ils l'avaient laissée en se quittant. C'était trop tard. Sa vie avait pris un cours différent, ses priorités avaient changé et les relations sans engagement n'en faisaient désormais plus partie.

Le lendemain, lorsque Tessa arriva à l'hôpital, elle trouva un message. Drake lui demandait de passer dans son bureau. Lorsqu'elle informa Jennifer qu'elle devait s'absenter un moment, la secrétaire eut l'air surprise mais ne posa pas de questions.

Drake était dans les starting-blocks, prêt pour les tâches de la journée. De toute évidence, elle figurait sur la liste des priorités.

— Comment vas-tu, ce matin ? demanda-t-il.

— Ça pourrait aller mieux…

— J'imagine. Comment va Lily ?

— Elle, en revanche, elle est ravie. Elle adore aller chez

Lizzie et Daniel. Elle joue avec leurs deux garçons, des jumeaux de son âge, répondit-elle.

Comme elle aurait aimé que la conversation se poursuive ainsi, légère et sans conséquence ! Mais il entra dans le vif du sujet.

— J'ai les résultats des premières analyses.

— Alors ? demanda-t-elle, anxieuse.

Il la regarda, réfléchissant à ce qu'il allait dire. Les nouvelles étaient à la fois bonnes et mauvaises. Conscient de la distance qui s'était creusée entre eux, à l'opposé de l'intimité qu'ils avaient partagée autrefois, il choisit ses mots afin qu'elle ne se sente pas débitrice de quoi que ce fût vis-à-vis de lui.

Il fallait qu'elle ait confiance en lui, ne serait-ce que parce qu'il était le médecin le plus compétent de l'hôpital dans son domaine. Et, même si le passé venait compliquer leur relation actuelle, il ne le laisserait pas interférer dans les soins qu'il s'apprêtait à lui prodiguer.

— Ta glande thyroïde est devenue hyperactive, dit-il, et cela affecte ton œil. C'est dangereux si on ne traite pas rapidement le problème. On peut faire baisser la tension par des médicaments, mais il faut surtout tout faire pour que le nerf optique ne soit pas touché. Comme je te l'ai déjà dit, je vais prendre moi-même ton cas en charge. Si, d'ici quelques semaines, la situation ne s'est pas améliorée, nous envisagerons l'intervention chirurgicale.

Il marqua une pause.

— Je suis désolé d'être le porteur de ces mauvaises nouvelles, Tessa. Mais sache que tes yeux et ta vue font partie de mes priorités absolues. Si tu as la moindre inquiétude ou que tu notes la moindre évolution dans tes yeux, n'hésite pas à me solliciter. Je suis disponible jour et nuit. J'ai fait envoyer un coursier à la pharmacie, il t'apportera les médicaments directement dans ton bureau.

— Merci, Drake, dit-elle en se levant. Ne t'inquiète

pas, j'essaierai de ne pas te déranger souvent. Comme tu l'as dit, la situation a été prise à temps.

Elle lui adressa un faible sourire et sortit.

Il demeura immobile quelques instants, pensif. Puis il se leva. Une journée bien remplie l'attendait, mais rien ne le préoccupait davantage que les moments qu'il venait de passer avec Tessa. Quelles retrouvailles ! Il devait être complètement idiot pour s'être imaginé qu'elle ait encore envie de lui. Au moins avait-il l'opportunité d'être là au moment où elle avait besoin de lui. Pour l'instant, que pouvait-il demander de plus ?

Il avait eu envie de la serrer dans ses bras, de lui montrer qu'elle n'était pas seule pour affronter ce mauvais moment. Elle ne devait pas avoir peur, il était là. Mais il n'osait pas imaginer sa réaction s'il s'était approché d'elle. Elle aurait certainement pensé qu'il profitait de sa vulnérabilité. Ce qui était une faute professionnelle, et à l'opposé de ses intentions.

Il devait se faire une raison. Tessa était une amie et collègue confrontée à une situation difficile. Rien de plus.

Lorsque Tessa arriva chez Lizzie, cette dernière l'attendait avec impatience.

— Tu as les résultats ? demanda Lizzie avant même de la saluer.

— Oui, répondit Tessa en s'efforçant de sourire. Ma thyroïde s'emballe et provoque une contraction de la paupière. La situation n'est pas désespérée si on prend les choses en main dès à présent. Je vais d'abord suivre un traitement et, si cela ne suffit pas, Drake m'opérera.

Elle soupira.

— J'aurais donné n'importe quoi pour qu'il me prenne dans ses bras, ajouta-t-elle.

Lizzie la regarda avec des yeux ronds.

— Ne t'inquiète pas, Lizzie, je n'ai pas l'intention de

céder. Mais je suis tellement contente d'être tombée sur lui comme médecin.

— Tu ne veux pas rester dormir ici avec Lily ? C'est peut-être mieux que tu ne restes pas seule, après la journée que tu as eue. La chambre d'amis est toujours libre pour toi, tu sais. On pourrait même coucher Lily et les garçons, et sortir un peu toutes les deux, Daniel les gardera. Cela ne te ferait pas de mal de te changer les idées.

— Pourquoi pas, dit-elle. J'ai besoin de me détendre et de prendre du recul. D'après Drake, les médicaments feront effet dans quelques semaines. D'ici là, je suis censée mener une vie normale. Le problème, pour ce soir, c'est que je n'ai pas de quoi me changer. Je n'ai pas vraiment envie de sortir avec mes vêtements de travail.

— Va fouiller dans ma garde-robe. Nous faisons la même taille.

Une fois les enfants couchés, elle alla fouiller dans les placards de Lizzie à la recherche d'une tenue digne de sa première soirée en ville depuis une éternité.

Quel drôle d'effet ! Tessa ne se souvenait même pas de la dernière fois qu'elle était sortie le soir. Cela lui rappelait l'époque où Drake et elle allaient faire la fête, avant de rentrer faire l'amour dans l'appartement.

Comme son existence avait changé depuis ! Cela dit, elle n'avait aucun regret. Sa vie était plus rangée, centrée sur de nouvelles priorités. Cela lui convenait parfaitement, même si cela ne l'empêchait pas de penser aux moments qu'elle avait passés avec lui.

D'ailleurs, où était-il, ce soir ?

Elles passèrent devant le Bellingham, un bar où se retrouvait une bonne partie des habitants de la ville. L'ambiance y était détendue et on y mangeait bien. Il y avait même une scène, où des groupes se produisaient certains soirs.

A l'époque, c'était souvent là que Drake et elle se retrouvaient.

— On entre ou cela te rappelle trop de souvenirs ? demanda Lizzie.

— Tu sais, c'est un hasard que Drake soit de nouveau à Glenminster. J'ai fait ma vie sans lui, je ne vais pas me priver sous prétexte qu'il est revenu. Allons-y !

Elles se dirigèrent vers l'entrée du bar.

— Ça n'embête pas Daniel que tu sortes seule dans ce genre d'endroit ? demanda-t-elle.

— Pas du tout. Il sait qu'avec toi, je suis en bonne compagnie ! De toute façon, notre mariage est solide.

Tessa sentit son cœur se serrer. Elle se sentait si vulnérable ! La nouvelle reçue le matin même l'avait sans doute fragilisée. Cela n'avait rien à voir avec le retour de Drake à Glenminster. D'autant qu'elle ne changerait pour rien au monde la vie qu'elle s'était construite depuis son départ. Lily était le plus beau cadeau qu'elle ait reçu de sa vie, rien ne pouvait ébranler cette certitude.

Elle suivit Lizzie à l'intérieur du bar et jeta un coup d'œil autour d'elle, comme si elle s'attendait à *le* trouver attablé quelque part. Il avait pris tellement de place dans sa vie ! Elle avait l'impression de le croiser partout, tout le temps.

Mais il n'était pas là. Elle repoussa fermement l'espoir, qui lui avait traversé l'esprit, qu'il la serre dans ses bras pour la réconforter.

Pendant ce temps, Drake était allé chez Tessa pour s'assurer qu'il n'y avait pas de problème. Ne la trouvant pas, il avait aussitôt décidé d'aller demander à Lizzie et Daniel s'ils avaient de ses nouvelles.

Mais en traversant le centre-ville, quelle ne fut pas sa surprise de voir les deux amies, élégamment vêtues, entrer au Bellingham au moment où il passait devant.

Sans réfléchir, il entra dans le bar. Manifestement, Tessa,

en dépit des mauvaises nouvelles de la journée, n'était pas complètement déprimée. De toute façon, qu'est-ce qui lui laissait penser qu'elle aurait eu besoin de *lui*, si cela avait été le cas ?

Les deux femmes étaient assises à une table. Tessa étudiait le menu. Elle leva la tête.

— Drake ! Mais… Qu'est-ce que tu fais là ?

— Je te cherchais. Je voulais m'assurer que tu allais bien. De toute évidence, je n'avais aucune raison de m'inquiéter. Je vous laisse poursuivre la soirée.

Il s'éloigna puis une pensée lui traversa l'esprit.

— Où est Lily ? demanda-t-il en se retournant.

— Chez moi, avec Daniel et les garçons, répondit Lizzie.

— Je vois, répondit-il.

Il tourna les talons et sortit du bar.

Lizzie regarda Tessa, les yeux écarquillés.

— Comment a-t-il su que nous étions là ? demanda-t-elle.

— Aucune idée. Il nous a peut-être vues entrer en passant. Cela me gêne qu'il se soit donné la peine de me chercher pour prendre de mes nouvelles, après la journée qu'il a passée à l'hôpital. Et qu'il me trouve attablée dans un bar. J'ai honte !

Elle cacha son visage entre ses mains en gémissant.

— Viens, Tessa, on rentre ! dit Lizzie. C'était une erreur de venir ici.

— Vous rentrez tôt ! dit Daniel lorsque Tessa et Lizzie passèrent le pas de la porte. N'étiez-vous pas censées vous amuser toute la nuit ?

— Nous sommes tombées sur Drake Melford, dit Tessa d'un ton morne. Il est passé chez moi pour savoir comment j'allais après avoir reçu les résultats des analyses, mais je n'étais pas là. Il a dû nous voir entrer au Bellingham. Je crois qu'il aurait préféré me voir passer une soirée tranquille à la maison.

Elle soupira.

— Mais ce que je fais de mes soirées ne le regarde pas ! D'autant que je passe la plupart d'entre elles à veiller sur le sommeil de ma fille. Justement, ce soir, j'avais envie de me changer les idées, plutôt que de rester seule chez moi à ressasser ce qui m'arrive.

Lorsqu'elles montèrent voir si les enfants dormaient bien, la question brusque de Drake au sujet de Lily revint à la mémoire de Tessa. Pourquoi s'inquiétait-il de savoir où était Lily, comme s'il était son père ?

Ce n'était pas son genre, pas plus que de contracter un emprunt immobilier. Cela dit, elle lui devait des excuses. Ne serait-ce que pour la peine qu'il s'était donnée pour la retrouver. C'était la moindre des choses, après ses nombreuses tentatives d'entrer en contact avec elle et sa gentillesse à l'égard de sa petite famille.

Le lendemain matin, Tessa appela le bureau de Drake mais sa secrétaire l'informa qu'il était au bloc opératoire et n'en sortirait que tard. Voulait-elle lui laisser un message ?

Impossible. Ce qu'elle avait à dire à Drake était personnel. Elle attendit la fin de la journée.

— J'ai essayé de te joindre, dit-elle en le croisant dans le couloir, alors qu'elle quittait son bureau. J'ai compris que tu avais une journée chargée. Je tiens à m'excuser pour hier soir. Je suis désolée que tu ne m'aies pas trouvée à la maison, et d'avoir été si peu avenante au Bellingham. Mais je ne m'attendais vraiment pas à te voir là-bas.

Elle avait parlé d'une traite, en le regardant à peine.

— En fait, quand je suis arrivée chez Lizzie, je n'avais pas le moral. Elle a proposé que je dorme chez eux et que nous sortions nous changer les idées. Ce n'est pas dans mes habitudes de sortir, mais… Et j'imagine que tu nous as vues entrer dans le bar.

Il l'écoutait en souriant.

— J'ai été rassuré de voir que tu allais bien, en tout cas. Et c'est plutôt moi qui te dois des excuses d'avoir été si brusque quand je t'ai vue. Faisons la paix. On s'embrasse ?

Comme elle reculait brusquement, il éclata de rire. Il lui prit la main et ouvrit la porte menant à un petit jardin planté de rosiers, assez peu fréquenté. Une fois hors de vue, il lui prit doucement le menton et se pencha pour déposer un baiser sur ses lèvres.

Autour d'elle, le monde s'arrêta de tourner. Une vague de chaleur s'empara d'elle, puis elle repoussa Drake.

— Je t'en prie, ne joue pas à cela avec moi, dit-elle. Je ne veux pas d'une aventure sans lendemain. J'ai besoin d'une relation stable, riche, durable.

— Ce n'était pas le cas, entre nous ?

— Non, dit-elle, sentant les larmes lui monter aux yeux.

Leurs derniers moments dans la lumière du soleil couchant lui revinrent à la mémoire.

Elle tourna brusquement les talons et rentra.

— Alors, tu as présenté tes excuses à Drake ? demanda Lizzie dès que Tessa arriva chez elle.

— Oui, répondit-elle avant que Lily lui saute au cou. Mais l'histoire s'est un peu compliquée. Il a tenu à me présenter ses excuses. Il m'a emmenée dans la petite roseraie, il m'a embrassée, et j'ai littéralement fondu.

Elle secoua la tête.

— Mais dès que je repense à cette petite créature et à la vie que j'ai créée sans lui, je recouvre la raison.

— Qu'est-ce qu'il pense du fait que tu aies adopté Lily ?

— Je ne sais pas. Nous n'en avons jamais parlé. Cela ne m'étonnerait pas qu'il me prenne pour une folle. C'était exactement le genre de responsabilité que nous rejetions en bloc quand nous sortions ensemble. Tu sais, les enfants, les responsabilités... Il n'a apparemment pas changé autant que moi. Il doit sûrement penser qu'adopter est un piège plus profond encore que fonder une famille classique. Si c'est le cas, tant pis pour lui !

Sur ce, elle serra fort sa fille dans ses bras, savourant le bonheur dont Lily ne cessait de remplir sa vie.

De retour chez lui après sa journée à l'hôpital, Drake alla s'asseoir sur la terrasse de sa grande maison et se remémora le moment passé avec Tessa au milieu des roses.

Si elle ne l'avait pas arrêté, il aurait pu l'embrasser sans fin. Le geste de Tessa l'avait fait redescendre sur terre. Ils vivaient dans deux mondes séparés. Mais la vie de Tessa devait, et de loin, être plus épanouissante que la sienne.

Elle qui était sortie avec son amie pour se changer les idées, elle s'était retrouvée nez à nez avec lui. Alors qu'elle commençait à peine à se détendre, il avait déboulé dans le bar et l'avait agressée. Dire que c'était elle qui lui avait présenté ses excuses ! C'était le comble !

Elle avait changé. Elle était plus posée et avait l'air heureuse.

Pour la première fois, il s'interrogeait sur les choix de vie qu'il avait faits.

Il était plus insouciant, mais sa vie privée était bien moins épanouissante que la sienne. Un soir, après une longue intervention, il avait invité une infirmière de bloc au restaurant. Ils avaient fini tard, et mouraient de faim tous les deux. Elle avait réagi à son charme comme la plupart des femmes. S'il lui avait proposé de la raccompagner, elle l'aurait invité à boire un dernier verre, il en était certain. Ils auraient passé la nuit ensemble, ce qui aurait fait d'elle la première femme depuis son départ pour la Suisse. La première femme depuis Tessa. Mais il n'avait pas proposé à l'infirmière de la raccompagner.

Ironie du sort, la seule femme avec qui il avait envie de passer la nuit ne voulait pas de lui. Elle avait changé de vie et elle s'en portait bien. Contrairement à lui qui avait presque tout pour être heureux et ne l'était pas. Car il lui manquait l'essentiel.

Tessa avait Lily. Etrangement, cette petite fille semblait s'être attachée à lui. Ressemblait-il au père qu'elle avait perdu dans l'accident auquel elle-même avait réchappé ?

Quoi qu'il en soit, Lily était adorable et rendait Tessa heureuse. Il n'avait aucun droit d'interférer dans cette relation.

Le soleil déclinait au-dessus des collines, et des charmants petits villages en pierre dorée typique de la région.

Depuis son retour à Glenminster, il n'était pas encore sorti de la ville. Il essayait de se convaincre que son travail lui prenait trop de temps, mais, en vérité, la campagne environnante qu'il aimait tant était chargée de souvenirs qu'il n'avait plus très envie de remuer. Pourtant, la nature lui manquait.

Aussi avait-il lu avec plaisir l'annonce, dans la cafétéria de l'hôpital, d'un grand pique-nique organisé pour le personnel de l'hôpital et leurs familles le samedi suivant. Les bus loués pour l'occasion partiraient du parking de l'hôpital à 8 h 30.

Tessa était l'une des organisatrices. Comment réagirait-elle s'il lui faisait part de son intention d'y participer ? Mais il mourait d'envie de retourner à la campagne et décida de s'inscrire. Sauf urgence à l'hôpital, il attendrait le bus avec les autres employés.

Il rentra dans la maison et monta dans la chambre. Combien de nuits passerait-il encore dans ce lit à baldaquin qui grinçait et sentait la naphtaline ?

Le jour prévu pour l'opération de la cataracte de Randolph, Drake passa voir Tessa dans son bureau.

— Lui as-tu annoncé tes problèmes d'hyperthyroïdie ? demanda-t-il.

— Non. Il ne sait rien. Je n'ai pas envie qu'il s'inquiète.

— Je comprends. De toute façon, laissons le temps aux

médicaments d'agir. Si tu dois te faire opérer, tu l'informeras à ce moment-là. Mais si les médicaments suffisent à régler le problème, ce ne sera même pas nécessaire.

— Nous saurons d'ici deux ou trois semaines, n'est-ce pas ?

— Oui.

— Je voulais inviter Randolph quelques jours à la maison après son intervention, dit-elle, entre autres pour m'assurer qu'il prend bien ses médicaments. Mais sa voisine lui a proposé de s'occuper de lui. Je pense que c'est une meilleure solution, car elle ne travaille plus. Elle sera là toute la journée et a même proposé de lui préparer ses repas. Je pourrai passer le voir le soir, avec Lily, en rentrant de chez Lizzie.

— Comment était le père de Lily, physiquement ? demanda-t-il.

— Sur les photos que j'ai vues, il était plutôt grand, brun, les yeux noisette. Pourquoi me poses-tu cette question ?

— Par curiosité... Lui arrive-t-il de réclamer ses parents ?

— Au début, oui. Mais plus maintenant. J'ai l'impression qu'elle adorait son père. C'est difficile d'entretenir le lien avec eux, comme je ne les connaissais pas. En tout cas, je me fais appeler mamounette, pour qu'elle n'oublie pas sa vraie maman, la fille de Randolph.

— Je vois, répondit-il, l'air pensif.

Puis il jeta un coup d'œil à l'horloge murale.

— Il ne va pas tarder. Il faut que j'y aille. Une dernière chose : ce week-end, j'ai envie de participer au pique-nique. Peux-tu m'inscrire et me réserver une place dans un bus ?

Il se dirigea vers la porte.

— Si cela pose problème, je peux prendre mon vélo et pédaler derrière.

Ne lui laissant pas le temps de répondre, il sortit. Elle sourit en imaginant la tête du directeur de l'hôpital découvrant l'un de ses pontes à bicyclette derrière un bus.

Mais quelles étaient vraiment les intentions de Drake ? Après ce baiser dans la roseraie…

Venait-il au pique-nique pour passer du temps avec elle ? Et avec Lily ?

Elle avait été claire avec lui, et il n'appréciait pas particulièrement les enfants. Peut-être avait-il simplement envie d'une journée au grand air.

Quoi qu'il en soit, elle n'avait pas changé d'avis sur la question. Sa vie personnelle était parfaite et il n'en faisait pas partie.

5.

Après l'opération de Randolph, Drake se rendit dans son bureau. Un mot était posé sur sa table de travail.

« Avec les compliments des organisateurs du pique-nique. Un siège vous a été réservé à côté du président dans le premier bus. »

Il sourit. Il aurait préféré être assis à côté de Tessa plutôt que de quelqu'un qui allait parler travail pendant tout le trajet. Elle se montrait plus maligne que lui.

Le samedi matin, il gagna le parking de l'hôpital sous un soleil qui annonçait une chaude journée. Tessa et Lily étaient déjà là, dans leurs robes d'été assorties.

Il soupira à l'idée de rejoindre le président du conseil d'administration, déjà installé dans le premier bus. Mais Lily, qui l'avait vu arriver, courut à sa rencontre, entraînant sa mère derrière elle.

— Merci de m'avoir collé à côté du président, dit-il sur un ton ironique.

— Cela me paraissait le plus approprié, répondit-elle platement.

— Pour toi, peut-être, dit-il en caressant les boucles brunes de Lily qui levait la tête vers lui. Tessa, combien de temps cela va-t-il encore durer ? J'ai compris le message. Tu ne veux plus me voir parce que je me suis mal comporté vis-à-vis de toi. J'ai été inconséquent, égoïste, je suis parti du jour au lendemain, mais, de ton côté, tu n'as rien fait pour me retenir.

— Tu as raison. Je ne t'ai pas retenu parce que nous avions un accord, selon lequel notre relation n'impliquait aucun engagement sérieux. Qu'étais-je censée dire ? Tu as accepté ce poste sans te poser de questions, comme si je n'existais pas.

Elle s'interrompit brusquement, se rappelant où ils se trouvaient. Une infirmière courait vers le bus avec ses enfants.

— Voici les derniers passagers, Drake. Si tu veux bien regagner ta place, les chauffeurs attendent mon signal pour partir.

— Bien sûr, dit-il en s'exécutant.

Elle le regarda s'éloigner. Il fallait vraiment qu'elle soit folle pour refuser qu'il fasse de nouveau partie de sa vie, si c'était ce qu'il avait en tête.

Son ambition et sa carrière l'avaient éloigné d'elle, sans qu'il se demande si elle avait envie d'une relation à distance. Il n'avait pas manifesté le moindre regret à l'idée que leur histoire se termine. Rien ne pourrait apaiser cette douleur.

Lily tendit la main pour l'entraîner vers le même bus que Drake. Elle secoua la tête et la prit dans ses bras pour monter dans l'autre bus.

Une fois tout le monde installé, les bus se mirent en route, pour une belle journée d'été à la campagne.

— Alors, comment se sont passées ces premières semaines à l'hôpital Les Horizons ? demanda le président à Drake. Vous n'avez pas de regrets ?

— Non, aucun regret, répondit-il, pensant à Tessa et à Lily.

Non, il ne regrettait pas les longues nuits au bloc ni les cabinets bondés de patients en souffrance priant pour que leurs yeux guérissent.

Dans la semaine, cependant, il avait reçu en consultation une femme dont la vision était entravée par un vaisseau bouché à l'arrière de l'œil. Elle avait également une cataracte, qui devait être opérée avant qu'il puisse se prononcer sur ses chances de recouvrer une vue normale. Le risque était grand qu'elle perde la vue mais elle s'était fait une raison et avait accepté de le courir.

Finalement, elle avait eu de la chance. Lorsque son pansement avait été ôté, après l'opération, elle avait crié de joie : elle voyait.

Drake se carra dans son siège. Si sa vie privée ne lui apportait pas de grandes satisfactions, au moins ce genre de miracle lui donnait-il de bonnes raisons de continuer à avancer et à se perfectionner dans son métier.

— Et la maison ? demanda le président.

— Elle est très belle, dit-il, mais je pense chercher un autre logement dès que je pourrai, moins grand et plus moderne.

— Je comprends. Tout seul dans cette immense maison…

L'image de Lily et Tessa traversa de nouveau l'esprit de Drake. Pourquoi repassait-elle en boucle ? Tessa ne voulait pas de lui et Lily n'était pas sa fille. Lui qui ne se voyait pas fonder une famille, pourquoi irait-il prendre la responsabilité de celle d'un autre ?

Le pique-nique devait avoir lieu dans les jardins d'un hôtel, dans l'un des plus jolis villages des environs. Lorsque Tessa descendit du bus, elle ne put réprimer un gémissement. Drake les attendait manifestement pour entrer.

Comment allait-elle pouvoir se concentrer sur sa mission d'organisatrice en chef si son attention était sans arrêt captée par sa présence ? Et Lily ? Allait-elle lui sauter au cou, comme chaque fois qu'il apparaissait dans son champ de vision ?

— Si tu as du travail, je peux garder Lily, dit-il comme s'il avait lu dans ses pensées.

Lily ne se le fit pas dire deux fois et lui prit la main.

Tessa pouvait-elle refuser ?

Elle hocha la tête et se dirigea vers le traiteur.

Après avoir vérifié que les paniers avaient été livrés, elle alla rejoindre Drake et Lily dans l'aire de jeux pour enfants, où il poussait la balançoire pour elle. L'espace d'un instant, elle se prit à rêver à la famille qu'ils auraient pu former tous les trois, si la vie avait été différente.

— Tu es là ! dit Drake à Tessa. Tu viens t'assurer que je ne me suis pas enfui avec ta fille ?

— Je ne risquais pas de m'inquiéter pour cela. Je connais ton point de vue sur la vie de famille ! répondit-elle sur le même ton.

Il crut déceler une pointe d'amertume dans sa voix et il retint la boutade qu'il allait lancer.

Pendant qu'elle s'activait avec le traiteur, il avait emmené Lily jouer avec les autres enfants et, aussi incroyable que cela puisse paraître, il avait trouvé la maison de ses rêves ! Elle était là, de l'autre côté de la haie, en pierre, avec des fenêtres partout, une terrasse pour profiter du soleil et au moins cinq chambres, lui semblait-il. La construction n'était pas tout à fait terminée mais la maison était à vendre.

Il avait l'intention d'aller la voir de plus près, dès que Tessa récupérerait Lily. Les coordonnées des vendeurs ou de l'agence immobilière devaient figurer sur la pancarte « A vendre ».

Tessa eut l'air surpris de l'empressement avec lequel il lui tendit sa fille. Pensait-elle qu'il voulait se débarrasser d'elle, comme s'il se souvenait tout à coup de la raison pour laquelle il n'aimait pas les enfants ?

Lorsqu'elle disparut avec Lily dans la foule des pique-niqueurs, il prit le chemin de la maison. Un homme y faisait des travaux.

— Bonjour ! dit Drake. Je vois qu'elle est à vendre. Puis-je jeter un coup d'œil à l'intérieur ?

— Bien sûr. Vous voulez que je vous fasse visiter ?

— Avec plaisir, si vous ne l'avez pas encore vendue.

— Non, elle est toujours en vente. Mais… j'ai l'impression de vous connaître, non ?

— Peut-être, si vous êtes passé récemment par le service ophtalmologique des Horizons.

— C'est ça, répondit l'homme, étonné par la coïncidence. Ce n'était pas pour moi, mon fils s'est fait mal à l'œil en jouant au foot à l'école. C'est vous qui vous êtes occupé de lui. On a bien cru, avec sa mère, qu'il perdrait son œil, mais vous l'avez sauvé. Incroyable ! Combien de chances avait-il ? Si vous achetez cette maison, ce sera un honneur pour moi.

— C'est exactement la maison dont j'ai toujours rêvé, dit Drake. Si l'intérieur est aussi beau que l'extérieur, je signe tout de suite ! Je suis sûr que nous tomberons d'accord sur le prix.

— Venez ! répondit l'homme. Depuis combien de temps cherchez-vous ?

— C'est la première et peut-être la dernière maison que je visite. Je vous suis ! fit Drake, débordant d'enthousiasme.

A l'intérieur, la maison était aussi attrayante qu'à l'extérieur. Lorsque le vendeur lui annonça le prix qu'il en voulait, Drake jubila.

— Marché conclu, dit-il. Je vais vous donner les coordonnées de mon notaire. Dans combien de temps pensez-vous qu'elle sera habitable ?

— D'ici un mois, je dirais. Il manque encore quelques finitions. Vous me direz ce que vous en pensez, évidemment. Alors, marché conclu ?

Ils se serrèrent la main.

Puis Drake retourna vers les jardins du pique-nique. Tessa allait-elle lui demander où il était allé ? S'en souciait-elle, d'ailleurs ?

Il venait d'acheter une maison ! La dernière fois qu'il avait fait une folie de ce genre, c'était lorsqu'il avait frappé chez Tessa à l'aube, alors qu'il l'avait seulement saluée la veille au cours d'une réunion. Elle lui avait ouvert et ils avaient fait l'amour. Un moment merveilleux, comme tous ceux qui avaient suivi.

Puis ils avaient conclu cette sorte de pacte de non-engagement. A y repenser, il avait l'impression que l'idée venait plus de lui que d'elle. Cela lui avait permis d'accepter le poste qu'on lui proposait en Suisse, mais il avait payé le prix fort. Il avait eu trois années solitaires pour se rendre compte de son erreur.

Il était revenu au point de départ, à la différence près que, cette fois, elle ne voulait plus de lui. Elle avait un enfant, à présent.

Un enfant qui se sentait étrangement proche de lui et qui, encore plus étrangement, le charmait. Tessa faisait son possible pour maintenir une distance entre eux. Et, contre toute attente, cela le blessait.

Lorsqu'il les rejoignit, elles étaient en train de manger.

— Tout va bien ? demanda-t-il en s'approchant.

— Très bien, oui. Nous avons de la chance qu'il fasse si beau ! C'est une journée magnifique.

Pour lui aussi, la journée était magnifique. Il avait trouvé la maison de ses rêves et s'apprêtait à l'acheter. Mais vu sa situation, il risquait d'errer encore longtemps seul d'une pièce à l'autre, comme une âme en peine.

En fin d'après-midi, alors que tout le monde se dirigeait vers les bus pour rentrer à Glenminster, Drake marchait à côté de Tessa.

— J'ai parlé à Randolph à plusieurs reprises, je dois le revoir la semaine prochaine pour un bilan. Pour l'instant, il a l'air content de son opération, c'est un bon début.

— Oui, dit Tessa. Je suis passée le voir tous les jours. Sa voisine s'occupe tellement bien de lui, on dirait un vrai petit couple.

— Il n'est jamais trop tard, répondit-il d'un air entendu.

Mais elle ne releva pas.

Tandis qu'ils s'approchaient du premier bus, devant lequel se tenait le président, Lily tira Drake par la main.

— Je veux aller avec toi, dit-elle.

— Nous devons monter dans l'autre bus, dit Tessa.

Mais Lily ne bougeait pas.

— Elle peut venir avec nous, dit le président.

Le visage de Tessa s'assombrit soudain.

Drake se pencha vers Lily.

— Tu dois aller avec ta maman dans l'autre bus, dit-il. Mais on se retrouvera là-bas, à l'hôpital.

Il lui prit la main et la tendit à Tessa, avant de monter dans le bus.

Drake avait tenu parole et attendait sur le parking. En le voyant, Tessa sentit sa gorge se serrer. Elle pensa pêle-mêle à Lily qui avait perdu ses parents, à Drake qui remuait un passé qu'elle croyait avoir enterré et à elle qui était toujours aussi émue en le voyant. Comme au premier jour.

Comme toujours, Lily sauta dans les bras de Drake.

— Que comptez-vous faire, maintenant ? demanda-t-il en la soulevant. Voulez-vous vous coucher ? Aller dîner ? Venir visiter mon mausolée ?

— La première réponse était la bonne, dit-elle. La journée a été longue pour une petite fille de son âge.

— Je sais, dit-il en reposant Lily par terre. Tessa, avant que nous nous séparions, je veux simplement m'assurer d'une chose : j'espère que tu ne crois pas que j'encourage Lily à me sauter dans les bras. Je sais que cela ne te fait pas plaisir. Mais c'est vrai qu'elle vient toujours vers moi spontanément. Serait-il possible que je lui fasse penser à son père, d'une façon ou d'une autre ?

— Je ne sais pas. Je dois y aller. Nous en parlerons une autre fois.

— D'accord. Et appelle-moi si tu as besoin de quoi que ce soit.

Lily tendit la joue vers lui pour qu'il l'embrasse. Tessa détourna le regard. Se souvenait-il de l'époque où tous ses baisers étaient pour elle ?

Comme toujours, Tessa consacra son dimanche matin au ménage, l'après-midi aux jeux dans le parc. Dès qu'elle s'y fut assise, elle n'eut plus qu'une envie : que Drake arrive.

Elle l'ignorait, mais il avait effectivement eu l'intention de les rejoindre au parc, avant qu'on l'appelle en urgence au bloc à 8 heures du matin. Un jeune homme s'était grièvement blessé sur un chantier.

Les heures s'égrenèrent sans qu'il donne signe de vie et elle dut se raisonner : il n'avait pas promis de les rejoindre, elle n'avait donc pas à être déçue qu'il ne soit pas là.

En se regardant dans le miroir ce matin-là, elle n'avait pas constaté de changement dans la forme de son œil. Elle avait besoin d'être rassurée, et qui mieux que lui aurait pu le faire ?

C'était probablement la raison pour laquelle son absence lui fut si pénible. Au moins cela lui éviterait-il les allusions au banc sur lequel ils avaient fait l'amour.

Dès qu'il avait reçu l'appel d'urgence, Drake avait contacté les membres de son équipe de garde ce week-end-là. A son arrivée, tout le monde était déjà en place.

Une infirmière surveillait la tension du patient tandis qu'une autre lui tenait la main. Elle essayait de calmer le jeune homme pour qu'il ne bouge pas la tête pendant qu'on l'examinait.

L'assistant de Drake était jeune, intelligent, et il avait envie de marcher dans ses pas. Il observait le moindre de ses gestes, enregistrait tout ce qu'il disait. Malgré tout, la vue du patient allongé sur le brancard, les yeux en sang, l'avait fait blêmir pendant quelques secondes.

L'infirmière de bloc s'approcha et essuya le sang afin que Drake puisse scruter les yeux du malade avec l'ophtalmoscope. Une éventuelle déchirure de l'iris ou une rupture de la sclérotique pouvaient provoquer l'enfoncement du globe oculaire, voire la cécité.

— La rétine est déchirée à l'œil gauche, dit-il au patient après avoir examiné ses deux yeux. Mais la macula est toujours à sa place, ce qui est l'essentiel. En revanche, sur l'œil droit, la lésion n'est pas réparable, car la sclérotique s'est rompue.

Drake se redressa.

— Mais je vous promets que je ferai tout ce qui est en mon pouvoir pour que vous ne perdiez pas totalement la vue.

En fin d'après-midi, Drake appela Tessa.

— Que se passe-t-il ? demanda-t-elle, inquiète du ton de sa voix.

— Je viens d'opérer un jeune homme qui a eu un grave accident sur un chantier. Il a perdu un œil et j'ai essayé de sauver l'autre, dont la rétine était déchirée.

Il avait l'air éreinté.

— Tu as mangé ? demanda-t-elle.

— Non, pourquoi ?

— Tu veux passer ?

— Tu es sûre ?

— Oui.

— Alors je veux bien. A quelle heure ? 19 heures ? Je dois encore rédiger le compte rendu et voir la famille du jeune homme.

— Oui, 19 heures, c'est bien, dit-elle, puis elle raccrocha.

Qu'est-ce qui lui avait pris ? Avait-elle à ce point besoin d'être rassurée sur son propre état de santé ? Compatissait-elle parce qu'il n'avait pas réussi à sauver les deux yeux de son patient ?

Ou avait-elle simplement envie qu'il soit près d'elle ?

Drake frappa discrètement au carreau de la cuisine pour ne pas réveiller Lily au cas où elle serait endormie. Tessa était aux fourneaux.

— Humm ! Ça sent bon ! dit-il quand elle vint lui ouvrir la porte. Il y a longtemps que je n'ai pas fait un repas décent.

Il y avait encore plus longtemps qu'il n'avait pas fait autre chose de plus sensuel que manger. Mais l'image du jeune homme qu'il avait opéré chassa cette pensée. En dépit de tout son savoir-faire, il n'avait pas pu sauver son deuxième œil. Vu l'état dans lequel il était arrivé aux urgences, c'était déjà un miracle qu'il ne soit pas complètement aveugle.

— Il faut que je me lave les mains avant de passer à table.

— La salle de bains est là-haut, à côté de la chambre de Lily. Sois discret. Si elle sait que tu es là, elle va descendre aussitôt.

— Cela ne me déplairait pas, dit-il en riant.

— Moi, si, dit-elle. Et faire ami-ami avec elle n'entre pas vraiment dans le cadre de notre pacte sans engagement ni vie de famille.

— Pas plus que la responsabilité énorme que tu as prise d'élever un enfant toute seule, dit-il, soudain sérieux. Qu'est-ce qui t'a pris ?

— Si tu as faim, c'est prêt, dit-elle, ignorant sa question.

Il monta les marches en silence. En réalité, il enviait Tessa, sa vie et sa maternité plus encore qu'il ne l'aurait imaginé.

L'image de sa future maison s'imposa à lui. Pourvu qu'il ne s'y sente pas aussi seul, aussi perdu qu'il se sentait dans sa grande maison actuelle. Comme il aurait aimé que Tessa et Lily viennent y vivre avec lui ! Mais Tessa avait l'air de se plaire là où elle était. Et rien dans son attitude ne prouvait non plus qu'elle ait envie de se rapprocher de lui.

*
* *

Lorsque Drake revint de la salle de bains et prit place à table, Tessa sentit qu'ils avaient franchi une nouvelle étape. Ou du moins qu'*elle* en avait franchi une en l'invitant à dîner. Cela se confirma lorsqu'il décida qu'il irait passer la nuit à l'hôtel pour ne pas avoir à rentrer dans son mausolée empestant la naphtaline.

— J'ai une chambre d'amis, répondit-elle à sa propre surprise. Ce n'est pas la peine de partir à la recherche d'un hôtel maintenant, après la journée que tu as passée. Le lit est toujours fait, au cas où.

— Au cas où un invité de dernière minute débarque ? Il y en a beaucoup ?

— Oui, c'est un vrai défilé ! dit-elle en riant.

— Ne sois pas ironique, dit-il. A moins que ce soit la vérité ?

— Je te laisse en décider tout seul. Alors, tu veux rester ?

Il hésita. Allait-il résister à la tentation, s'il savait qu'elle dormait à quelques mètres de lui ? Mais avait-il le choix ? Elle l'hébergeait pour lui rendre service, mais elle n'était pas prête à lui faire une place dans sa nouvelle vie, autre que celle de collègue et d'ami.

Ce n'était pas avec un homme qu'elle avait refait sa vie, mais avec un enfant. Une petite fille aux boucles brunes qui l'avait accueilli, sagement assise sur les marches.

Quelle surprise !

Pourtant, l'idée que Tessa et Lily fassent partie de sa vie lui était de plus en plus familière, même s'il ne comprenait pas d'où elle avait pu surgir.

Après le repas, Tessa rapporta les assiettes dans la cuisine. Elle n'entendit pas Drake arriver derrière elle, jusqu'à ce qu'elle sente sa bouche se poser sur sa nuque. Elle tressaillit et se retourna. Il ouvrit les bras et les referma autour d'elle. Incapable de résister, elle se laissa aller à la douceur de son étreinte.

Si Lily ne s'était pas mise à pleurer à l'étage, elle aurait eu l'impression que le temps s'était arrêté et que Drake venait de s'inviter dans son appartement à 6 heures du matin, comme il l'avait fait des années auparavant.

Mais les années avaient passé.

Elle se dégagea. Elle n'était plus la jeune femme libre et insouciante qu'elle était à l'époque. Elle avait un enfant, une magnifique petite fille qui dépendait entièrement d'elle. Renouer une relation amoureuse avec Drake ne faisait aucunement partie de ses projets.

Les pleurs se firent plus forts. Elle se dirigea vers l'escalier.

— Je pense qu'il vaut mieux que tu rentres, Drake. En ce moment, elle fait des cauchemars. Elle a peur, mais sans savoir de quoi. Dans ces cas-là, je la prends dans mes bras et je la berce jusqu'à ce qu'elle se rendorme.

Elle gravit quelques marches puis s'arrêta.

— J'ai oublié, l'espace d'un instant, que j'avais des responsabilités à assumer. Je ne sais pas ce qui m'a pris de te proposer de passer la nuit ici. Je suis désolée.

Elle se retourna et fila vers la chambre de Lily.

Les jours, les semaines et les mois qui avaient suivi le départ de Drake pour la Suisse avaient été les pires de toute son existence. A présent, elle goûtait à la douceur de contempler le petit être qui se rendormait dans ses bras, ses longs cils noirs se détachant sur ses joues roses. C'était Lily qui lui avait fait oublier sa tristesse, en lui apportant l'équilibre dans lequel elles vivaient désormais, depuis qu'elles avaient pansé leurs plaies.

La présence de Drake dans l'intimité de sa maison avait fait resurgir un désir qu'elle croyait avoir enseveli depuis longtemps. Lorsqu'elle avait senti ses lèvres sur sa nuque, toutes ses résistances s'étaient évanouies comme par enchantement. Mais les pleurs de sa fille l'avaient ramenée à la raison avant qu'il soit trop tard.

Elle reposa doucement Lily dans son lit, tira la couette sur son petit corps endormi et sortit de la chambre en laissant la porte grande ouverte, au cas où elle se remettrait à pleurer.

Drake referma la porte derrière lui et reprit à contrecœur la direction de la grande maison. Quelle émotion d'avoir serré Tessa dans ses bras ! Elle ne l'avait pas rejeté, jusqu'à ce que sa fille se manifeste. Alors elle lui avait bien fait comprendre que Lily était sa priorité. Comme s'il ne le savait pas déjà !

De retour chez lui, il était trop nerveux pour aller se coucher. Les événements de la soirée se bousculaient dans sa tête : le repas que Tessa lui avait préparé, son invitation à dormir chez elle, leurs deux corps serrés l'un contre l'autre dans la cuisine…

Il ne s'était pas attendu à ce qu'elle l'invite, ne serait-ce qu'à dîner. Elle s'était montrée si distante depuis qu'ils s'étaient revus ! La réaction qu'elle avait eue lorsqu'il l'avait embrassée dans le cou l'avait plus surpris encore. Comment aurait-il pu imaginer qu'elle se retourne pour se blottir dans ses bras ?

Mais cela n'avait duré que quelques instants. Lily s'était réveillée et Tessa l'avait prié de rentrer chez lui.

Les barrières n'étaient pas faciles à faire tomber.

Il aurait pu monter avec elle dans la chambre de Lily, la consoler, la recoucher. Au lieu de cela, elle lui avait demandé de partir sur-le-champ et, avant qu'il comprenne ce qui lui arrivait, il était en chemin pour chez lui.

Il avait rêvé de l'emmener au théâtre ou au restaurant, mais, après ce qui venait de se passer, il doutait qu'elle accepte une invitation de sa part. Quel idiot !

Elle lui avait déjà dit qu'elle ne sortait pas et n'aimait pas laisser sa fille, même à ses amis.

Il était évident que, pour elle, ce baiser dans la cuisine

n'avait pas d'autre sens qu'un moment d'égarement qui ne se reproduirait pas.

Quelle étrange journée, tout en montagnes russes ! Après avoir sauvé l'œil d'un pauvre homme qui aurait dû être aveugle, il avait été accueilli par Tessa. Il avait failli se perdre dans ses bras mais la réalité l'avait tiré de sa torpeur.

Il fallait se faire une raison : plus jamais il ne serait une priorité dans la vie de Tessa. Il ne ferait peut-être même plus partie de sa vie du tout.

Le lendemain matin, sur le chemin de l'hôpital, Tessa s'arrêta chez Drake, espérant lui parler avant qu'il soit happé par la frénésie de sa journée de travail.

Il ouvrit la porte, l'air surpris.

— Drake, je suis désolée que tu aies eu à dormir ici, dit-elle d'une voix hésitante, manifestement gênée. Mais j'étais préoccupée par Lily et ses cauchemars. Elle est toute petite et a déjà subi tellement de traumatismes !

— Tu n'as pas pensé un instant que je pouvais t'aider ? demanda-t-il d'un ton brusque. Tu sais, je suis capable de m'occuper d'un enfant et Lily commence à bien me connaître.

— Je ne te l'ai pas demandé parce que j'étais encore dans l'émotion de ce qui venait de se passer entre nous quand elle s'est mise à pleurer. Je ne voulais pas tout mélanger.

— Je comprends, dit-il, jetant un coup d'œil à sa montre. Je dois être au bloc dans cinq minutes, il faut que j'y aille.

Refermant la porte derrière lui, il prit la direction de l'hôpital sans se demander si elle le suivait.

Elle le regarda s'éloigner, troublée. En fait, ce qui s'était passé la veille dans la cuisine l'avait touchée bien plus profondément qu'elle ne l'aurait imaginé. Contre toute attente, l'idée de le laisser faire partie de sa vie lui semblait de moins en moins incongrue.

Drake se changea dans les vestiaires du bloc. Il aurait dû se montrer moins brusque avec Tessa. Elle avait fait l'effort de venir frapper à sa porte pour évoquer ce qui s'était passé la veille.

Mais le sentiment de désirer une chose qu'il n'aurait jamais ne le quittait pas.

Que faire ?

Lorsque Tessa entra dans son bureau, Jennifer était déjà là. Le prochain événement qu'elles organisaient était une soirée pour les cadres de l'hôpital.

Le pique-nique avait permis aux familles des employés de se rencontrer et de passer du bon temps ensemble. Cette fois, les membres du personnel étaient invités avec leurs conjoints à une soirée dansante sur une péniche.

En tant qu'organisatrice de l'événement, Tessa s'était arrangée pour que Lily passe la nuit chez Lizzie et Daniel. Elle avait un peu hésité à la leur laisser alors qu'ils la gardaient déjà toute la semaine, mais ils avaient insisté. Quant à Drake, il ne faisait aucun doute qu'il arriverait à la soirée en costume, beau comme un dieu, pendant qu'elle croulerait sous les problèmes logistiques qui ne manqueraient pas de se poser.

Elle avait invité Drake à dîner et à dormir chez elle lorsqu'elle avait compris à quel point sa journée avait été harassante. Elle avait été touchée qu'il ait, à l'issue d'une longue matinée au bloc, sauvé l'œil de ce garçon. Elle avait eu envie de faire un geste dans sa direction.

Mais elle avait failli à la promesse qu'elle s'était faite de ne pas se trouver seule avec lui en dehors des heures de travail. Aussi, quand elle avait entendu Lily pleurer, avait-elle utilisé ce prétexte pour se débarrasser de lui, simplement parce qu'elle s'était sentie coupable et honteuse de n'avoir pas respecté sa promesse.

Qu'en avait-il pensé sur le moment ? Probablement qu'elle dépassait les bornes. Quoi qu'il en fût, il s'était exécuté sans protester.

Mais à présent, elle comprenait qu'elle l'avait offensé. Il était désormais brusque et distant avec elle.

Mais elle devait se mettre au travail, plutôt que de se torturer l'esprit.

Jennifer et elle avaient rendez-vous avec le gérant de la péniche afin de décider des menus et de la décoration du lieu, ainsi que du plan de table.

Lorsqu'elles revinrent à l'hôpital, vers midi, Tessa trouva un mot de Drake lui demandant si elle était disponible à 16 heures. Il souhaitait examiner son œil et faire le bilan de ces premiers jours de médication.

Elle frémit. Elle savait ce qui l'attendait si les médicaments ne résolvaient pas le problème. Sa seule consolation était de se faire opérer par le meilleur chirurgien de sa spécialité.

Mais elle ne pouvait s'empêcher de penser à Lily et de prier pour qu'aucune complication ne survienne. A part Randolph, la petite fille n'avait plus qu'elle. Il fallait qu'elle soit là pour elle, quoi qu'il arrive.

Elle était prête à tout pardonner à Drake si elle avait la certitude que tout se passerait bien.

Lorsque Tessa entra dans le bureau de Drake, à 16 heures pile, il était au téléphone. Le propriétaire de sa future maison voulait son avis sur les finitions de l'une des pièces.

Il raccrocha et scruta le visage de Tessa. Contrairement à lui, elle ne semblait éprouver aucune joie. Seulement de l'angoisse et de l'impatience.

— Je t'ai fait venir pour examiner ton œil. Il est encore

tôt pour juger de l'effet des médicaments, mais mieux vaut suivre l'évolution de la situation de près, quand on peut.

En réalité, il ne l'avait pas convoquée exclusivement pour des raisons médicales. Après l'échange qu'ils avaient eu le matin même sur le pas de sa porte, il voulait se racheter en se montrant plus aimable.

6.

Drake examinait Tessa, le menton posé sur le support du réfractomètre à quelques centimètres de lui. Son cœur se serra. Jamais plus il n'aurait l'occasion de se tenir si près d'elle.

— Comment va ton œil ? As-tu l'impression que la pression a diminué ? demanda-t-il une fois l'examen terminé.

— Un peu, peut-être, dit-elle d'une voix hésitante.

— Bon. Pour le moment, je n'observe pas de nette amélioration, mais c'est normal. Tu ne fais que commencer le traitement, ne t'inquiète pas.

— Ce n'est pas pour moi que je m'inquiète, c'est pour Lily. Elle n'a que son grand-père et moi, mais Randolph ne peut plus s'occuper d'elle. Il faut que je sois là, je ne peux pas me permettre de perdre la vue.

Il vint vers elle.

— Tessa, tu peux me faire confiance. C'est mon métier de sauver la vue des gens.

— Je sais. J'ai conscience de la chance que j'ai d'être suivie par toi. Mais qui me dit que tu ne vas pas encore partir au moment où j'aurai besoin de toi ?

— Quand je suis parti en Suisse, je n'ai laissé aucun de mes patients en plan en cours de traitement. Personne n'a eu à subir les conséquences de mon départ.

— A part moi… Mais cela ne comptait pas.

— Comment peux-tu affirmer une chose pareille ? Je t'ai toujours trouvée divinement belle et divinement intelligente.

Quand j'étais en Suisse, j'ai compris que j'avais laissé mon ambition gâcher tout ce que nous avions construit ensemble et je m'en suis mordu les doigts.

— Oh…, dit-elle, étonnée. Je ne savais pas que tu voyais les choses sous cet angle.

Elle s'interrompit, l'air pensif.

— Mais ce n'était pas une raison pour revenir à Glenminster et faire de nouveau voler en éclats la vie dans laquelle j'ai investi toute mon énergie.

— Je n'ai jamais eu l'intention de faire voler ta vie en éclats, Tessa. J'adore Glenminster et, quand on m'a proposé ce poste aux Horizons, je n'ai pas pu refuser l'occasion de revenir là où se trouvent mes racines.

Il jeta un coup d'œil à l'horloge murale.

— J'ai une consultation dans cinq minutes. Mais avant de quitter cette pièce, promets-moi de me faire confiance. Je vais tout faire pour que tes yeux guérissent.

— Bien sûr que j'ai confiance en tes qualités de médecin.

— Au fait, tu vas au dîner sur la péniche, samedi ?

— Oui. Lily dormira chez Lizzie et Daniel.

— Voudras-tu me réserver une danse ?

— Ce ne sera pas possible. Je vais être prise toute la soirée.

— Ah ? Tu es très demandée !

— En effet.

Avant qu'il puisse ajouter quoi que ce fût, elle était sortie de son bureau.

Le samedi, en fin d'après-midi, Tessa emmena comme prévu Lily chez Lizzie. Elle avait mis le tailleur bleu marine qu'elle portait pour travailler.

— Tu es obligée de t'habiller comme ça ? demanda Lizzie. Tu serais mieux dans une jolie robe de soirée. Surtout maintenant que tu sais qu'*il* sera là.

— Le personnel qui organise l'événement doit être

en tenue de travail. C'est le règlement. De toute façon, la personne en question sera bien trop occupée avec son fan-club pour daigner adresser la parole au personnel de service.

Lily rejoignit les jumeaux pour jouer et Tessa finit par s'en aller, à contrecœur.

Elle n'avait pas très envie de cette soirée au bord de la rivière, elle croiserait forcément Drake, qu'elle n'avait pas revu depuis qu'il avait examiné son œil.

Elle n'avait surtout pas envie qu'il la voie dans cette tenue, alors qu'elle avait laissé entendre qu'elle serait la femme la plus convoitée de la soirée et que son carnet de bal était plein.

Jennifer était déjà sur place. Tessa aussi voulait avoir le temps de maîtriser la soirée sous tous ses aspects, à commencer par ses propres émotions.

Mais ses espoirs volèrent en éclats dès son arrivée sur la péniche. Le chef avait eu un accident de moto en venant travailler et le gérant de la péniche était parti en week-end. La logistique, qui à ce stade aurait dû n'être que du détail, consista donc à sortir les cuisines du chaos. Tessa prit la relève du chef absent avec les deux seconds, et Jennifer finit d'installer la salle avec le personnel du bar.

Tessa troqua donc sa veste de tailleur pour un long tablier blanc et enfila un calot, prête à exécuter les ordres des deux cuisiniers et priant pour que tout soit prêt à temps.

Drake avait dit qu'elle allait être *très demandée.* S'il l'avait vue ! Elle ne risquait pas d'aller danser, ce serait tout juste si elle verrait la couleur de la piste de danse !

Assis au volant de sa voiture, en costume de soirée, un petit bouquet de roses et de muguet posé sur le siège arrière, Drake avait décidé d'arriver tôt à la soirée pour avoir une chance d'échanger quelques mots avec Tessa avant qu'elle soit trop occupée. Lorsqu'il se gara près de la rivière, il se réjouit de voir que sa voiture était là.

Il entra dans la péniche. Jennifer vint à sa rencontre et, lorsqu'il demanda si Tessa était là, elle lui indiqua les cuisines. Poussant les portes battantes, il s'immobilisa face à la scène qu'il avait sous les yeux.

— Que se passe-t-il ? demanda-t-il, le souffle coupé.

Vêtue d'un grand tablier et d'un calot blancs, Tessa était penchée, un couteau à la main, au-dessus d'un rôti qui, manifestement, sortait tout juste du four. Elle se retourna.

— Le chef est à l'hôpital, il a eu un accident en venant ici à moto, dit-elle comme si cela suffisait à expliquer sa présence dans les cuisines où l'activité battait son plein.

— Mais qu'est-ce que tu fais là ? bredouilla-t-il.

— Je suis venue donner un coup de main. Heureusement, le coup de feu est passé. Finalement, nous serons dans les temps.

— Mais pourquoi toi ? Il n'y a pas de responsable ?

— Si, justement, c'est moi. Jennifer et moi avons organisé cette soirée.

— Je vois… Je comprends mieux pourquoi tu disais que tu serais très prise.

— Et encore, je n'avais pas imaginé que le chef serait à l'hôpital et le gérant en week-end ! dit-elle, souriant malgré tout.

Elle ôta le calot et le tablier, remit la veste de son tailleur de travail, et vint vers lui.

Il lui tendit le petit bouquet.

— Tiens, c'est pour toi.

Puis il retourna dans la salle de restaurant, où les invités commençaient à affluer.

Le groupe de musiciens s'installa sur la petite scène prévue à cet effet, et Drake fut une fois encore étonné par Tessa. Elle prit le micro pour inviter les hôtes à danser et annoncer que le dîner serait servi dans une demi-heure. Elle avait accroché le petit bouquet au revers de sa veste.

Il se pencha sur un menu et, lorsqu'il leva les yeux, elle se tenait là, devant lui, un large sourire sur les lèvres.

— M'accorderiez-vous cette danse ? demanda-t-elle, le bras tendu vers lui.

— Avec plaisir ! Mais... Tu n'as pas des choses à faire ?

— J'ai fait ce qu'il fallait faire, répondit-elle. J'ai couru toute la journée et je viens de passer deux heures aux fourneaux, je mérite bien une petite pause !

— Tu as raison. Mais as-tu changé d'avis ?

— A quel propos ?

— Je vais être obligé de te toucher, si nous dansons ensemble, dit-il d'un air entendu.

— Ce sera une exception.

Elle lui rendit son sourire. Elle avait beau être en tailleur, comme tous les jours à l'hôpital, elle était magnifique.

— Alors allons-y ! Je t'en prie..., dit-il en lui ouvrant les bras.

Sans se faire prier, elle se blottit contre lui, à la grande surprise des personnes qui se trouvaient près d'eux.

Ils effectuèrent quelques pas de danse, collés l'un à l'autre. Quel bonheur de sentir son corps contre le sien ! Pendant combien de temps avait-il rêvé de ce moment ?

Mais le rêve ne dura que quelques minutes.

Tessa tourna brusquement la tête et se raidit.

— Daniel est là ! dit-elle. Il a dû arriver quelque chose à Lily !

— Viens, allons voir, dit-il en la prenant par la main.

Ils traversèrent la salle à la hâte.

— Que se passe-t-il ? demanda Tessa, anxieuse.

— Lily est tombée d'une chaise avec un sifflet dans la bouche. Elle s'est fait mal, répondit Daniel. Lizzie l'a emmenée aux urgences avec les garçons. Viens, Tessa, je t'emmène.

— Je viens avec vous, dit Drake.

Ils montèrent tous les trois dans la voiture de Daniel. Tessa, le visage blême, se tenait serrée contre Drake.

Quelle responsabilité que celle d'un enfant ! Jamais jusqu'à présent il n'avait eu envie de l'assumer. C'était seulement lorsqu'il avait fait la connaissance de cette adorable petite fille brune, qui ne perdait pas une occasion de lui témoigner son intérêt, qu'il avait entrevu la possibilité de changer d'avis un jour.

Mais c'était une autre affaire lorsque des accidents domestiques se produisaient et que la santé de ces êtres chers et vulnérables était en jeu.

Lorsqu'ils arrivèrent à l'hôpital, Lizzie était à l'accueil avec Lily et ses deux garçons. La petite fille pleurait, alors qu'un médecin tentait d'évaluer les dommages à l'intérieur de sa bouche. Vu les circonstances, c'était une entreprise compliquée.

— Ah, vous êtes là, dit le médecin à Tessa. Venez ! Essayez de la calmer, que je puisse l'examiner plus facilement. Je pense qu'elle s'est déchiré le palais. Avec un peu de chance, la blessure se résorbera toute seule pendant son sommeil, j'ai déjà vu cela se produire.

Il s'éloigna en promettant de revenir très vite.

Depuis leur arrivée à l'hôpital, Drake était resté discret. En voyant Tessa serrer Lily dans ses bras, il sentit son cœur se serrer. Tessa n'avait pas besoin de lui et ne tenait sans doute pas à ce qu'il soit là.

Ils avaient partagé un moment d'intimité sur la piste de danse, mais la nouvelle de l'accident de Lily avait rompu le charme.

Il aurait pu inspecter lui-même la bouche de la fillette, qui le connaissait et semblait l'apprécier. Mais Tessa le laisserait-elle faire, après l'avoir chassé de chez elle quand Lily s'était réveillée en pleurs ? De toute évidence, elle ne le jugeait pas digne de s'occuper de sa fille.

Mais voir Lily pleurer et souffrir était insupportable. Il ne pouvait pas rester là, les bras ballants.

— Est-ce que tu veux que j'examine sa bouche ? demanda-t-il. Elle sera peut-être d'accord pour me montrer où elle a mal ?

— Oui, bien sûr, répondit Tessa, contre toute attente.

Son visage avait une expression désespérée. De toute évidence, la proposition la soulagea.

Lily le regarda et cessa aussitôt de pleurer. Lorsqu'il tendit les bras, elle se pencha vers lui. Elle eut un petit gémissement lorsqu'il la prit dans ses bras, mais ne se remit pas à pleurer.

— Tu veux bien ouvrir la bouche pour me montrer où tu as mal ? demanda-t-il.

Lily le regarda en hoquetant, puis ouvrit la bouche.

Lorsque le médecin revint quelques minutes plus tard, il regarda avec étonnement la petite patiente coopérant avec le Dr Drake Melford.

— Je pense que vous avez raison, lui dit Drake. Le palais a des chances de se refermer pendant son sommeil.

— Alors il est préférable de ne rien faire et d'essayer cette solution, plus confortable et moins stressante pour elle. Merci, je suis très content que vous m'ayez donné votre avis.

Il se tourna vers Tessa.

— Si vous êtes d'accord, je vais appeler le service de pédiatrie, on va lui donner un lit pour la nuit. Nous la réexaminerons demain et déciderons des soins à donner par la suite.

Il les salua et retourna vaquer à ses nombreuses autres occupations.

Lizzie poussa un énorme soupir.

— Ouf ! J'avais peur qu'il ne faille l'opérer. Je suis désolée de ce qui s'est passé, mais soulagée que ce soit moins grave que c'en avait l'air.

Elle caressa la main de Lily, qui était toujours dans les bras de Drake.

— Puisque le Dr Melford est là, je pense que nous allons vous laisser, Tessa. Nous allons ramener les garçons. Je t'appelle plus tard.

Lizzie et Daniel prirent congé et rentrèrent chez eux.

— Je vous accompagne en pédiatrie, puis je vous laisserai à mon tour, dit Drake. Je pense que tu m'as assez vu pour aujourd'hui. Appelle-moi demain matin pour me dire comment a évolué sa blessure. Si le palais s'est reformé comme prévu et qu'elle peut rentrer, je viendrai vous chercher.

Tessa hocha la tête. Elle était épuisée, autant mentalement que physiquement. La journée avait été longue et fatigante. Après les préparatifs de la soirée dansante, elle avait passé des heures à s'agiter et à s'inquiéter dans la chaleur des cuisines de la péniche.

Le moment pendant lequel elle avait dansé avec Drake avait été magique. Pendant quelques minutes, elle s'était sentie libre et heureuse dans ses bras, jusqu'à ce que l'arrivée de Daniel les arrête net.

Heureusement que Drake était avec elle, ce soir ! Grâce à lui, elle avait eu quelques instants de répit — insouciants et si romantiques ! — dans sa folle journée, et un réconfort précieux depuis qu'elle avait appris que Lily s'était blessée. Il ne l'avait pas lâchée, et à présent, ils avançaient ensemble vers le service de pédiatrie.

Lorsqu'ils arrivèrent, Lily s'était endormie dans les bras de Drake. Une infirmière les conduisit dans une chambre et il déposa doucement la petite fille sur le lit. Tessa éprouva un intense sentiment de gratitude. Le cauchemar se terminait en douceur. Si le sort se montrait clément, Lily se réveillerait en bonne voie de guérison.

Elle aurait voulu demander à Drake de rester, mais s'abstint. Il s'était trouvé là quand elle avait eu besoin de lui. Que demander de plus ?

— Tu sais où me trouver, dit-il avec un sourire.

Il fit quelques pas puis s'arrêta.

— Je vis encore dans la naphtaline, mais plus pour longtemps. Cela va peut-être te paraître incroyable, mais je suis en train d'acheter une maison. J'espère pouvoir y entrer le plus vite possible.

Si elle avait été moins fatiguée, elle aurait posé des

questions, voulu des détails, mais elle se contenta de hocher la tête avec lassitude.

— J'espère que tu seras heureux dans ta nouvelle maison, dit-elle comme s'il s'agissait d'un détail. Si tu parles à Randolph, pour une raison ou pour une autre, puis-je te demander de ne pas mentionner ce qui est arrivé à Lily ce soir ?

— Evidemment ! répondit-il avant de tourner les talons.

Elle s'installa dans un fauteuil que lui avait trouvé le personnel de nuit, qui passa souvent voir comment Lily se portait. Les heures s'égrenèrent ainsi et, entre deux assoupissements, Tessa eut le temps de réfléchir à ce que Drake lui avait dit avant de partir.

Il achetait une maison !

Pouvait-il avoir changé à ce point ?

Elle-même avait changé. La vie sans famille ni prêt immobilier était loin derrière elle. Certes, elle avait adopté l'enfant d'une autre et sa maison n'était pas un château, mais cela lui convenait parfaitement.

Du moins jusqu'à ce que Drake vienne ébranler son univers et ses certitudes.

Les instants passés dans ses bras sur la piste de danse avaient été tels qu'elle se les était imaginés. Ils avaient fait remonter des souvenirs d'une époque révolue, dans lesquels elle se serait prélassée toute la nuit si l'accident de Lily ne les avait pas interrompus.

Elle n'avait pas pris la mesure de la nouvelle qu'il lui avait donnée au sujet de sa maison. Mais maintenant qu'elle était seule auprès de sa fillette endormie, dans cette chambre plongée dans l'obscurité, les questions fusaient. Malheureusement, il n'était plus là.

Où se trouvait la maison qu'il voulait acheter ? De quel genre de maison s'agissait-il ? Et surtout, pourquoi investissait-il dans l'immobilier ?

Peut-être avait-il franchi le pas parce qu'il aimait Glenminster, comme il le lui avait dit, et qu'il voulait renouer avec ses racines. S'il avait acheté dans la région, cela signifiait-il qu'il comptait s'y installer et y rester ?

Comment réagirait-elle si c'était effectivement le cas ? Pourrait-elle vivre tranquillement si Drake habitait à Glenminster et travaillait aux Horizons pour le restant de ses jours ?

Lily eut un petit gémissement, s'étira et entrouvrit les yeux.

— De l'eau, mamounette, dit-elle d'une voix faible.

Tessa se pencha vers elle pour la faire boire.

— J'ai faim, dit Lily après avoir vidé le verre.

L'infirmière qui entra à ce moment-là lui expliqua qu'elle ne pouvait pas manger jusqu'au lendemain.

— Jusqu'à ce que le docteur examine ta bouche, demain matin. Mais tu peux boire autant que tu veux.

Drake était en pleine réflexion. Dans la voiture de Daniel, sur la route des urgences, il avait pris une décision.

Il avait essayé de rester en retrait et de laisser Tessa, ses amis et le médecin s'occuper du cas de Lily. Mais il avait ressenti un immense élan envers la petite fille et n'avait pas pu supporter de la voir souffrir sans rien faire. Il avait compris à quel point il tenait à elle.

Il était attaché à elle comme il l'était à Tessa. Il voulait que Tessa fasse de nouveau partie de sa vie, même s'il doutait qu'elle partage ses sentiments.

Mais il avait choisi le pire moment pour lui annoncer son intention d'acheter une maison. Elle l'avait écouté d'une oreille distraite, bouleversée qu'elle était par l'état de sa petite fille.

Il s'y était vraiment mal pris.

Le dimanche matin, Drake appela l'hôpital, prêt à sauter dans sa voiture au cas où les nouvelles seraient bonnes.

Tessa lui annonça que Lily avait dormi d'une traite, ne se

réveillant que pour boire de l'eau. Ce qu'ils avaient espéré s'était produit : son palais s'était refermé et les médecins l'autorisaient à rentrer chez elle, à condition qu'elle ne se nourrisse dans un premier temps que d'aliments liquides ou semi-liquides.

— C'est fantastique ! s'exclama Drake. J'arrive tout de suite !

— Ce n'est pas la peine, Drake. J'ai appelé un taxi, il nous attend dehors. Mais merci pour la proposition.

— Bon, très bien, dit-il, espérant avoir l'air plus détaché qu'il ne l'était.

En réalité, il se sentait rejeté et eut envie de hurler. De toute évidence, Tessa était de nouveau sur ses gardes.

Drake espérait-il que ce qui s'était passé la veille les avait rapprochés au point qu'il fasse partie de sa vie au quotidien ? Certes, il y avait toujours une alchimie entre eux, mais elle avait vécu sans lui pendant trois ans — presque quatre, désormais. Pourquoi cela aurait-il dû changer sous prétexte qu'il était revenu à Glenminster ?

Elle avança vers le taxi. Lily tourna la tête à gauche et à droite. Inutile de demander ce qu'elle, ou plutôt, *qui* elle cherchait. Drake avait été à son côté quand elle s'était endormie : pourquoi n'était-il pas là à son réveil ?

Drake prit sa voiture. Il avait besoin de réconfort. Il sortit de la ville et gagna le village où se trouvait la maison qu'il s'apprêtait à acheter. Il aurait tellement aimé y vivre un jour avec Tessa et Lily.

Cette pensée l'avait obsédé toute la nuit. Mais il avait suffi d'une phrase de Tessa pour rendre le rêve improbable.

Lorsqu'il se gara près de la maison, le propriétaire était perché sur une échelle. Drake contempla les belles pierres blondes de loin avant de s'approcher. Il avait l'impression que sa vie était en plein chaos mais, en regardant cette maison, il était certain de ne pas commettre d'erreur. C'était là, dans cette maison magnifique, qu'il allait passer le peu de temps libre que ses journées bien remplies lui laissaient.

Même s'il allait y vivre seul comme un chien.

— Ça n'a pas l'air d'aller bien fort, lui dit l'homme. Il y a quelque chose qui ne vous plaît pas ?

— Non ! Pas du tout. La maison est splendide. Dans combien de temps pensez-vous avoir fini les travaux ?

— D'ici trois semaines.

— Fini les vieux meubles et la naphtaline !

— C'est sûr ! Allez, venez, je vais vous montrer les dernières avancées.

Dans le taxi, Tessa sentit une boule se former dans sa gorge. Quand elle avait dit à Drake qu'elle prendrait un taxi, il n'avait pas réagi outre mesure. Il l'avait laissée faire, sans protester.

Quelle idiote elle était ! De quoi avait-elle peur ? Pourquoi craignait-elle à ce point qu'il fasse voler sa petite vie en éclats ?

Pourquoi refusait-elle de partager avec lui la joie que Lily aille bien ? C'était d'ailleurs en partie grâce à lui si Lily s'était laissé examiner tranquillement. Elle s'était calmée dès qu'elle l'avait vu et s'était même endormie dans ses bras. Lily appréciait Drake. Elle avait confiance en lui.

Tessa soupira. Pourquoi cela la gênait-il ?

Pourquoi avait-elle préféré prendre un taxi ?

On était dimanche, elle ne verrait pas Drake avant le lundi matin. Peut-être pourrait-elle aller le voir et le remercier pour tout ce qu'il avait fait pour Lily et elle ?

En attendant, elle allait passer la journée à préparer de la purée et de la compote pour sa fille.

*
* *

Le soir, alors que Lily dormait dans sa chambre, Tessa entendit le bruit d'une voiture qu'elle ne reconnut pas. Poussée par la curiosité, elle alla regarder par la fenêtre. Le cœur battant, elle vit Drake descendre du véhicule et se diriger vers la porte d'entrée.

— J'ai attendu que Lily soit couchée pour venir. Je ne voulais pas être plus intrusif que je ne l'ai été hier.

Elle le fit entrer, un peu gênée. Il avait été présent quand elle avait eu besoin de lui, c'était cela qu'il qualifiait d'intrusion ? Elle eut envie de se jeter à son cou et de lui dire qu'elle voulait qu'il revienne dans sa vie. Mais il prit la parole avant elle.

— Tu ne voulais pas que je vienne vous chercher, ce matin, alors j'ai passé la journée avec le propriétaire de la maison que je suis en train d'acheter. Et je suis allé chercher cette nouvelle voiture au garage.

— D'accord, dit-elle. Drake, je suis désolée. Je n'ai même pas relevé quand tu m'as dit que tu voulais acheter une maison. J'imagine que tu n'as pas envie de t'éterniser dans la grosse bâtisse ?

— C'est en partie cela, mais ce n'est pas la raison principale. En fait, je suis littéralement tombé amoureux de cette maison. Quand je l'ai vue, j'ai eu envie qu'elle soit à moi. Je crois que je suis en train de changer de point de vue sur pas mal de choses.

— Où est-elle, cette maison ? demanda-t-elle sans relever sa dernière remarque.

— Dans un village. Je devrai faire le trajet tous les jours, mais cela en vaut la peine. Bref. Je suis venu prendre des nouvelles de Lily. Comment va-t-elle ?

— Tout va bien, semble-t-il. Notre dimanche a été plus tranquille que le tien. Et je pourrai retourner travailler demain matin.

— Je suis content de l'entendre. Cela dit, tu pourrais prendre ta journée pour te remettre de ton week-end agité. L'hôpital peut bien se passer de toi quelques heures.

— Mon poste à l'hôpital est bien moins important que le tien, j'en ai bien conscience, répondit-elle sur un ton ironique. Mais je suis une mère qui travaille et je prends mes responsabilités très au sérieux.

— Je sais, et c'est une des raisons pour lesquelles je t'admire. Mais tu peux aussi accepter que l'on t'aide. Tout ce que tu as à faire, c'est demander. Mais maintenant que je suis rassuré sur l'état de Lily, je vais te laisser.

Elle n'eut pas le temps de trouver une repartie pour le retenir qu'il se dirigeait déjà vers sa voiture flambant neuve. Comment pouvait-elle résister à son charisme et sa virilité ? Ils transformaient ses jambes en coton et son cœur en plomb.

A l'étage, Lily gémit dans son sommeil. Lorsque Tessa entra dans sa chambre, l'ironie de la situation lui apparut, éclatante.

Lily aimait Drake et serait ravie qu'il fasse partie de sa vie. Elle, en revanche, avait peur de raviver la flamme d'un amour qui l'avait laissée meurtrie. Que faire ? Objectivement, le seul remède était d'éviter Drake autant que possible. Ce qui, vu les circonstances, était impossible.

A y bien réfléchir, elle ne pouvait pas lui reprocher de ne pas avoir respecté l'accord qu'ils avaient conclu à l'époque. C'était elle qui l'avait transgressé.

Les derniers rayons du soleil glissèrent derrière les collines, lui rappelant la dernière fois où ils avaient fait l'amour. Comme ce jour-là, son cœur se serra jusqu'à lui faire mal.

7.

Le lendemain, Tessa tenta d'inspecter la bouche de Lily avant d'aller la déposer chez Lizzie, comme n'importe quel matin. Mais sa fille était trop intéressée par le contenu de son assiette pour coopérer. Au moment où Tessa allait renoncer, le téléphone sonna.

— Bonjour, Tessa, dit Drake au bout de la ligne. Veux-tu que je passe examiner Lily avant que tu l'emmènes chez ton amie ? A moins que tu aies déjà inspecté sa bouche ?

Elle leva les yeux au ciel. Le chouchou de sa fille allait revenir ! Avec lui, Lily ouvrirait tout grand la bouche, sans se faire prier, petit déjeuner ou pas.

— Ce n'est pas faute d'avoir essayé, mais je n'y suis pas parvenue. Passe si tu peux. Je serai rassurée. Merci.

— Dans combien de temps partez-vous ?

— D'ici trois quarts d'heure.

— Parfait, j'arrive.

Elle qui voulait désormais l'éviter !

Mais que faire ? Elle ne pouvait pas lui reprocher de prendre soin de sa fille, même si cela mettait sa vie à elle sens dessus dessous.

— Tout a l'air d'aller bien, dit Drake à Tessa.

Dès qu'il le lui avait demandé, Lily avait ouvert grand la bouche pour qu'il examine son palais.

— Si tu veux, je peux même la déposer chez tes amis, pour t'épargner le trajet.

— C'est gentil, je vais m'en charger. Mais j'ai moi aussi une proposition à te faire.

Il la regarda en souriant.

— Laisse-moi deviner… Tu ne veux plus que je m'immisce dans ta vie ?

— Non, pas du tout. Je voulais simplement te proposer un petit déjeuner. Je ne suis pas sûre que tu aies eu le temps de manger avant de partir.

— C'est une proposition très tentante, mais il faut malheureusement que je file. Le temps de tout préparer…

— C'est déjà prêt, dit-elle. J'ai fait des œufs et du bacon. Le thé et les toasts seront chauds en quelques minutes. Assieds-toi.

— Tessa, pourquoi fais-tu tout cela alors que j'ai l'impression que tu ne veux pas de moi ?

— Je ne sais pas, dit-elle en posant une assiette devant lui. Soit je suis en train de faire n'importe quoi, soit c'est une manière de m'excuser pour la façon dont je me suis comportée hier.

— Hier ? fit-il sans comprendre.

— Oui, à propos du taxi.

— Ce n'est rien. Cela ne m'a pas empêché de passer une bonne journée, dit-il en repensant à sa jolie maison et en chassant sa crainte de s'y retrouver seul.

Il ne regretta pas le petit déjeuner, qu'il engloutit avec appétit. Il aurait aimé s'attarder et, pourquoi pas, passer la journée à lézarder avec Tessa. Mais le travail l'attendait.

— Dis-moi quand tu seras libre pour que j'examine ton œil, dit-il en se levant.

Elle haussa les épaules.

— Pas aujourd'hui, je vais avoir une journée chargée. J'ai laissé Jennifer en plan, l'autre soir, sur la péniche, et il faut que je fasse le point sur la soirée avec elle. Demain ?

— D'accord. Je t'appelle pour te proposer une heure. Mais surtout, ne te fais pas de souci.

Il dut déployer des efforts surhumains pour ne pas la prendre et la serrer dans ses bras, comme lorsqu'ils avaient dansé ensemble. Mais il n'avait pas envie d'essuyer une rebuffade de bon matin. La nouvelle Tessa était imprévisible et il avait besoin d'avoir les idées claires pour affronter la journée qui l'attendait à l'hôpital.

Il se pencha vers Lily et lui caressa la tête.

— Merci pour le petit déjeuner, dit-il en se redressant. A plus tard !

Il regagna sa voiture et démarra. Il était partagé entre le soulagement de ne plus être seul avec elle et l'inquiétude qu'il éprouvait au sujet de son état de santé.

En observant discrètement son œil, dans la cuisine, il ne lui avait pas semblé déceler de progrès significatif. Certes, il était trop tôt pour prendre la décision de l'opérer, mais, le cas échéant, il devrait la convaincre du bien-fondé de l'intervention.

Il comprenait son inquiétude au sujet de sa fille qui, à part Randolph, n'avait pas d'autre famille qu'elle. Mais peut-être cela cachait-il aussi la peur qu'il s'immisce encore davantage dans son existence.

Son attitude vis-à-vis de lui s'était assouplie, mais pas au point de vouloir reprendre la relation qu'ils avaient avant qu'il parte pour la Suisse. Il allait devoir agir avec délicatesse et faire son possible pour dissiper ses craintes.

Trop de questions restaient encore en suspens entre eux.

Les bâtiments de l'ancienne filature qui était devenue Les Horizons apparurent, avec, en fond, les collines qu'il aimait tant.

Tessa voudrait-elle un jour de lui ? Aurait-elle besoin de lui comme lui avait besoin d'elle ? S'illusionnait-il complètement en imaginant vivre un jour sous le même toit qu'elle ?

Il se gara. Dès qu'il pénétra dans l'hôpital, les préoccupations professionnelles balayèrent les questions d'ordre sentimental. Il passa la matinée en consultation, l'après-midi au bloc opératoire, et termina la journée avec Randolph. Il avait rendez-vous pour un bilan préopératoire, avant l'intervention sur sa seconde cataracte.

— Puis-je vous poser une question personnelle ? demanda Drake à la fin de la consultation.

— Bien sûr ! répondit chaleureusement le vieil homme.

L'affection que Drake avait pour lui semblait réciproque.

— Est-ce que je ressemble, même vaguement, au père de Lily ?

— Sans aucun doute, répondit Randolph. Comme vous, il était grand, brun. Vous avez un peu les mêmes traits, et les yeux noisette. Je pense que c'est ce qui attire Lily en vous. Mais la pauvre petite ne comprend pas la tension qu'il y a entre Tessa et vous. Comment se fait-il que vous n'arriviez pas à sympathiser ?

— En fait, nous avons eu une histoire avant que je parte travailler en Suisse. Je crois qu'elle m'en veut de l'avoir quittée aussi facilement. Il m'a fallu du temps pour me rendre compte que je m'étais comporté comme un crétin et que je l'avais fait souffrir.

— Ah ! C'est donc ça ! Je me demandais... Mais, dites-moi, ça doit pouvoir s'arranger ?

— Je l'espère. De mon côté, je fais tout pour.

Il avait fait à Tessa la promesse de ne pas évoquer son hyperthyroïdie avec Randolph. Il ne pouvait donc pas lui dire à quel point il se souciait avant tout de sa santé.

Il devait attendre les résultats des analyses après médication. Le traitement visait d'abord à disperser une accumulation de liquide et de cellules derrière l'orbite. Une fois cette première étape franchie, il pourrait poser un diagnostic. C'était une question de patience, avant toute autre chose.

*
* *

Lorsque Drake vit Tessa, le lendemain, elle était pâle et avait l'air tendu.

Elle avait parlé au téléphone avec sa tante, la sœur cadette de sa mère, qui était décédée quand elle était adolescente. Tante Sophie lui avait appris qu'elle-même avait souffert d'hyperthyroïdie, de même que sa mère. De toute évidence, c'était un problème récurrent dans la famille.

Drake eut envie de la prendre dans ses bras et de la rassurer, de lui dire qu'il serait toujours là pour elle. Mais vu l'expression de son visage, il valait mieux que l'entretien demeure strictement professionnel. Elle s'adressait au médecin, pas à l'ami, et voulait avant tout un avis médical.

Il avait déjà disparu du jour au lendemain. Il l'avait déçue une fois, elle était échaudée et n'aurait plus jamais confiance en lui.

— L'hyperthyroïdie peut être héréditaire, en effet, dit-il. Mais les médicaments peuvent s'avérer très efficaces dans tous les cas. Nous en saurons plus quand j'aurai examiné ton œil.

Elle s'installa près de l'appareil.

— La situation s'est améliorée, dit-il après avoir procédé à un examen minutieux. De ton côté, sens-tu une différence ? L'inconfort que tu éprouvais a-t-il diminué ?

— Un peu, j'ai l'impression, dit-elle, souriant pour la première fois depuis qu'elle était entrée dans la pièce. J'ai lu pas mal de choses sur internet. Il y a de quoi s'inquiéter… Alors… merci d'être là, Drake.

— Tu n'as pas à me remercier, dit-il en lui rendant son sourire. Je ne fais que mon travail. Que dirais-tu si je t'invitais à déjeuner pour fêter cette bonne nouvelle ? Dans un endroit un peu plus chic que la cafétéria de l'hôpital, cela va sans dire.

Un silence embarrassé tomba dans le bureau.

— Je suis désolée, répondit-elle finalement. Tu ne trouves pas que nous nous voyons déjà suffisamment en ce moment ? De loin en loin, certes, mais tout de même…

— Tu as raison, gardons nos distances ! fit-il sèchement. Je voulais juste t'inviter à partager un déjeuner, Tessa.

Elle déglutit, gênée.

Ne comprenait-il pas que, si elle refusait même un simple déjeuner, c'était par peur ? Peur qu'il l'embrasse, peur de ne pas résister ? Si elle gardait ses distances et s'interdisait de se rapprocher de lui, c'était parce qu'elle redoutait plus que tout qu'il la quitte un jour, comme il l'avait déjà fait. Or, cette fois, elle ne serait pas la seule à souffrir. Lily était là, qui l'aimait déjà, elle aussi. L'idée que sa fille se sente abandonnée s'il repartait pour un poste à l'autre bout du monde était insupportable.

Cela dit, il avait raison. Il ne s'agissait que d'un repas.

Elle soupira.

— D'accord pour un déjeuner. Mais en semaine, si possible. Je ne veux pas demander à Lizzie de garder Lily plus qu'elle ne le fait déjà.

Il opina.

— D'accord. Que dis-tu de demain midi ? Je vais essayer de dégager un peu de temps. Penses-tu qu'il te soit possible de faire de même ?

— Oui, bien sûr, bredouilla-t-elle.

De retour dans son bureau, elle eut l'impression que Jennifer la regardait d'un drôle d'air.

En dépit de sa réticence à se retrouver seule avec Drake, Tessa passa beaucoup de temps devant son miroir, le lendemain matin, pour essayer de trouver les vêtements adaptés à un déjeuner entre… collègues ? Amis ? Depuis qu'il était revenu à Glenminster, il l'avait rarement vue dans d'autres vêtements que ses tenues de travail. Après avoir reposé son tailleur bleu marine sur sa chaise, elle passa sa garde-robe en revue.

Il y avait bien longtemps qu'elle ne s'était pas fait belle pour quelqu'un, qu'elle n'avait pas choisi avec soin ses vêtements et ses bijoux. Une petite robe en lin bleu turquoise attira son regard.

Combien de fois lui avait-il dit qu'il l'adorait dedans ?

Si elle la mettait ce jour-là, quel message enverrait-elle ? Cela signifierait qu'elle avait beau être la mère d'une petite fille, elle n'en demeurait pas moins femme. Une femme séduisante, qui faisait tourner les têtes sur son passage.

Que répondrait-elle s'il lui présentait ses excuses pour son départ en Suisse ? Plus le temps passait, plus elle se sentait prête à le pardonner.

Cela ne l'empêchait pas de redouter le moment où il viendrait frapper à sa porte au petit matin comme il l'avait fait des années plus tôt. Elle ne résisterait pas aujourd'hui, pas plus qu'à l'époque. Elle aurait envie qu'il la porte jusque dans sa chambre et que leurs deux corps se mêlent.

Sauf qu'elle n'était plus seule dans cette maison. Lily serait là, dormant dans sa jolie petite chambre. Drake ne tenterait rien qui puisse bouleverser cette enfant qui le prenait parfois pour un père.

Elle rangea la robe turquoise dans l'armoire. Drake pouvait mal interpréter certains signaux. Comment l'aurait-elle ensuite convaincu de sa bonne foi ?

Elle opta pour un petit haut de soie abricot, un slim crème et des escarpins. Lorsqu'elle arriva au bureau, Jennifer ne cacha pas son étonnement.

— Que se passe-t-il, aujourd'hui ? Vous sortez ce soir, directement après le travail ?

— Non. Il se trouve que Drake Melford m'a invitée à déjeuner. J'ai un problème à l'œil et il souhaite que nous en discutions dans un endroit un peu plus relaxant que l'hôpital. Alors je me suis un peu habillée…

— Vous avez raison de lui montrer à quel point vous êtes jolie dans d'autres vêtements que votre tenue de travail, dit Jennifer en souriant. Il va tomber à la renverse.

Tessa sourit poliment, sentant le doute l'assaillir.

Elle ne croisa pas Drake de la matinée, mais l'appela

brièvement pour lui donner rendez-vous sur le parking à 11 h 30.

Vers 11 h 25, elle sortit de son bureau, plus confuse que jamais. Pourquoi n'avait-elle pas enfilé son tailleur bleu ? Maintenant elle remontait les couloirs avec l'impression d'être aussi voyante qu'un sapin de Noël.

Lorsque Drake sortit sur le parking, il eut une sorte de sursaut en apercevant Tessa. Il avait proposé ce déjeuner simplement parce qu'il avait envie d'être seul avec elle. L'amélioration de son état n'était qu'un prétexte. Aussi n'imaginait-il pas qu'elle s'habillerait pour l'occasion.

Cherchait-elle à le séduire, ou était-ce une façon de se moquer de lui ?

Il aurait aimé savoir. Mais peu importait. La joie d'être en sa compagnie l'emporta, avec l'espoir qu'ils puissent oublier un moment les souffrances du passé.

— C'est bien de te voir autrement qu'en uniforme, dit-il en souriant.

Il décida de ne pas ajouter de commentaire, par peur de dire la mauvaise chose au mauvais moment. Il mit le contact et sortit du parking.

— Cela fait du bien de changer de temps en temps, répondit-elle sur le même ton, jetant un coup d'œil sur son costume.

— J'ai réservé une table dans le restaurant du nouvel hôtel qu'ils ont construit dans les jardins, au bout de la promenade, dit-il alors qu'ils entraient en ville.

Il avait pris garde à ne pas choisir un endroit dans lequel ils étaient déjà allés ensemble. Il gara la voiture et, quelques instants plus tard, ils entrèrent dans le restaurant où un serveur les conduisit à leur table.

— Comment va Lily ? demanda-t-il une fois assis.

— Bien, Dieu merci.

— Elle a eu de la chance de se blesser au palais plutôt qu'en un autre endroit de la bouche. Le palais peut se refermer assez rapidement, une blessure ailleurs aurait pu être beaucoup plus dramatique. Tu sais, quand Randolph est venu en consultation, l'autre jour, je lui ai demandé si, par hasard, je ressemblais au père de Lily. D'après lui nous avons beaucoup de points communs, physiquement parlant. Je n'ai vraiment rien fait de particulier pour attirer ta fille et je ne l'ai pas utilisée pour m'immiscer dans ta vie.

— Cela m'a effleuré l'esprit, au début. Mais je ne le pense plus. C'est juste une coïncidence, et si cela peut rendre Lily heureuse, cela me va.

— Oui, tant que cela s'arrête là, dit-il sèchement.

— Disons que Lily a déjà un père, qui, bien indépendamment de sa volonté, a disparu du jour au lendemain. Ce serait affreux pour elle si, après avoir retrouvé un papa, ce dernier décidait de repartir prendre l'air ailleurs.

Si elle savait ce qu'il avait vécu en Suisse ! Il y faisait tout le temps froid et il avait passé trois ans à regretter d'être parti sans elle et sans garder le contact.

Mais il ne l'avait pas invitée pour ressasser le passé et ses vieilles douleurs. L'objectif de ce déjeuner était plutôt de la tranquilliser au sujet de sa thyroïde et de l'impact de son hyperactivité sur son œil.

Les analyses de sang révélaient une légère amélioration de la situation, mais il n'était pas encore en mesure de lui donner de verdict définitif. L'hyperthyroïdie était toujours plus complexe à traiter que l'hypothyroïdie.

Quelques années auparavant, il avait procédé à l'ablation de quatre glandes parathyroïdes qui avaient anormalement grossi chez une femme âgée. Le risque était d'engendrer une augmentation du calcium sanguin, l'apparition de tumeurs bénignes, et de provoquer des lésions aux reins. D'autres maladies graves étaient également à craindre.

Tessa pouvait très bien se trouver dans une situation similaire.

Cela dit, aucun autre symptôme que la légère exorbitation d'un œil ne s'était manifesté jusqu'à présent, et les résultats des analyses étaient plutôt encourageants. Mais il ne pouvait pas se prononcer tant que les médicaments n'avaient pas eu le temps d'agir.

— La pression sanguine a commencé à diminuer autour du nerf optique. Même si le traitement n'est pas terminé, nous avons tout de même de quoi nous réjouir.

Le serveur apporta les plats et ils se mirent à manger.

— Où se trouve la maison que tu veux acheter, Drake ? demanda-t-elle après quelques bouchées.

— Dans un village. Je peux te la montrer, si tu veux.

— Tu vas y vivre seul ? demanda-t-elle, ignorant sa proposition.

— Je pourrais y vivre avec quelqu'un, si j'arrivais à la convaincre. De toute façon, la maison n'est pas tout à fait habitable pour l'instant. Mais d'ici deux ou trois semaines, je quitterai enfin le blockhaus près de l'hôpital. Tu me donneras des conseils d'aménagement ?

Elle le regarda, un peu déstabilisée.

— Heu… Oui, si tu veux. Mais je ne veux pas te faire faire des choses qui ne seraient pas du goût de tout le monde.

— Ce qui compte, c'est que cela me plaise, à moi. Je me fiche pas mal de l'avis des autres, fit-il avec un grand sourire.

Il était et demeurait l'homme le plus séduisant qu'elle ait jamais rencontré. Pas étonnant qu'elle l'ait adoré dès le premier regard. Pas étonnant non plus que lui résister exige autant d'efforts d'elle.

Les quelques instants sur la piste de danse, le baiser dans la roseraie et le désir qu'ils avaient ressenti tous les deux dans la cuisine étaient une oasis dans le désert de sa vie. Mais pouvait-elle mettre en péril l'équilibre qu'elle avait atteint avec Lily ?

Ils terminèrent le repas et sortirent du restaurant. Comme il leur restait un peu de temps avant de retourner travailler, Drake suggéra qu'ils fassent quelques pas dans les somptueux jardins de l'hôtel.

— Quand je suis passé, l'autre jour, il y avait un mariage. J'ai trouvé que c'était un cadre magnifique.

— En effet, répondit-elle.

Elle fut soudain submergée par la mélancolie. C'était le genre de réflexion qu'elle n'avait pas envie de partager avec lui. D'ailleurs, pourquoi cet homme qui avait tant raillé le mariage se pâmait-il à présent devant un couple photographié dans un beau jardin ?

Elle avait du mal à reconnaître le Drake qu'elle connaissait. Le nouveau Drake semblait apprécier la compagnie de sa fille, était sur le point d'acheter une maison et s'émouvait d'une cérémonie de mariage. Qu'était devenu l'homme qui l'avait quittée sans états d'âme pour un poste prestigieux ?

Cela dit, il avait raison, les jardins de l'hôtel étaient magnifiques. Ces moments de tranquillité avaient le goût d'une promesse.

Mais une promesse de quoi ?

Ils avaient été proches, à une époque qui était révolue, désormais. Depuis, elle avait construit sa vie autour de son adorable petite fille et trouvé une harmonie. Avait-elle envie qu'il en soit autrement ?

Tandis qu'ils avançaient dans les allées, Drake jeta un coup d'œil furtif à Tessa. Vu son expression, il avait peu de chances de la convaincre de sortir avec lui comme par le passé.

Il faudrait qu'il prenne davantage de risques, qu'il trouve des arguments plus forts.

Et s'il la demandait en mariage ?

Ce n'était pas le bon moment. Elle était impatiente de rentrer à l'hôpital, de revenir à la réalité.

Il reprit le chemin du parking, incapable d'ignorer le soulagement qu'il lut sur son visage.

Lorsqu'ils arrivèrent à l'hôpital, Drake s'attendait à ce que Tessa bondisse hors de la voiture et le salue à la hâte. Au lieu de cela, elle se tourna vers lui.

— Voudrais-tu venir manger chez nous un jour ? demanda-t-elle.

Il la dévisagea.

— Ne te sens pas obligée de me rendre l'invitation. Ce déjeuner était simplement une façon de fêter les bons résultats de tes analyses.

— Tu n'as pas envie de voir Lily ?

— Bien sûr que si ! Mais pas si tu fais les choses par obligation.

— Qu'est-ce qui te fait dire que je me force ?

Il revit l'expression de son visage dans le jardin de l'hôtel.

— Tu avais l'air de tellement t'ennuyer, tout à l'heure.

— Tu te trompes. En fait, je ne te reconnais plus. J'ai l'impression que tu as changé, que ta vision des choses a changé. Tu te mets à accepter des choses que tu rejetais totalement, auparavant.

— Et alors ? C'est interdit ?

— Non, bien sûr ! Mais, personnellement, j'ai complètement réorganisé ma vie après ton départ. Alors que j'essayais de recoller les morceaux d'un amour que je croyais éternel, j'ai découvert qu'aimer un enfant était bien moins douloureux qu'aimer un homme.

— Es-tu en train de me dire que tu n'aimeras plus jamais un homme, que tu comptes rester seule avec Lily pour le restant de tes jours, dans le petit cocon que tu as tissé autour de vous ?

Sans répondre, elle consulta l'horloge sur le mur de l'hôpital.

— J'ai rendez-vous avec un nouveau fournisseur de restauration dans dix minutes. Il faut que j'y aille.

— Moi aussi. J'ai une opération de la cataracte cet après-midi.

— J'espère que tout se passera bien. Ton métier est tellement plus important que ce que je fais.

— C'est faux. Nos patients ont autant besoin de bien

se nourrir que de bien voir. J'accepte ton invitation, si elle tient toujours.

Elle sourit.

— Bien sûr qu'elle tient toujours. Es-tu libre ce week-end ? Lily pourra rester plus longtemps avec nous à l'heure du déjeuner que si tu viens le soir. Quel jour te convient ?

— Dimanche, si cela te va. En général, je travaille le samedi.

Ils sortirent de la voiture et se dirigèrent chacun de leur côté, avec l'heureuse impression que l'horizon se dégageait.

Lorsque Drake arriva chez Tessa le dimanche matin, Lily était dans l'allée, fonçant à toute allure sur une petite trottinette. Quand il coupa le contact, elle s'immobilisa, essayant de deviner qui venait se garer là. Puis, lorsqu'elle le reconnut, elle lâcha sa trottinette et courut dans sa direction.

— Papa ! s'exclama-t-elle en sautant dans ses bras.

Tessa était sortie et avait suivi la scène. Leurs regards se croisèrent par-dessus les boucles brunes de Lily. La joie tranquille qu'elle éprouvait depuis son réveil avait disparu. Il faudrait qu'elle parle à Lily après le départ de Drake, afin de clarifier une situation qui la plongeait manifestement dans la confusion la plus totale.

Drake lui adressa un sourire mitigé et reposa Lily sur sa trottinette. La fillette, enchantée de son nouveau moyen de locomotion, se remit à pousser et fila à toute vitesse.

— Tu sais, je ne t'ai pas tout dit de ma conversation avec Randolph, l'autre jour, dit-il quand Lily se fut éloignée. Il a confirmé que je ressemblais physiquement au père de Lily, mais pas seulement. Je lui ai demandé si, selon lui, cet homme aurait vu d'un mauvais œil que sa fille appelle un jour un autre homme papa. Randolph est persuadé que non, pas du tout, et que, de là où ils sont, sa fille et son gendre souhaiteraient seulement que leur petite fille soit heureuse. Le père de Lily était apparemment une personne adorable, tout ce qui faisait le bonheur de Lily le rendait lui-même heureux.

Tessa avait préparé des plats que Drake aimait. En voyant son sourire, elle se remémora toutes les fois où ils avaient fait l'amour pendant que des plats mijotaient tranquillement dans la cuisine.

Cela avait été des moments de plaisir et d'insouciance, chargés de l'espoir que cette vie sans responsabilités se poursuive.

Mais où cela les avait-il amenés ?

Tessa se sentit vaciller. Il aurait été tellement facile de laisser Drake entrer dans leur vie. Lily n'attendait que cela.

Mais ce n'était pas la solution.

Elle avait réussi à créer une bulle à l'abri de la tristesse et de la souffrance, malgré le souvenir brûlant des bras de Drake, de son odeur, de sa peau. Malgré tout ce qui avait disparu brutalement de sa vie et dont elle savait que cela ne pourrait plus exister qu'en rêve.

— Je ne veux rien changer à notre situation, dit-elle. Tu vas aller vivre dans ta nouvelle maison, mais nous resterons ici, chez nous. Cela dit, tu pourras voir Lily quand tu voudras, à condition qu'elle en ait envie également et que tu sois là pour elle quand elle aura besoin de toi.

Elle regretta ses paroles dès qu'elle les eut prononcées, mais il était trop tard pour revenir en arrière.

Il lui adressa un regard glacial.

— Je ne suis pas idiot, Tessa. A l'époque, nous étions d'accord sur les règles que nous avions fixées. Tu ne peux pas éternellement m'accuser d'être parti.

Que pouvait-elle faire d'autre ? Ne voyait-il pas que son départ avait fait voler sa vie en éclats ? Elle ne pourrait pas affronter cela une autre fois.

Pourtant, Drake semblait si confiant. Et il ne manquait pas une occasion de lui faire comprendre qu'elle avait sa part de responsabilité dans ce qui s'était passé.

Devait-elle le croire et tenter l'aventure avec lui ?

— Lançons le lave-vaisselle et allons jouer dans le jardin, dit-il d'un ton sec. Lily ne doit pas souffrir de la tension qu'il y a entre nous.

— Tu as raison, répondit-elle en retenant ses larmes.

Combien de temps serait-elle capable de jouer cette comédie ? Les paroles de Randolph au sujet du père de Lily lui donnaient l'impression d'être prise dans un enchevêtrement de relations trop compliquées.

Entre Drake, Lily et elle, plus rien n'était simple ni clair, désormais.

8.

Cette nuit-là, Tessa fit un rêve merveilleux, où elle était dans les bras de Drake.

Le réveil fut brutal et lorsqu'elle se leva, le lundi matin, elle n'avait aucun entrain, ni physiquement ni psychologiquement.

Sa petite mine n'échappa pas à Lizzie, lorsqu'elle lui déposa Lily.

— Comment s'est passé ton dimanche ? demanda-t-elle.

Pour toute réponse, Tessa retourna sa main, pouce baissé, avant de regagner sa voiture.

Après cette malheureuse journée, elle espérait ne pas croiser Drake ce jour-là. Peine perdue ! En arrivant, elle le trouva assis sur un coin de son bureau, bavardant tranquillement avec Jennifer.

— Bonjour ! fit-il lorsqu'elle entra. Je suis passé fixer ton prochain rendez-vous. Le traitement a l'air de fonctionner, ce serait bien que j'examine tes yeux plus fréquemment.

Le téléphone sonna. Jennifer décrocha, et Drake se pencha vers Tessa.

— Il faut que je te parle, dit-il à mi-voix. Quand puis-je te voir seule ?

— Je ne sais pas. Je ne crois pas que…

— Tessa, j'en ai assez d'être considéré comme ton pire ennemi.

— A la pause déjeuner, chez toi ? dit-elle à contrecœur.

Il opina et sortit du bureau.

Pourquoi avait-elle aussi vite accepté sa proposition, une fois de plus ?

Lorsque l'heure du déjeuner arriva, elle se dirigea vers la grande maison. Son principal attrait était décidément sa proximité avec l'hôpital.

Drake l'accueillit sans sourire et l'invita à s'asseoir dans l'immense salon. Elle prit place sur le canapé, pressentant que ce qu'il avait à lui dire ne serait pas agréable.

— Quand je suis rentré dimanche soir, j'avais un message d'un cabinet médical canadien. Ils me proposent un poste identique à celui que j'ai ici. Dans quinze jours, je vais faire l'aller-retour pour étudier la proposition de plus près.

C'était bref, concis et… invraisemblable.

Il s'apprêtait à partir, à sortir de leur vie. Le soulagement envahit Tessa, puis la réalité lui sauta au visage.

— Tu ne peux pas nous quitter comme ça ! s'exclama-t-elle d'une voix étranglée. Qu'est-ce que je vais dire à Lily ?

— Il n'y a que Lily que mon départ va affecter ? Et toi, dans tout ça ? Que penses-tu ?

— Peu importe ce que je pense. Je ne veux pas que Lily souffre. Elle en a suffisamment enduré comme cela. Elle est petite et vulnérable.

Les larmes lui vinrent aux yeux. Lily n'était pas le seul être vulnérable dans cette situation. Elle avait déployé tant d'efforts pour faire face au retour de Drake et à ses conséquences sur sa vie. Mais elle n'y parvenait pas. Elle était démunie, perdue.

Lorsqu'il était parti pour la Suisse, elle avait dû ramasser les morceaux. S'il partait maintenant, serait-elle capable de reprendre le cours de sa vie avec Lily comme si de rien n'était ?

— En fait, dit-il, j'ai accepté d'étudier cette proposition au Canada parce que tu m'as clairement fait comprendre que tu ne voulais pas de moi. Lily m'oubliera vite si elle ne me voit plus. Et si tu te maries un jour, elle aura un nouveau papa, comme elle a une nouvelle maman, et tout ira bien.

— Comment peux-tu parler avec autant de légèreté d'un sujet aussi important ? demanda-t-elle en s'efforçant de ne pas perdre le contrôle de ses émotions. C'est tout ce que tu avais à me dire ?

— Oui, répondit-il. Je n'ai rien prémédité, Tessa. Cette proposition est tombée du ciel, au bon moment, semble-t-il, pour l'un comme pour l'autre.

— Pour toi, peut-être, rétorqua-t-elle. Mais ni pour moi ni pour Lily. Sans compter que tu m'avais promis que tu t'occuperais en personne de mon œil. Qu'est-ce que tu comptes faire ? Refourguer mon cas à ton successeur ?

— Je trouverai une solution, ne t'inquiète pas. Et même si j'accepte ce poste, je ne vais pas vivre sur la lune. Je pourrai prendre l'avion.

— Et la maison que tu voulais acheter ?

— Je vais l'acheter, quoi qu'il arrive. Je la garderai comme maison de vacances ou je la louerai.

— C'est tout ? dit-elle en se levant. Tu n'as pas d'autres nouvelles à me donner ?

— Non, dit-il en secouant la tête. Tessa, tu ne peux pas avoir le beurre et l'argent du beurre. Tu ne veux pas de moi, mais tu piques une crise si je m'en vais.

En un éclair, elle sortit en claquant la porte.

Elle retourna dans son bureau, où l'après-midi s'étira lentement.

Elle s'efforça tant bien que mal de se concentrer sur son travail, tandis que Jennifer lui racontait par le menu le magnifique week-end qu'elle avait passé avec son nouveau compagnon.

La menace d'un nouveau départ de Drake la minait. Il avait l'air de penser qu'elle était responsable de la situation.

L'était-elle ?

Depuis qu'il était revenu à Glenminster, il avait déployé des trésors de gentillesse et de prévenance. Tout ce qu'elle avait trouvé à lui donner en retour, c'était de la froideur, de la méfiance. Pas étonnant qu'il ait envie de prendre ses jambes à son cou. D'ici quinze jours, il s'envolerait pour le Canada, pour étudier une proposition d'embauche qui ne pouvait être que prodigieuse, vu son niveau de compétence et sa réputation dans le monde de l'ophtalmologie.

Il lui faudrait bien cela pour l'attirer loin de Glenminster et des Horizons.

— Tu as une mine terrible. Que se passe-t-il ? demanda Lizzie lorsque Tessa arriva chez elle après son affreuse journée.

— Drake a reçu une proposition d'un hôpital au Canada. Il a rendez-vous là-bas dans quinze jours pour en parler. Tout est ma faute, Lizzie ! Il en a assez que je ne lui fasse pas confiance, que je garde mes distances. C'est vrai que je me suis montrée grossière et blessante, parfois. Quand il est parti la première fois, j'étais aussi responsable que lui. Alors que là, tout est ma faute !

Elle poussa un profond soupir.

— Hier, Lily l'a appelé papa. Cela ne m'a pas dérangée jusqu'au moment où nous avons commencé à nous disputer. Tout cela pour finir par faire semblant de jouer avec elle dans le jardin. Puis il est parti fâché — jamais nous n'en étions arrivés là. Comme par hasard, lorsqu'il est arrivé chez lui, le message du Canada l'attendait.

Lizzie la regardait d'un œil attristé.

— Tessa, dit-elle, quand finiras-tu par admettre que tu l'aimes encore ?

— Autant me demander d'escalader l'Everest. Pourquoi faut-il que Drake Melford soit revenu à Glenminster ? Pourquoi n'est-ce pas quelqu'un d'autre ? N'importe qui ! Drake adore la région, et l'hôpital, et tout ce que je trouve à faire, c'est le faire fuir. La seule façon de reconnaître que je l'aime encore serait de faire quelque chose qui lui permette de rester ici.

— Du genre ?

— Je vais quitter la ville. Lui laisser le champ libre. Il pourra s'installer dans la maison qu'il compte acheter et vivre heureux, sans que je sois là à le juger en permanence.

— N'importe quoi !

— Et pourquoi pas ? Il faut que je lui dise que ce n'est pas la peine qu'il parte pour être loin de moi, que c'est moi qui vais partir. L'hôpital a besoin de lui, Lizzie. Si je ne peux pas le convaincre avant son entretien au Canada, je ferai en sorte de ne plus être là à son retour. Je peux mettre ma maison en vente et trouver une location pas trop loin, le temps que…

— Mais où veux-tu aller ? demanda Lizzie, les yeux écarquillés.

— Peut-être dans le Devon, ou ailleurs. Je ne veux pas trop m'éloigner, pour continuer à te voir et rendre visite à Randolph. Mais je voudrais que tu n'en parles à personne, excepté Daniel. Tu ferais ça pour moi ?

— Evidemment ! Mais c'est bizarre… Vous allez nous manquer…

— Ne complique pas les choses, Lizzie, dit-elle en jetant un coup d'œil à Lily qui jouait joyeusement dans le jardin avec les jumeaux.

Sur le chemin du retour, elle remarqua un camion garé à l'entrée du parc. Des employés de la voirie étaient en train de démonter les bancs afin de les changer.

Elle s'arrêta près du camion.

— Est-ce que je peux vous racheter celui-ci ? demanda-t-elle en indiquant le banc chargé de souvenirs.

— Oui. L'argent est donné aux bonnes œuvres. C'est cinquante livres le banc, livraison comprise.

— Je le prends, dit-elle. J'habite sur la route de l'hôpital Les Horizons.

— Nous pouvons le déposer chez vous maintenant, si vous voulez.

— Parfait, dit-elle avant de reprendre la route.

— Où est-ce qu'on le met ? demanda l'un des types en se garant devant sa maison.

— Sur la terrasse, de l'autre côté, s'il vous plaît.

Elle n'avait aucune envie que Drake l'aperçoive en passant devant chez elle.

Lorsqu'ils furent partis, elle se posta devant le banc et le contempla longuement, tandis que Lily faisait des allers-retours sur sa trottinette.

Quelle drôle de façon de se rappeler une histoire d'amour terminée... Mais penser à Drake chaque fois qu'elle s'asséierait dessus atténuerait un peu la douleur de l'avoir perdu.

Plus tard dans la soirée, le téléphone sonna. C'était Randolph, à qui Drake avait parlé de son projet canadien. Il appelait pour essayer de comprendre ce qui se passait entre eux.

— Il ne se passe rien, répondit Tessa, un peu gênée. Drake a une opportunité en or et il va juste voir si elle peut lui convenir.

— Mais il va aller vivre là-bas et vous laisser toutes les deux ici ? demanda le vieil homme.

— Ce ne sera pas la première fois, Randolph. Drake mène sa vie comme il l'entend. Nous n'avons pas notre mot à dire là-dessus.

— Ah, répondit Randolph sans conviction, avant de raccrocher.

Un nouveau problème se posait : Randolph allait-il supporter qu'elle aille vivre avec sa petite-fille loin de lui ?

Le mardi matin, Drake appela Tessa à son bureau et lui annonça d'un ton ferme qu'il souhaitait examiner son œil au moins deux fois avant son départ au Canada.

— Est-ce que le vendredi matin de cette semaine et de la semaine prochaine te conviendrait ? demanda-t-il.

— Heu… Oui, répondit-elle.

Elle qui l'avait soupçonné de vouloir la laisser en plan en cours de traitement.

— Alors d'accord pour vendredi matin. J'ai mon vol vendredi après-midi, dans dix jours. Je veux avoir bouclé tout ce que j'ai à faire d'ici là.

— Combien de temps t'absentes-tu ? demanda-t-elle d'un air détaché alors qu'elle mourait d'envie de le supplier de rester.

— Je ne sais pas exactement. Mais quelle différence cela fait-il ? Je ne vais pas te manquer.

Elle se retint de relever. Elle raccrocha et laissa son regard glisser sur les collines auxquelles ils étaient si attachés l'un et l'autre. La campagne tout entière semblait lui susurrer à l'oreille : « Si tu parviens à convaincre Drake de rester, tu ne l'auras pas aimé pour rien. »

Elle décrocha le téléphone et composa son numéro.

— Drake, ne quitte pas Glenminster à cause de moi, dit-elle. L'hôpital, les gens d'ici ont besoin de tes compétences. Si quelqu'un doit partir, c'est moi. Je vais déménager, Drake. Penses-y quand tu seras au Canada.

Sans lui laisser le temps de répondre, elle raccrocha, tout en se traitant intérieurement de lâche.

Mais le téléphone sonna quelques instants plus tard.

— J'ai cinq minutes, j'espère que cela sera suffisant pour te dire ce que je pense de ton idée absurde, Tessa. Je suis tout à fait capable de régler mes affaires tout seul sans que tu aies à t'offrir en sacrifice. Je ne pense pas que ce soit une bonne idée de faire déménager Lily pour moi. J'ai fait une erreur en revenant à Glenminster, et j'ai l'occasion de la réparer. C'est aussi simple que cela. J'espère que d'ici notre rendez-vous de vendredi, tu auras repris tes esprits.

Il raccrocha à son tour, ignorant qu'elle était déterminée à aller au bout de son idée.

La semaine s'annonçait chargée. Il fallait mettre la maison en vente, sans accrocher de pancarte tant que Drake ne serait pas parti pour le Canada, chercher un nouveau logement ni trop près ni trop loin qui lui convienne autant qu'à Lily. Ensuite, lorsqu'elle aurait trouvé l'endroit idéal — si tant était qu'un endroit sans Drake puisse être idéal — elle repartirait de zéro.

Elle était allée voir le directeur de l'hôpital, à qui elle avait expliqué qu'elle devait partir précipitamment. Il avait été surpris mais s'était montré arrangeant. Au vu du travail qu'elle avait accompli depuis des années, il accepta qu'elle parte sans le préavis légal d'un mois et que la nouvelle de son départ ne s'ébruite pas.

Le vendredi matin, lorsque Tessa frappa à la porte du bureau de Drake pour l'examen de son œil, il était déjà là. La veille, elle avait eu une prise de sang, dont les résultats s'étaient révélés meilleurs que les précédents.

— Je crois que je n'aurai même pas à retraverser l'Atlantique pour revenir m'occuper de ton œil, dit-il après l'avoir examinée. Le traitement semble efficace.

Elle en fut soulagée. Puis elle prit conscience que cette bonne nouvelle avait un prix : si les médicaments continuaient à faire effet, la prochaine consultation risquait d'être la dernière. Elle lui ferait ses adieux.

En serait-elle capable ?

Le mois de septembre venait de commencer. Lily avait une place réservée dans l'école maternelle du quartier, mais les chances étaient grandes pour qu'elle fasse sa rentrée ailleurs. Après plusieurs jours de recherches intensives, Tessa avait fini par tomber sur une petite maison en vente dans une ville côtière du Devon. Elle décida d'aller la visiter au cours du week-end.

Mais plus le samedi approchait, plus ses scrupules à éloigner Lily de Lizzie, de Daniel et des jumeaux, ainsi que de son unique grand-père, grandissaient. Le samedi, elle prit la voiture, mais après avoir roulé quelques dizaines de kilomètres, elle s'arrêta sur le bas-côté et fit demi-tour.

Elle n'avait pas changé d'avis. Elle avait toujours l'intention de quitter Glenminster. Mais la maison au bord de la mer était trop loin, Lily serait brusquement séparée de ses amis et de Randolph. Comment pouvait-elle imaginer priver le vieil homme de la joyeuse présence de sa petite-fille ?

Lily n'y était pour rien, après tout. Si une personne était responsable de toute cette pagaille, c'était elle et elle seule. Comment en était-elle arrivée là ?

Quelques semaines auparavant, elle aurait été ravie que Drake reparte, alors pourquoi l'idée la rendait-elle désormais malade ?

Quand le changement s'était-il produit ?

Il restait moins d'une semaine avant le départ de Drake pour le Canada. Aurait-elle le temps de trouver un logement avant son retour ?

Elle se gara devant chez elle et, au moment où elle tournait la poignée de la porte, son téléphone sonna. C'était Sophie, sa tante.

Depuis la mort de la mère de Tessa, tante Sophie avait toujours été proche d'elle. Elle lui donnait l'impression de ne pas être seule, que quelqu'un veillait sur elle.

— Je suis désolée, Tessa, dit la fringante vieille dame. J'espère que je ne t'ai pas affolée, la dernière fois, en te disant que toutes les femmes de la famille avaient des problèmes de thyroïde.

Tessa la rassura.

— Je voulais savoir si Lily et toi auriez envie de venir me voir. La maison est immense, j'ai de la place.

— Avec plaisir, répondit-elle d'une petite voix.

Avait-elle lu dans ses pensées ?

Sophie vivait dans une charmante petite ville sur la côte. Tessa serait suffisamment loin de Glenminster pour oublier Drake, mais assez proche pour pouvoir facilement emmener Lily voir Lizzie, les garçons et Randolph.

Si l'endroit lui plaisait, elle pourrait peut-être trouver une maison bien à elle, une école pour Lily et un hôpital dans lequel elle pourrait postuler.

— Quand voudriez-vous venir ? demanda Sophie.

— A la fin de la semaine prochaine ? Si tu es disponible et que ce n'est pas trop tôt pour toi.

— Non, pas du tout. C'est parfait. Vous pouvez rester autant de temps que vous voulez.

Tessa se laissa tomber dans un fauteuil, les yeux emplis de larmes mais soulagée.

Elle allait trouver une solution, n'est-ce pas ?

La semaine suivante, la rumeur courut dans l'hôpital que Drake Melford avait reçu une proposition de travail du Canada. Dans l'ensemble, les gens disaient qu'il serait fou de ne pas accepter, mais qu'ils allaient terriblement le regretter.

Le cœur de Tessa se serrait chaque fois qu'elle entendait des infirmières ou des médecins parler de lui. Pourvu que Drake ne cède pas à son impulsion de quitter Glenminster.

Il devait rester dans cette ville et vivre dans la maison qu'il avait choisie, au milieu des collines qu'il chérissait.

Par chance, ses propres projets de départ ne faisaient l'objet d'aucune spéculation dans les couloirs de l'hôpital. Le directeur avait tenu parole. Personne, à part lui, n'était au courant. Quant à Jennifer, elle était trop éprise de son nouvel amour pour remarquer ce qui se passait autour d'elle.

Plus Drake réfléchissait, moins il avait envie de quitter l'Angleterre pour le Canada. Il était déjà parti en Suisse, où sa carrière avait gagné en compétences et en prestige, mais lui avait passé son temps à regretter ce qu'il avait perdu en échange.

A l'époque, il s'était persuadé que Tessa aurait trouvé un autre homme pour le remplacer mais, lorsqu'il était revenu, la réalité l'avait abasourdi : en son absence, elle avait jeté son dévolu non pas sur un homme, mais sur une petite fille qu'elle avait adoptée.

Maintenant, les choses s'étaient tellement compliquées entre eux qu'elle avait proposé de quitter la région afin qu'il y reste en paix. Mais il était hors de question qu'il la laisse faire.

Car c'était clair : il ferait tout pour que cette femme fasse de nouveau partie de sa vie. Et il ne pouvait imaginer qu'elle ne soit plus là à son retour du Canada.

Si son rendez-vous outre-Atlantique n'avait pas déjà été fixé, il aurait jeté ce projet aux oubliettes. Il n'avait pas vu Tessa de la semaine. Lorsqu'elle viendrait pour sa dernière consultation, il la persuaderait de ne pas quitter Glenminster.

Tessa se passa la main sur le visage. Le lendemain matin, Drake examinerait son œil pour la dernière fois.

Et, l'après-midi, dès qu'il serait dans l'avion, elle ferait entreposer toutes ses affaires dans un garde-meuble.

En sortant de l'hôpital, le jeudi soir, elle appela Randolph. Au ton de sa voix, elle comprit qu'il n'approuvait pas sa décision de quitter la ville.

— Nous ne serons pas loin, dit-elle sur un ton qui se voulait rassurant. Lily reviendra vous voir souvent.

— Vous me donnerez votre adresse ?

— Pour l'instant, nous serons chez ma tante. Je vais vous laisser son numéro de téléphone. Dès que j'aurai trouvé un logement, je vous donnerai notre nouvelle adresse.

— Tessa, pouvez-vous m'expliquer ce que Drake a à voir dans tout cela ? demanda-t-il.

— Tout et rien, répondit-elle simplement.

*
* *

Le matin même, Tessa avait prévenu Jennifer qu'elle quittait l'hôpital le lendemain.

— Comme ça ? avait demandé la secrétaire, incrédule. Sur la pointe des pieds ? Je suis sûre que si le Dr Drake nous quitte, nous aurons droit à une fanfare. En fait, personne n'a envie qu'il parte, mais que voulez-vous ? On ne peut pas l'empêcher de saisir la plus belle occasion de sa vie !

Tessa avait détourné le regard. Que penserait le personnel des Horizons s'il apprenait que le Dr Melford envisageait de partir à cause d'elle ? La décision qu'elle avait prise de déménager sur la côte devait au moins servir à empêcher Drake de partir au Canada.

Lorsqu'il reviendrait de son voyage et constaterait qu'elle n'était plus là, il serait content de pouvoir rester. Et, qui savait, si elle disparaissait de son existence, peut-être rencontrerait-il enfin une femme moins difficile à aimer.

En arrivant à l'hôpital, Tessa prit la direction du bureau de Drake d'un pas lourd. C'était le moment de son dernier bilan ophtalmologique.

Pourvu qu'il renonce à ce poste au Canada et décide de rester à Glenminster ! Il méritait d'être heureux dans la maison de ses rêves, au milieu des collines, et de poursuivre le travail qu'il réalisait aux Horizons.

De son côté, elle pourrait retrouver l'équilibre qu'elle avait atteint avec Lily et se remettre à être heureuse.

Lorsqu'elle entra dans le bureau, Drake lui trouva les traits tirés. La ride entre ses sourcils était marquée et son attitude trahissait la lassitude.

Il ne pouvait pas imaginer qu'elle disparaisse de son existence. Il l'aimait trop pour la perdre une fois encore. Il devait insister, lui montrer à quel point il tenait à elle, jusqu'à ce qu'elle comprenne et qu'elle lui fasse une place.

Il lui avait dit, dans un moment de frustration, qu'il risquait d'accepter la proposition des Canadiens. Depuis, pas une minute ne s'écoulait sans qu'il le regrette.

Il avait envie de vivre dans sa belle maison toute l'année, pas seulement pendant les vacances. Et il n'avait aucune envie de causer du tort à la petite fille qui s'était mise à l'appeler papa.

— A quelle heure est ton vol ? demanda Tessa sur un ton poli.

— A 15 h 30. De toute évidence, la seule émotion que mon départ suscite chez toi est le soulagement.

— Je croyais être venue pour un bilan ophtalmologique. J'ignorais que tu faisais de la télépathie.

— C'est juste une remarque. Mais passons. Si tu veux bien, je vais t'examiner pour savoir comment la situation a évolué cette semaine au fond de ces beaux yeux.

Retenant ses larmes, elle posa le menton sur le support de l'appareil.

— Drake, dit-elle une fois qu'il eut terminé l'examen, avant que tu me donnes les résultats, bons ou mauvais, je voudrais que tu saches à quel point je te suis reconnaissante de m'avoir aidée à affronter cette épreuve. Cette histoire d'hyperthyroïdie m'a prise au dépourvu, et beaucoup stressée.

Elle fouilla dans son sac.

— Tiens, c'est pour toi, dit-elle en lui tendant une photographie de Lily souriant à l'objectif. J'espère que cela te fera plaisir.

— Ce qui me ferait encore plus plaisir, c'est d'avoir aussi une photo de toi.

— Ne te moque pas de moi, dit-elle.

— Je ne me moque pas. En ce qui concerne le bilan, j'ai le plaisir de t'annoncer que ton œil a recouvré son état normal. Tu vas continuer à prendre les médicaments pendant encore deux mois, mais c'est tout. Tu n'as pas besoin d'une intervention chirurgicale. Et surtout, n'hésite pas. Si tu as des questions ou des inquiétudes, fais-le-moi savoir.

— Tu vas accepter le poste au Canada ? demanda-t-elle d'une voix étranglée. Tu sais, ce que je t'ai dit au téléphone l'autre jour tient toujours.

— Peut-être. En fait, je n'ai qu'à signer, il est à moi si je le veux. Mais indépendamment de ce que je vais décider, je veux que tu me promettes que je te retrouverai à mon retour. Tu n'as pas à te sacrifier pour moi.

— Mais tu pars à cause de moi ? demanda-t-elle.

Elle tendit la main pour le saluer, mais il ignora son geste. Il se pencha vers elle et déposa un baiser sur ses lèvres. Puis il alla ouvrir la porte, la laissa passer et referma derrière elle.

Tessa reprit le chemin de son bureau en silence, les jambes flageolantes.

Incapable de rester assise, elle se posta près de la fenêtre, d'où elle pourrait voir Drake partir pour l'aéroport.

Il sortit un peu en avance et, lorsque son taxi arriva, mit sa valise dans le coffre. Avant de monter dans la voiture, il s'arrêta et leva les yeux dans sa direction. Elle rassembla toute son énergie pour se retenir de courir jusqu'au taxi et le supplier de rester. Après tout, il ne partait que pour quelques jours. L'heure de son départ définitif n'était pas encore arrivée et il fallait prier pour qu'elle ne vienne jamais.

Pourvu qu'il refuse le poste et revienne à Glenminster !

Sans quoi elle allait gâcher leur vie à tous les deux.

Pendant que Drake volerait au-dessus de l'Atlantique, elle ferait transporter ses meubles jusqu'au garde-meubles et le banc dans le jardin de tante Sophie.

Quant à elle, après sa dernière journée à l'hôpital Les Horizons, elle passerait chez elle vérifier l'avancée du déménagement. Puis elle irait, pour la dernière fois, chercher Lily chez Lizzie et l'emmènerait passer la nuit dans un gîte.

Les adieux des deux amies furent déchirants, mais Tessa était déterminée à commencer une nouvelle vie avec Lily.

Lizzie avait beau comprendre les raisons qui la poussaient à partir, elle ne parvenait pas à approuver sa décision.

Une fois installées dans la chambre du gîte, Lily et Tessa engloutirent le casse-croûte que Tessa avait préparé en guise de dîner. Puis Lily vint se réfugier dans ses bras. Elle n'aimait pas cet endroit inconnu dans lequel elles allaient passer la nuit. Tessa l'amadoua avec la promesse d'un séjour au bord de la mer.

Elle la déposa dans l'immense lit et attendit qu'elle s'endorme avant de se glisser à son côté. Puis elle s'efforça de ne pas penser aux derniers instants qu'elle avait passés avec Drake.

Après s'être levées tôt et avoir pris leur petit déjeuner, elles prirent la route. Tessa repassa par la maison pour s'assurer que le banc avait bien été enlevé.

C'était la journée la plus étrange de sa vie. Le paysage défilait et elle prenait conscience de la folie qui l'avait amenée à une telle décision. Lily, fatiguée par leur réveil matinal, s'était rendormie dans son siège.

Tessa avait eu de la chance que Drake s'absente. Jamais elle n'aurait pu déménager si elle l'avait su dans les parages. Les dés étaient jetés et l'avenir se profilait devant elle. Elle s'efforça de l'imaginer radieux. L'image de Lily qui courrait bientôt sur la plage lui donna le courage d'y croire. Elle avait pris soin de mettre sa trottinette dans le coffre, ainsi que sa pelle et son seau.

Après le dimanche où elle avait invité Drake à déjeuner, elle avait surpris à plusieurs reprises Lily en train de regarder par la fenêtre, l'air rêveur. Mais elle ne faisait jamais allusion à lui, à l'exception de cette nuit où elle avait crié « papa » dans son sommeil.

*
* *

Tante Sophie accueillit chaleureusement Lily et Tessa. Elle avait préparé une grande chambre et un bon repas, qu'elles partagèrent avec un plaisir non dissimulé.

— Tessa, j'ai l'impression que tu cherches à fuir quelque chose, lui dit Sophie une fois que Lily fut couchée et endormie. Quelque chose ou quelqu'un. Un homme, peut-être ?

Tessa poussa un profond soupir.

— Oui. C'est le grand amour de ma vie. Il m'a quittée, il est revenu, et maintenant il doit repartir. L'accepter est au-dessus de mes forces.

— A-t-il une autre femme dans sa vie ?

Elle secoua la tête.

— Non, en fait c'est pour sa carrière qu'il part.

— Que fait-il ?

— Il est chirurgien ophtalmologiste.

Sophie hocha lentement la tête.

— Et où est-il, en ce moment ?

— Il travaille à Glenminster, il hésite à accepter un poste au Canada. Mais s'il part, c'est à cause de moi. Alors j'ai pensé qu'en quittant Glenminster, je lui laissais le choix de rester ou de partir, indépendamment de moi. Il adore son travail et il est très attaché à la région.

— Tu tiens à lui, n'est-ce pas ?

— Oui, beaucoup. Mais j'ai tellement souffert la première fois qu'il est parti, que j'ai trop peur que cela se reproduise. Pour compliquer les choses, Lily l'adore. Elle est attirée par lui comme par un aimant. C'est comme si elle le prenait pour le père qu'elle a perdu. Il paraît qu'il lui ressemble beaucoup physiquement.

— Reste ici autant de temps que tu voudras, Tessa. L'air de la mer va te faire du bien. Repose-toi. Quand ce sera le bon moment, tu décideras avec qui tu as envie de passer le restant de tes jours.

*
* *

Lorsque l'avion toucha le sol anglais, Drake poussa un soupir de soulagement. Le voyage lui avait semblé interminable. Il lui tardait d'arriver à Glenminster.

Sa décision était prise : il allait demander Tessa en mariage.

Le séjour au Canada s'était déroulé dans d'excellentes conditions. Si on lui avait proposé le poste quelques mois auparavant, il aurait sauté sur l'occasion sans hésiter.

Mais il avait changé. Il n'était plus l'homme qui avait mis fin sans états d'âme à sa relation avec Tessa pour un poste à l'étranger. L'expérience suisse lui avait servi de leçon.

Au Canada, il avait acheté une bague sertie de diamants et de saphirs. Il regrettait tellement d'avoir accusé Tessa d'être la cause de son départ. Ses mots avaient dépassé sa pensée, dans un moment de colère.

Il aimait Glenminster et rêvait de s'y installer avec elle et Lily, dans sa nouvelle maison.

Il sortit de l'aéroport et héla un taxi. La nuit tombait mais il n'était pas tard. Lily devait dormir mais Tessa était sans doute encore debout. Il donna leur adresse au chauffeur. Plus tôt il la verrait, mieux ce serait.

La maison était plongée dans l'obscurité et une pancarte « A vendre » était plantée dans la pelouse. Son sang se glaça.

Par acquit de conscience, il alla sonner plusieurs fois et fit le tour de la maison. Aucun signe de vie là non plus.

Cette fois, c'était elle qui l'avait quitté…

Mais où était-elle donc allée ?

Avait-elle trouvé refuge avec Lily chez ses amis, Lizzie et Daniel ? C'était l'endroit le plus probable. Il consulta sa montre. Mieux valait laisser passer la nuit. Il ne voulait pas donner l'impression de la harceler. Lizzie n'accepterait peut-être même pas de lui dire où elle se trouvait, si elle n'était pas chez eux.

Il se renseignerait à l'hôpital le lendemain. On saurait sans doute lui dire où elle était allée.

Il reprit le taxi et rentra chez lui, défit sa valise et prit une douche. Puis il alla s'asseoir sur la terrasse. Après avoir vu la maison de Tessa désertée, il trouva presque sa grande maison chaleureuse.

Comment avait-il pu lui faire porter la responsabilité de son départ au Canada ? Il revoyait le moment où il lui avait dit qu'il accepterait le poste rien que pour s'éloigner d'elle. Maintenant, il comprenait qu'il était allé trop loin.

9.

Le lendemain matin, Drake appela le directeur de l'hôpital pour savoir où Tessa était partie. Le directeur n'en avait aucune idée. La seule chose qu'il pouvait dire était qu'elle lui avait demandé de partir avant la fin du préavis légal de quatre semaines. Il avait accepté à contrecœur, car elle était un très bon élément de l'équipe administrative de l'hôpital. Elle était partie le jour de son départ pour le Canada.

— A propos, Drake, avez-vous pris une décision ?

— Je reste, répondit-il. Je n'ai pas envie de travailler ailleurs qu'aux Horizons.

Il perçut le soulagement à l'autre bout de la ligne.

Ce qu'il ne dit pas, c'était qu'il ne voulait pas que Tessa s'en aille non plus. Il fallait qu'il la retrouve. Il tenait trop à elle pour imaginer vivre sans elle.

Elle avait apparemment quitté son travail et sa maison alors qu'elle n'avait aucune raison objective de le faire. Elle était partie parce qu'elle voulait qu'il reste.

Mais savait-elle que rester n'avait aucun sens pour lui si elle n'était pas là ?

Lorsqu'il arriva à l'hôpital, il se rendit directement dans le bureau de Jennifer. Une femme était assise à la place de Tessa, ce qui ne le rassura pas. Jennifer n'avait appris le départ de Tessa qu'au dernier moment, et n'avait aucune idée de l'endroit où elle était partie. Une vague de désespoir envahit Drake.

Lizzie et Daniel étaient probablement les seules personnes

à savoir où elle se trouvait. Mais seraient-ils disposés à le lui dire ?

Tout comme la maison de Tessa la veille, la maison de Lizzie et Daniel était éteinte et manifestement déserte. Par chance, une voisine l'informa qu'ils étaient partis en vacances.

— Y avait-il une jeune femme et une petite fille avec eux, à tout hasard ? demanda-t-il.

— Non, ils étaient tous les quatre. Daniel, Lizzie et les garçons.

Il reprit le chemin de l'hôpital et, passant devant le parc, eut un choc : le banc de leur amour n'était plus là, pas plus que les autres vieux bancs du parc. Ils avaient tous été remplacés par des bancs neufs.

C'était un signe. Fallait-il comprendre que, cette fois, tout était définitivement terminé entre Tessa et lui ?

Il ne pouvait s'y résoudre. Il allait la retrouver et lui dire ce qu'il éprouvait pour elle. Pourquoi ne lui avait-il pas avoué son amour plus tôt ? Il avait été trop fier, et elle, trop susceptible.

Mais il allait rattraper ses erreurs.

En dernier recours, il appela Randolph, qui, lui aussi, affirma ne pas savoir où elles étaient parties.

— Mais Tessa m'a dit qu'elle me contacterait dès qu'elles seraient installées. Drake, si je puis me permettre, à quoi jouez-vous tous les deux ? C'est une évidence pour tout le monde que Tessa et vous êtes faits l'un pour l'autre.

— Pas pour tout le monde, malheureusement. Pas pour Tessa, en tout cas. Mais c'est ma faute.

— Alors employez votre charme pour la faire revenir.

— Je vais tout faire pour la retrouver.

Tessa et Lily étaient assises sur le sable, en compagnie de Lizzie, de Daniel et des garçons qui les avaient rejointes à l'occasion d'un séjour sur la côte. Tante Sophie était partie à son cours de gymnastique. Tandis que Tessa et ses amis déballaient le pique-nique, les enfants faisaient des allers-retours sur le rivage, où ils construisaient un château.

Lizzie apprit à Tessa que Drake était revenu à Glenminster. Lizzie s'était fait passer pour une patiente et avait appelé pour prendre rendez-vous. La secrétaire avait confirmé que le Dr Melford n'était pas parti et reprenait les consultations dans son service. Il avait apparemment décliné la proposition des Canadiens.

— Drake est de retour chez lui, dit Tessa.

Mais le soulagement de le savoir établi à Glenminster était terni par la perspective de devoir, elle, affronter une sorte d'exil. Tout lui semblait creux et fade à côté de la vie qu'elle s'était imaginé vivre avec lui dans ses rêves.

— Tu vas revenir à Glenminster, maintenant que tu sais qu'il y est ? demanda Lizzie comme si elle avait lu dans ses pensées.

Elle secoua la tête.

— Non, à moins qu'il ne me le demande lui-même.

L'après-midi s'écoula tranquillement puis les amis se séparèrent en se promettant de se revoir bientôt.

Drake ne tenait plus en place. Déjà une semaine sans nouvelles de Tessa. A l'hôpital, personne ne savait où elle se trouvait.

Il allait retourner voir Lizzie et Daniel. Il était impossible qu'ils ne soient pas au courant.

Comme la dernière fois, la maison était vide. Il sonna chez les voisins.

— Ils reviennent demain, dit la voisine en le reconnaissant. Regardez ! Ils nous ont envoyé une jolie carte de Bretton Sands.

— Super ! Je passerai, alors.

Il repartit, ragaillardi par cette bonne nouvelle.

Bretton Sands. Ce nom ne lui était pas inconnu, mais à quelle occasion l'avait-il entendu ?

Il se réveilla en sursaut au beau milieu de la nuit.

La tante de Tessa vivait dans un petit village sur la côte ! Il se souvenait de leur conversation téléphonique, quand Tessa avait appris que les femmes de sa famille souffraient de dérèglements thyroïdiens. Elle lui avait dit à quel point sa tante comptait pour elle depuis que sa mère était morte.

S'était-elle réfugiée là-bas avec Lily ?

Il n'avait aucun moyen de le vérifier pour l'instant. La journée du lendemain était chargée. Mais il pourrait partir après ses consultations. Et, si jamais il s'était trompé, il aurait la nuit pour revenir à Glenminster.

Il emporterait la bague.

Peut-être l'aiderait-elle à convaincre Tessa de sa sincérité. Peut-être accepterait-elle de devenir sa femme.

Le lendemain fut une journée de travail interminable. Mais rien n'étant plus important que la santé de ses patients, il parvint tout de même à se concentrer sur ses consultations et les interventions au bloc.

Sa dernière patiente était une femme d'une quarantaine d'années qui avait reçu un bouchon de champagne dans l'œil et se trouvait en état de choc.

Pourtant, grâce au mouvement réflexe de la paupière, le pire avait été évité. Un hématome impressionnant s'était formé, mais, en l'absence de lésions plus graves, il se résorberait en quelques jours.

Drake repassa chez lui pour se changer et prit la route qui le conduirait à l'amour de sa vie, si elle se trouvait bien à Bretton Sands.

La nuit était tombée et Lily dormait, épuisée et bronzée après la journée qu'elle avait passée sur la plage à jouer.

Tessa faisait les cent pas. Les mots de Lizzie tournaient sans cesse dans son esprit. Quelle décision allait-elle prendre maintenant qu'elle savait que Drake avait décidé de s'établir pour de bon à Glenminster ?

— La lune est magnifique, ce soir. Pourquoi ne vas-tu pas marcher un peu sur la plage, pendant que je garde Lily ? suggéra Sophie.

Tessa accepta. Une petite marche solitaire lui permettrait de se détendre et de mettre de l'ordre dans la confusion de ses pensées.

Dehors, il faisait bon. La lune éclairait la plage presque comme en plein jour et donnait des reflets argentés à la mer.

Elle marcha sur le sable puis grimpa sur un rocher et s'assit face à la mer.

Drake s'était garé et marchait le long de la promenade. Il trouverait bien quelqu'un pour le renseigner sur l'endroit où habitait la tante de Tessa. Tout ce qu'il savait d'elle était que Tessa l'appelait tante Sophie. La promenade déserte risquait de compliquer quelque peu ses recherches.

Refusant de s'abandonner au désespoir, il se dirigea vers la plage.

C'est alors qu'il la vit, assise sur un rocher, contemplant la mer.

Etait-il en train de rêver ?

Incrédule, il murmura son prénom. Le vent était manifestement de son côté, car Tessa sursauta et se retourna.

— Drake ! Qu'est-ce que tu fais ici ! Comment as-tu su que… Je n'ai dit à personne que j'étais ici, à part Lizzie et Daniel.

Il vint vers elle, tout sourires.

— J'ai frappé à toutes les portes. C'est une voisine de tes amis qui m'a mis sur la piste. Elle avait reçu une carte postale de Bretton Sands. Sur le moment, je n'ai pas fait le lien. Puis je me suis réveillé en pleine nuit en te revoyant me dire que ta tante habitait la région. Dès que j'ai pu, j'ai pris la route, en priant pour que tu sois effectivement là.

— Mais… Tu n'es pas parti au Canada ? Qu'est-ce qui t'a fait changer d'avis ?

— Ce qui m'a fait changer d'avis, c'est que je t'aime, Tessa. Et je sais que tu m'aimes aussi. Sans quoi tu n'aurais pas quitté Glenminster pour moi.

Il marqua une pause et sortit l'écrin de sa poche.

— Je l'ai achetée au Canada. Es-tu d'accord pour que je te l'offre et que, bientôt, je t'offre aussi une alliance ? Veux-tu être ma femme, Tessa ?

Elle le regardait depuis son rocher, les larmes aux yeux.

— Oui, répondit-elle d'une voix ténue.

Elle lui tendit la main et il fit glisser la bague sur son doigt.

— Elle est magnifique, dit-elle en contemplant les saphirs et les diamants. Je t'aime, Drake, et le seul moyen que j'avais de te le prouver était de partir pour que tu puisses choisir en toute liberté où tu souhaitais vivre.

— Je sais. Mais une chose t'a échappée : je ne peux pas vivre sans toi.

Il lui tendit la main pour qu'elle descende de son rocher. Puis il la prit dans ses bras et la serra fort contre lui.

— Que va penser Lily de tout cela ? demanda-t-il en riant.

— Je crois pouvoir affirmer sans me tromper que la nouvelle va l'enchanter.

Il se pencha pour l'embrasser.

10.

Après leurs retrouvailles sur la plage, Drake avait trouvé une chambre dans le seul hôtel de Bretton Sands. Le lendemain matin, il se rendait chez la tante de Tessa, où Lily lui réserva un accueil des plus enjoué et des plus tendre.

— D'où sort ce banc ? s'exclama-t-il en sortant sur la terrasse.

Tessa sourit.

— Je suis passée juste au moment où la municipalité changeait tous les bancs du parc. J'ai demandé à récupérer celui-ci. Comme souvenir.

— Moi aussi j'ai une surprise pour toi, dit-il en la prenant dans ses bras.

Puis il se tourna vers Sophie.

— Vous viendrez nous voir, quand nous serons installés. Je vous serai reconnaissant toute ma vie d'avoir pris soin de ces deux trésors.

La cérémonie aurait lieu dans les jardins de l'hôtel où Drake avait invité Tessa à déjeuner.

En attendant que la maison soit prête, Tessa et Lily viendraient s'installer dans la grande bâtisse près de l'hôpital.

— C'est la première fois que cet endroit me paraît vivant et gai, dit-il en faisant le lit avec Tessa. Je suis sûr que les grincements du sommier ne me dérangeront plus.

Il lui tendit la main.

— Es-tu prête ? Moi aussi je t'avais promis une surprise.

Il mourait d'impatience de leur montrer la nouvelle maison dans les collines et priait pour qu'elle leur plaise autant qu'à lui.

Lorsqu'ils arrivèrent dans le village, Tessa reconnut l'endroit où ils avaient pique-niqué avec les employés de l'hôpital.

— Je me souviens, d'ailleurs, que tu m'avais rendu Lily un peu précipitamment, pour aller te promener seul.

— Tu vas comprendre pourquoi.

Il se gara devant la maison. Puis il ouvrit la porte et prit Tessa dans ses bras pour franchir le seuil. Lily les suivait, amusée.

Tessa comprit aussitôt pourquoi il était tombé amoureux de cet endroit.

Les pièces étaient spacieuses et lumineuses et la vue depuis la terrasse était à couper le souffle. Il ne manquait plus que les meubles.

Lily courait d'une pièce à l'autre.

— Nous allons vivre ici tous les trois, dit Tessa.

— Tous les trois ? Avec Drake ?

Elle bondit de joie avant de s'immobiliser de nouveau.

— On pourra inviter les garçons ? demanda-t-elle, l'air soucieux.

— Bien sûr qu'on invitera les garçons, dit-il. On va être bien ici, n'est-ce pas ?

Il jeta un coup d'œil entendu à Tessa.

— Oui. La vie sera merveilleuse.

— Nous allons rattraper le temps perdu.

— Oui. Il était temps !

Lizzie fut le témoin de Tessa et c'est Randolph qui la conduisit à l'autel.

La nature avait revêtu les teintes dorées et rouges de

l'automne, les branches des arbres croulaient sous les fruits mûrs.

Leur famille se résumait à Lily, Sophie et Randolph, puisque Drake et Tessa avaient tous deux perdu leurs parents, mais leurs amis et collègues de l'hôpital étaient au rendez-vous pour leur souhaiter tous leurs vœux de bonheur. Drake avait demandé au directeur de l'hôpital d'être son témoin.

Tessa portait une robe blanche dont l'ourlet était décoré de muguet et elle tenait un petit bouquet de roses à la teinte délicate.

Drake la regarda remonter l'allée et se souvint. Le muguet et les roses étaient les fleurs qui composaient le bouquet qu'il lui avait offert le soir où ils avaient dansé ensemble sur la péniche. Cette pensée l'emplit d'émotion.

Après la cérémonie, ils reprirent le chemin de la maison. Lily dormait sur la banquette arrière, épuisée par l'excitation de cette journée particulière. Il la transporta jusque dans sa chambre. Elle ouvrit un œil quand il la déposa sur le lit.

— Je peux garder ma robe pour dormir, papa ? demanda-t-elle d'une voix ensommeillée.

— Pourquoi pas ? répondit-il.

Mais elle s'était déjà rendormie.

Le soleil déclinait derrière les collines, et ses derniers rayons semblaient transformer tout ce qu'ils touchaient en or. Drake et Tessa descendirent dans le jardin et s'approchèrent du banc qu'ils avaient rapporté de Bretton Sands.

— Dans combien de temps veux-tu que nous fassions un petit frère ou une petite sœur à Lily ? demanda-t-il avec un sourire en coin.

— Le plus tôt sera le mieux, répondit-elle sur le même ton.

Épilogue

Ils firent l'amour dans le soleil couchant, avec passion et tendresse.

Mais cette fois, ce n'était pas la fin d'une histoire. L'ambition avait cédé la place à l'amour. La vie qu'ils avaient toujours rêvé de vivre ensemble ne faisait que commencer.

Blanche

HARLEQUIN

Ne manquez pas dès le mois prochain
dans votre collection

Blanche

la nouvelle série :

MÉDECINS SOUS LES ÉTOILES

*Leur voie était toute tracée.
Une mission en Antarctique
pourrait bien changer leur vie.*

Un roman inédit chaque mois de février à mars 2020

HARLEQUIN
www.harlequin.fr

Blanche

HARLEQUIN

Ne manquez pas dès le mois prochain
dans votre collection

Blanche

l'intégrale de la nouvelle série :

PRINCESSES ET MÉDECINS

Elles sont médecins.
Elles se découvrent princesses !

Une série intégrale à découvrir en février 2020

HARLEQUIN
www.harlequin.fr

Blanche

HARLEQUIN

Retrouvez en février 2020, dans votre collection

Blanche

L'héritière du Kalyana, d'Ann McIntosh - N°1471

SÉRIE : PRINCESSES ET MÉDECINS - 1/2

En découvrant un prince sur le pas de sa porte, le Dr Sara Greer tombe des nues. Et pour cause : l'énigmatique Farhan est venu lui révéler qu'elle est la légitime héritière du trône de Kalyana – et sa promise depuis leur naissance ! Abasourdie, Sara est toutefois tentée de découvrir ses origines, dont elle ne sait rien, en raison de son adoption. Aussi accepte-t-elle de suivre Farhan dans un pays inconnu et mystérieux, qui la réclame comme sa souveraine…

Le secret d'un prince médecin, d'Amy Ruttan

SÉRIE : PRINCESSES ET MÉDECINS - 2/2

Dix ans… Cela fait dix ans que Jeena a dû quitter le Kalyana en catastrophe, parce qu'elle se découvrait enceinte du prince Maazin. Envoyée en mission humanitaire sur l'île qui l'a vue naître, elle est émue de renouer avec cette terre qui lui a tant manqué. Mais l'angoisse la saisit quand elle se retrouve face à Maazin. Alors qu'elle l'imaginait confiné au palais, Jeena découvre qu'il n'est autre que le médecin avec lequel elle va devoir faire équipe ! Une véritable épreuve pour elle : et si Maazin découvrait le secret qui les unit ?

Le sauveteur de l'Antarctique, de Robin Gianna - N°1472

SÉRIE : MÉDECINS SOUS LES ÉTOILES - 1/2

L'exploration et la découverte – voilà ce qui attend Jordan, embauchée comme médecin de la station Fletcher. Alors qu'elle subit une traversée vers l'Antarctique particulièrement chaotique, sur une mer déchaînée, elle regrette la vie bien réglée qu'elle a laissée à Londres. Cette mission de six mois sera la dernière, elle s'en fait la promesse ! Dès son retour sur la terre ferme, Jordan trouvera un mari stable, fondera une famille… C'est du moins ce qu'elle imagine, avant de croiser le regard de son voisin de cabine. Ezekiel Edwards, biologiste marin, sauveteur et grand aventurier, est l'homme le plus fascinant qu'elle ait jamais rencontré…

Retrouvailles à Bayside, de Traci Douglass

Des patients en héritage… Belle n'en revient pas : sa tante lui a légué son cabinet médical, fruit de toute une vie de travail. Si elle est touchée par ce cadeau, elle hésite pourtant à l'accepter. Cela fait bien longtemps qu'elle a quitté la petite ville tranquille de Bayside pour se bâtir une existence exaltante en Californie. Surtout, revenir sur les terres de son enfance signifierait pour elle retrouver Nicholas Marlowe. Devenu médecin comme elle, son amour de jeunesse est aujourd'hui papa d'un petit garçon. Et, facétie du destin, il est aussi le second héritier du cabinet médical…

Leur mission : sauver des vies.
Leur destin : trouver l'amour.

HARLEQUIN
www.harlequin.fr

Blanche

Le don Juan du Moorlands Hospital, de Charlotte Hawkes - N°1473

Play-boy invétéré ou bienfaiteur au grand cœur ? Depuis qu'Anouk travaille avec le Pr Solomon Gunn, elle ne sait plus très bien quoi penser de son confrère, le médecin le plus sexy du Moorlands Hospital. Jusqu'ici, elle était parvenue à garder ses distances avec lui – et même à contrôler les battements traîtres de son cœur en sa présence. Mais le découvrir aussi généreux avec ses patients, aussi humain, est une surprise troublante. Si Anouk s'est toujours refusé la moindre relation sentimentale au travail, saura-t-elle résister à l'aura de cet homme qui ne quitte plus ses pensées ?

Le doux rêve d'une infirmière, de Caroline Anderson

Face au regard intense du Dr Ryan McKenna, Beth sent son cœur s'emballer. Séparés par un drame, tous deux ne se sont pas vus depuis deux ans. Or, si Ryan est aujourd'hui de retour à Yoxburgh, c'est pour occuper un poste de médecin dans l'hôpital où elle officie comme infirmière… Sera-t-elle capable de dépasser les souffrances passées, pour travailler à son côté ? Alors que sa raison en doute, son cœur, lui, a très envie d'essayer…

Un cadeau pour nous deux, de Susan Crosby - N°1474

Infirmière en chef à l'Institut Armstrong, une prestigieuse clinique privée de Boston, Sara Beth entretient une liaison passionnée avec son patron, le séduisant Ted Bonner. Un célibataire endurci qui, même s'il lui fait vivre des instants magiques et prétend l'aimer, ne la comble pas totalement car il refuse d'envisager un avenir avec elle. Comment sortir de cette impasse et convaincre Ted que leur couple est fait pour durer ? Alors qu'elle s'interroge, le destin offre à Sara Beth une réponse des plus inattendues…

Un amour de médecin, d'Annie Claydon

Lorsqu'il voit pour la première fois l'informaticien qu'il a embauché pour l'aider à gérer sa clinique, le Dr Euan Scott est surpris de se trouver face à… une jeune femme ! S'il doute au début des capacités de Sam Lockyear, cette dernière parvient à lui prouver, au fil des jours, qu'elle est une brillante professionnelle qui n'hésite pas à s'investir à corps perdu dans son travail. Au fur et à mesure de leur collaboration, Euan apprend à la connaître et tombe peu à peu sous son charme. Mais il comprend rapidement que, malgré leur attirance réciproque, quelque chose empêche Sam de s'abandonner dans ses bras…

HARLEQUIN

Leur mission : sauver des vies.
Leur destin : trouver l'amour.

HARLEQUIN
www.harlequin.fr

Blanche

Le véritable amour de Bella, de Jennifer Taylor - N°1475

Cette fois-ci, c'est fini : Bella n'en peut plus des mensonges de Tim, son mari. Bien décidée à refaire sa vie, elle intègre un nouvel hôpital, ce qui l'amène à croiser de nouveau le chemin de Mac, un ancien ami commun, à Tim et à elle. Autant ils étaient inséparables pendant leurs études, autant leurs retrouvailles sont glaciales : Mac reproche durement à Bella son divorce d'avec son ami. Mais cela n'explique pas complètement l'incroyable tension qui règne entre eux. Cette proximité inattendue bouleverse totalement Bella… Perdue, elle sent le doute s'insinuer en elle : et si, autrefois, elle avait commis l'erreur de sa vie en épousant Tim ?

Enceinte du chirurgien, d'Amber McKenzie

Sur le plan professionnel, Chloé a tout pour être comblée : après avoir été chef des internes aux urgences de l'hôpital pendant des années, elle accède enfin au poste de médecin. Mais, côté cœur, c'est une tout autre histoire, car elle est amoureuse de l'inaccessible Tate Reed, le chirurgien le plus beau et le plus charismatique de l'établissement… et, accessoirement, l'ex de sa meilleure amie ! Impossible, donc, de rêver à quoi que ce soit avec lui. Sauf que, à la manière dont Tate la regarde, elle comprend vite que l'attirance est réciproque. Au point que, un soir, oubliant toute raison, elle finit par céder à la tentation. Loin d'imaginer les conséquences de cette passion interdite…

HARLEQUIN

Leur mission : sauver des vies.
Leur destin : trouver l'amour.

HARLEQUIN
www.harlequin.fr

OFFRE DE BIENVENUE !

Vous êtes fan de la collection Blanche ?
Pour prolonger le plaisir, recevez gratuitement

◆ 1 livre Blanche gratuit ◆
et 2 cadeaux surprises !

Une fois votre colis de bienvenue reçu, si vous souhaitez continuer à recevoir nos romans Blanche, cela se fera automatiquement. Vous recevrez alors chaque mois, 3 volumes doubles inédits de cette collection au tarif unitaire de 7,20€ (Frais de port France : 2,05€).

➡ LES BONNES RAISONS DE S'ABONNER :

Aucun engagement de durée ni de minimum d'achat.
◆
Aucune adhésion à un club.
◆
Vos romans en avant-première.
◆
La livraison à domicile.

➡ ET AUSSI DES AVANTAGES EXCLUSIFS :

Des cadeaux tout au long de l'année.
◆
Des réductions sur vos romans par le biais de nombreuses promotions.
◆
Des romans exclusivement réédités notamment des sagas à succès.
◆
L'abonnement systématique et gratuit à notre magazine d'actu ROMANCE.
◆
Des points fidélité échangeables contre des livres ou des cadeaux.

➡ REJOIGNEZ-NOUS VITE EN COMPLÉTANT ET EN NOUS RENVOYANT LE BULLETIN !

N° d'abonnée (si vous en avez un) B0ZEA3

Mme ❒ Mlle ❒ Nom : .... Prénom : ....

Adresse : ....

CP : Ville : ....

Pays : .... Téléphone :

E-mail : ....

Date de naissance :

☐ Oui, je souhaite être tenue informée par e-mail de l'actualité d'Harlequin.

☐ Oui, je souhaite bénéficier par e-mail des offres promotionnelles des partenaires d'Harlequin.

Renvoyez cette page à : Service Lectrices Harlequin – CS 20008 – 59718 Lille Cedex 9 - France

Date limite : **31 décembre 2020**. Vous recevrez votre colis environ 20 jours après réception de ce bon. Offre soumise à acceptation et réservée aux personnes majeures, résidant en France métropolitaine. Prix susceptibles de modification en cours d'année. Vous pouvez demander à accéder à vos données personnelles, à les rectifier ou à les effacer. Il vous suffit de nous écrire en nous indiquant vos nom, prénom et adresse à : Service Lectrices Harlequin - CS 20008 - 59718 LILLE Cedex 9. Harlequin® est une marque déposée du groupe HarperCollins France – 83/85, Bd Vincent Auriol – 75646 Paris cedex 13. Tél : 01 45 82 47 47. SA au capital de 3 120 000€ - R.C. Paris. Siret 31867159100069/APE5811Z.

Composé et édité par HarperCollins France.

Achevé d'imprimer en décembre 2019.

CPI
BLACK PRINT

Barcelone

Dépôt légal : janvier 2020.

FSC
www.fsc.org
MIXTE
Papier issu de sources responsables
FSC® C108412

Pour limiter l'empreinte environnementale de ses livres, HarperCollins France s'engage à n'utiliser que du papier fabriqué à partir de bois provenant de forêts gérées durablement et de manière responsable.

Imprimé en Espagne.